FRANKENSTEIN

MARY SHELLEY

Título original: *Frankenstein: or the Modern Prometheus*

Direção Editorial *Ethel Santaella*

REALIZAÇÃO

GrandeUrsa Comunicação

Direção *Denise Gianoglio*
Tradução *Otavio Albano*
Revisão *Luciana Maria Sanches*
Capa, Projeto Gráfico e Diagramação *Idée Arte e Comunicação*

Dados Internacionais de Catalogação na Publicação (CIP)
(Câmara Brasileira do Livro, SP, Brasil)

Shelley, Mary, 1797-1851
Frankenstein / Mary Shelley ; tradução Otavio Albano. -- São Paulo : Lafonte, 2021.

Título original: Frankenstein, or, The modern prometheus
ISBN 978-65-5870-196-5

1. Ficção inglesa I. Título.

21-87559 CDD-823

Índices para catálogo sistemático:

1. Ficção : Literatura inglesa 823

Cibele Maria Dias - Bibliotecária - CRB-8/9427

Editora Lafonte

Av. Profª Ida Kolb, 551, Casa Verde, CEP 02518-000, São Paulo-SP, Brasil – Tel.: (+55) 11 3855-2100
Atendimento ao leitor (+55) 11 3855-2216 / 11 3855-2213 – atendimento@editoralafonte.com.br
Venda de livros avulsos (+55) 11 3855-2216 – vendas@editoralafonte.com.br
Venda de livros no atacado (+55) 11 3855-2275 – atacado@escala.com.br

FRANKENSTEIN

MARY SHELLEY

Tradução

Otavio Albano

Brasil, 2021

Lafonte

INTRODUÇÃO[1]

Os editores da coleção *Standard Novels*, ao selecionar *Frankenstein* para figurar em sua série, expressaram o desejo de que eu lhes fornecesse algum relato sobre a origem da história. Sinto-me profundamente satisfeita em obedecer a tal pedido, pois assim darei uma resposta geral à seguinte pergunta, feita com tanta frequência: "Como teria eu, então uma jovem garota, cogitado e me alongado sobre uma ideia tão horripilante?". É verdade que sou bastante avessa a aparecer, como eu mesma, no meio impresso; mas, como meu relato será publicado como mero apêndice de uma produção anterior e ficará confinado a tópicos que têm relação tão somente com minha condição de autora, dificilmente posso me acusar de intromissão pessoal.

Não é de estranhar que, como filha de duas pessoas de distinta celebridade literária[2], eu tivesse pensado em escrever desde muito cedo. Quando criança, rabiscava qualquer coisa; e meu passatempo favorito, nas horas que me eram reservadas para a recreação, era "escrever histórias". Ainda assim, tive um prazer ainda mais

1 Introdução da própria autora para a edição da coleção *Standard Novels*, publicada, em 1831, pelos editores ingleses Richard Bentley (1794-1871) e Henry Colburn (1784-1855).

2 Os pais de Mary Shelley são autores consagrados. A mãe, Mary Wollstonecraft (1759-1797) foi escritora, filósofa e defensora dos direitos da mulher, enquanto o pai, William Godwin (1756-1836) foi jornalista, filósofo, político, novelista e um dos criadores do anarquismo. (N. do T.)

estimado do que esse, a formação de castelos no ar – o deleite de sonhar acordada – acompanhando sequências de pensamentos que tinham por tema a construção de uma sucessão de incidentes imaginários. Meus sonhos eram, ao mesmo tempo, ainda mais fantásticos e agradáveis do que meus escritos. Nestes, eu era uma imitadora contumaz – fazendo, notadamente, o que os outros haviam feito, em vez de registrar as sugestões de minha própria mente. O que eu escrevia era destinado a, pelo menos, mais um olhar – o da minha amiga e companheira de infância, mas meus sonhos eram só meus; não os contava a ninguém; eram meu refúgio quando me aborrecia – meu maior prazer quando me sentia livre.

Quando garota, morei no campo a maior parte do tempo e passei um tempo considerável na Escócia. Fiz visitas ocasionais às regiões mais pitorescas; mas minha residência habitual era na inóspita e sombria costa norte do rio Tay, perto de Dundee. Inóspita e sombria, pois é como me lembro da região; não me parecia assim à época. Para mim, tratava-se do nicho da liberdade, o agradável local que, sem ser notada, eu podia partilhar com as criaturas da minha imaginação. E ali escrevia, mas com um estilo mais comum. Foi sob as árvores do terreno em que ficava nossa casa, ou nas desoladas e áridas encostas das montanhas próximas, que minhas verdadeiras composições, os altos voos da minha imaginação, nasceram e se desenvolveram. Não me tornei heroína dos meus contos. A vida, no que dizia respeito à minha pessoa, parecia algo ordinário demais. Não conseguia imaginar dramas românticos ou eventos maravilhosos como parte do meu destino; mas eu não estava confinada à minha própria identidade, e podia povoar as horas com criações muito mais interessantes para mim, naquela idade, do que com apenas minhas sensações.

Depois dessa época, minha vida se tornou mais ocupada, e a realidade tomou o lugar da ficção. Meu marido, porém, mostrava-se muito ansioso para que eu me revelasse digna de minha linhagem e ingressasse no rol da fama. Ele vivia me incitando a obter certa reputação literária, algo com que, de minha parte, eu até que me importava – embora, desde então, eu tenha me tornado completamente indiferente a tal coisa. Naquele tempo, ele desejava que eu escrevesse não tanto por imaginar que eu pudesse produzir algo digno de nota, e sim para que pudesse julgar até que ponto eu poderia vir a prometer coisas melhores no futuro. Mesmo assim, nada produzi. As viagens e os cuidados com a família ocupavam meu tempo; e os estudos, na forma de leituras ou do aprimoramento de minhas ideias pelo contato com a mente muito mais culta de meu marido, eram as únicas atividades literárias que prendiam minha atenção.

No verão de 1816, visitamos a Suíça e nos tornamos vizinhos de Lord Byron. No início, passávamos nossas horas de lazer no lago ou passeando por suas margens, e Lord Byron, que estava escrevendo o terceiro canto de "A Peregrinação de Childe Harold"[3], era o único de nós que colocava seus pensamentos no papel. E, à medida que ele nos mostrava tais pensamentos, um após o outro, revestidos de toda a luz e de toda a harmonia da poesia, eles pareciam marcar como divinas as glórias do céu e da terra, cujas influências compartilhávamos com ele.

Mas aquele foi um verão úmido e nada agradável, e a chuva incessante frequentemente nos confinava em casa durante dias. Alguns volumes de histórias de fantasmas, traduzidos do alemão para o francês, caíram em nossas mãos. Uma delas era *History of the Inconstant Lover*, [*História do Amante Inconstante*], que, quando imaginava abraçar a noiva a quem fizera seus votos de casamento, via-se nos braços do pálido fantasma da moça que ele abandonara. Havia também "The Tale of the Sinful Founder of his Race"[4], o conto do pecaminoso fundador de sua prole cujo triste destino era conceder o beijo da morte a todos os filhos mais

---

3 "A Peregrinação de Childe Harold" é um longo poema narrativo em quatro cantos escrito pelo poeta britânico Lord Byron (1788-1824). (N. do T.)

4 O livro a que a autora se refere é *Fantasmagoriana*, uma coleção de contos alemães de terror, publicado em francês em 1812. (N. do T.)

novos da desgraçada família, exatamente quando atingiam a idade mais auspiciosa. Sua forma gigantesca e sombria, vestida como o fantasma de *Hamlet*, com armadura completa, mas com a viseira levantada, era vista à meia-noite, através dos raios reluzentes da lua, avançando lentamente ao longo da lúgubre alameda. A forma se perdia na sombra dos muros do castelo; mas logo um portão se escancarava, ouvia-se um passo, a porta do quarto abria, e ele avançava rumo ao leito dos viçosos jovens, embalados por um sono salutar. Eterno pesar pairava sobre seu rosto quando ele se abaixava e beijava a fronte dos meninos, que, dali em diante, definhavam como flores cortadas pela haste. Não revi tais histórias desde então, mas seus relatos estão tão frescos em minha mente como se as tivesse lido ontem.

— Cada um de nós escreverá uma história de fantasmas – disse Lord Byron, e sua proposta foi aceita. Éramos quatro. O nobre autor iniciou um conto, cujo fragmento publicou ao final de seu poema "Mazeppa". Shelley[5], mais apto a incorporar ideias e sentimentos sob o esplendor de imagens brilhantes e a musicalidade dos versos mais melodiosos que adornam nossa língua do que inventar o mecanismo de uma história, escreveu com base nas experiências de sua infância. O pobre Polidori[6] teve a terrível ideia de uma dama com cabeça de caveira, punição que lhe foi dada por ter espiado pelo buraco de uma fechadura – esqueci o que ela tentava ver – algo muito chocante e condenável, certamente; mas quando ela foi reduzida a um estado pior do que o do renomado Tom de Coventry[7], Polidori não sabia mais o que fazer com ela, e foi obrigado a despachá-la para o túmulo dos Capuleto[8], único

5 Percy Shelley (1792-1822) foi um dos mais importantes poetas românticos ingleses e marido de Mary Shelley. (N. do T.)

6 John William Polidori (1795-1821) foi um médico e escritor inglês. (N. do T.)

7 A lenda de The Peeping Tom of Coventry [O Tom "Espião" de Coventry] conta que um alfaiate chamado Tom espiava pela janela de casa a igualmente lendária Lady Godiva cavalgando nua, por isso, ficou cego. (N. do T.)

8 Família de Julieta, da peça *Romeu e Julieta*, de William Shakespeare (1564-1616). (N. do T.)

lugar que a abrigaria. Os ilustres poetas, incomodados com o clichê da prosa, também abandonaram prontamente a aborrecida tarefa.

Ocupei-me em *pensar uma história* – uma história que rivalizasse com aquelas que nos haviam entusiasmado à realização da proposta. Uma história que ressonasse os misteriosos medos de nossa natureza e despertasse um horror arrepiante – algo que fizesse com que o leitor tivesse medo de olhar à sua volta, que gelasse o sangue e acelerasse as batidas do coração. Se eu não conseguisse tal feito, minha história de fantasmas seria indigna de seu nome. Eu pensava e ponderava – em vão. Sentia aquela impassível incapacidade inventiva que é a maior aflição de um autor, quando apenas o entediante 'nada' responde às nossas ansiosas invocações. – Já pensou em uma história? – perguntavam-me todas as manhãs, e todas as manhãs me via obrigada a responder com uma mortificante negativa.

Tudo deve ter um começo, para usar uma frase de Sancho[9]; e esse começo deve estar ligado a algo que aconteceu antes. Os hindus dão ao mundo um elefante para sustentá-lo, mas fazem com que o elefante fique sobre uma tartaruga[10]. Uma invenção, deve-se admitir com humildade, não consiste em criar algo do nada, e sim do caos; deve-se, em primeiro lugar, buscar a matéria-prima: ela acaba dando forma a substâncias disformes e obscuras, mas não é capaz de dar origem à substância em si. Em todas as questões relativas a descobertas e invenções, mesmo aquelas pertencentes ao domínio da imaginação, somos continuamente lembrados da história de Colombo e seu ovo[11].

---

9 Referência à personagem Sancho Pança, do *Dom Quixote* de Miguel de Cervantes (1547-1616). (N. do T.)

10 Na cosmologia hindu, a tartaruga Chukwa carrega o elefante Maha-pudma, que, por sua vez, sustenta o mundo. (N. do T.)

11 Célebre história em que Cristóvão Colombo (1451-1506) desafiou os cortesãos — que lhe diziam que outros aventureiros seriam capazes de descobrir as Índias — a colocar um ovo em pé. Depois de todos tentarem em vão, Colombo bateu com o ovo na mesa, quebrando sua ponta e o equilibrando — assim, queria dizer que depois que ele mostrasse o caminho, bastaria segui-lo. (N. do T.)

A invenção consiste em apreender as possibilidades de um tema e ser capaz de moldar e adaptar as ideias que dele advêm.

Muitas e longas eram as conversas entre Lord Byron e Shelley, das quais eu era uma ouvinte devota, mas praticamente silenciosa. Durante uma delas, várias doutrinas filosóficas foram discutidas, entre as quais a natureza do princípio da vida, e se havia alguma possibilidade de algum dia ela ser descoberta e divulgada. Eles falaram das experiências do doutor Darwin[12] (não falo aqui acerca do que o doutor realmente fez ou afirmou ter feito, e sim sobre o que se dizia ter sido feito por ele, o que servia melhor para meu propósito), em que ele preservava um bocado de aletria em um frasco de vidro até que, por algum meio extraordinário, a massa começara a se mover voluntariamente. Ainda assim, não seria dessa maneira que a vida seria induzida. Talvez um cadáver pudesse ser reanimado; o galvanismo[13] dava sinal de tais feitos: talvez as partes constituintes de uma criatura pudessem ser manufaturadas, reunidas e dotadas de calor vital.

A noite foi avançando em meio a essa conversa, e até mesmo a hora das bruxas[14] havia passado antes que nos retirássemos para descansar. Quando pousei minha cabeça no travesseiro, não dormi e sequer poderia dizer que fiquei pensando. Minha imaginação, livre, tomou conta de mim e me guiou, dando às sucessivas imagens que surgiam em minha mente uma vivacidade muito além dos limites habituais do devaneio. Vi – com os olhos fechados, mas com uma visão mental aguçada – o pálido estudante das artes profanas ajoelhado ao lado da coisa que ele havia concebido.

---

12 A autora se refere a Erasmus Darwin (1731-1802), médico inglês que escreveu uma extensa obra de caráter científico sobre temas de medicina e botânica. O neto dele, Charles Darwin (1809-1882), só relataria suas descobertas sobre a seleção natural 28 anos depois desta introdução, em 1859. (N. do T.)

13 Conjunto de fenômenos relacionados com a geração de correntes elétricas por meios químicos. (N. do T.)

14 Meia-noite. No folclore britânico, a "hora das bruxas", ou "hora do diabo", é associada a eventos sobrenaturais, em que se acreditava que bruxas, demônios e fantasmas apareciam e se tornavam mais poderosos. (N. do T.)

Vi o horrível fantasma de um homem estendido e, em seguida, por força de algum potente motor, mostrar sinais de vida, movendo-se com inquietos espasmos, a ponto de se tornar vivente. Deveria ser assustador, pois terrivelmente assustador seria o efeito de qualquer esforço humano para imitar o estupendo mecanismo do Criador do mundo. Seu êxito aterrorizaria o artista; ele fugiria correndo de sua odiosa criação, tomado pelo terror. Esperaria assim que, abandonada à própria sorte, a breve faísca de vida que ele lhe transmitira sucumbisse; que aquela coisa, recipiente de vivacidade tão imperfeita, se transformasse novamente em matéria morta; e ele poderia dormir acreditando que o silêncio da sepultura extinguiria para sempre a fugaz existência do hediondo cadáver que considerara berço da vida. Ele adormece; mas é despertado; abre os olhos; eis que a horrenda coisa se encontra ao lado de sua cama, puxando o cortinado e olhando para ele com seus olhos, amarelados e lacrimejantes, mas curiosos.

Abri os meus olhos, aterrorizada. A ideia dominou minha mente de tal forma que um arrepio de medo percorreu o meu corpo, e desejei trocar a imagem medonha de minha fantasia pelas coisas reais à minha volta. Ainda as vejo: o próprio quarto, o assoalho escuro, as venezianas fechadas, através das quais a luz da lua se esforçava para entrar, e ainda posso sentir o lago transparente e os Alpes, imponentes e brancos, adiante. Não poderia me livrar tão facilmente de meu horrível fantasma; ele ainda me assombrava. Devo tentar pensar em outra coisa. Recorri à minha história de fantasmas – minha cansativa e malsucedida história de fantasmas! Ah, se ao menos eu pudesse inventar algo que assustasse meu leitor como eu mesma havia ficado assustada naquela noite!

Rápida e animadora como a luz foi a ideia que me invadiu. – Encontrei! O que me apavorou vai apavorar os outros; e apenas preciso descrever o espectro que assombrava meu travesseiro à meia-noite. – Na manhã seguinte, anunciei que havia *pensado em uma história*. Comecei aquele dia com as palavras: “Foi em uma noite sombria de novembro", fazendo uma simples transcrição dos terrores nefastos de meus devaneios.

A princípio, pensei em apenas algumas páginas – em um conto curto, mas Shelley me incentivou a desenvolver a ideia mais extensivamente. Certamente não devo a meu marido a sugestão de nenhum incidente, tampouco qualquer relação de sentimentos, mas, ainda assim, se não fosse por seu incentivo, a história nunca teria assumido a forma como foi apresentada ao mundo. Devo excluir desta declaração o prefácio. Pelo que me lembro, foi inteiramente escrito por ele.

E agora, mais uma vez, ordeno à minha hedionda criação que avance e prospere. Tenho-lhe afeição, pois foi fruto de dias felizes, quando a morte e a dor eram simplesmente palavras que não encontravam eco verdadeiro em meu coração. Suas várias páginas relatam muitas caminhadas, muitos passeios e muitas conversas, de quando eu não estava sozinha; e meu companheiro era aquele que, neste mundo, nunca mais verei. Mas isso é comigo; meus leitores nada têm a ver com tais associações.

Acrescentarei apenas uma palavra quanto às alterações que fiz. São elas notadamente mudanças de estilo. Não mudei nenhuma parte da história, nem apresentei novas ideias ou circunstâncias. Fiz correções onde a linguagem estava tão carente que atrapalhava o interesse pela narrativa; e essas mudanças ocorrem quase exclusivamente no início do primeiro volume. Por todo o romance, ficam inteiramente confinadas às partes secundárias da história, mantendo o cerne e a essência intactos.

Mary W. Shelley
Londres, 15 de outubro de 1831.

PREFÁCIO[15]

O evento em que esta ficção se baseia foi considerado, tanto pelo doutor Darwin como por alguns dos autores da área da fisiologia da Alemanha, algo impossível de se realizar. Não se deve supor que eu concorde, seriamente, com o mais remoto grau de crença em tal fantasia; no entanto, ao assumi-lo como a base de uma obra da imaginação, não me considerei meramente tecendo uma série de terrores sobrenaturais. O evento de que depende o interesse da história está isento das desvantagens de um simples conto sobre espectros ou encantamentos. Ele foi proposto pela novidade das situações que desenvolve; e, embora impossível como fato físico, fornece um ponto de vista mais abrangente e substancial à imaginação, no delineamento das paixões humanas, do que qualquer outro contexto que as relações normais dos eventos concretos poderiam proporcionar.

Assim, tenho me empenhado em preservar a verdade dos princípios elementares da natureza humana, embora não tenha tido escrúpulos ao inovar em suas combinações. A *Ilíada*, a poesia trágica grega; Shakespeare, em *A Tempestade* e em *Sonho de uma Noite de Verão*; e, de forma especial, Milton, em *Paraíso Perdido*, obedecem a essa regra; e o mais humilde dos romancistas, que busca proporcionar ou obter diversão por meio de suas obras,

15 Escrito pelo marido da autora, Percy Shelley. (N. do T.)

pode, sem ser presunçoso, aplicar à prosa ficcional uma licença, ou melhor, uma regra, cuja adoção tem feito com que tantas primorosas combinações de sentimento humano resultem nos mais elevados exemplares poéticos.

A circunstância em que minha história se baseia foi sugerida em uma conversa casual. Foi iniciada em parte como fonte de diversão, em parte como expediente para exercitar quaisquer recursos mentais nunca experimentados. Outros motivos se mesclaram a estes à medida que o trabalho prosseguia. Não sou, de maneira nenhuma, indiferente ao modo pelo qual tendências morais existentes nos sentimentos ou personagens, quaisquer que sejam elas, possam afetar o leitor; no entanto, minha principal preocupação a esse respeito tem se limitado a evitar os irritantes efeitos a que recorrem os romances de hoje, a mostrar quão agradável é a afeição doméstica e quão extraordinária é a virtude universal. As opiniões que, naturalmente, surgem do caráter e das circunstâncias do herói não devem ser concebidas como parte usual de minha própria convicção; tampouco se deve corretamente inferir, das páginas seguintes, que elas indiquem um julgamento de qualquer tipo de doutrina filosófica.

É também um assunto de interesse adicional para a autora que esta história tenha começado na majestosa região onde se desenrola a maior parte da ação, na companhia de pessoas de quem continua a sentir falta. Passei o verão de 1816 nos arredores de Genebra. A temporada foi fria e chuvosa e, à noite, nós nos reuníamos ao redor do fogo que ardia na lareira e, ocasionalmente, nos divertíamos com algumas histórias alemãs de fantasmas que, por acaso, foram parar em nossas mãos. Essas histórias nos despertaram um desejo lúdico de imitá-las. Dois outros amigos (de cuja pena qualquer história seria muito mais bem-aceita pelo público do que qualquer coisa que eu pudesse algum dia esperar produzir) e eu concordamos em escrever uma história cada um, baseada em alguma ocorrência sobrenatural.

O tempo, no entanto, subitamente melhorou; e meus dois amigos me trocaram por uma viagem pelos Alpes e, em meio aos magníficos cenários que lhes eram apresentados, perderam qualquer lembrança de suas visões fantasmagóricas. A história que se segue é a única que foi concluída.

Marlow, setembro de 1817.

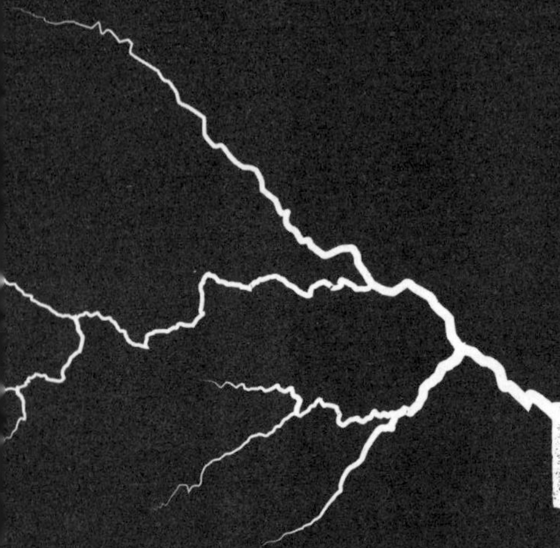

FRAN KEN STEIN

OU O PROMETEU MODERNO

CARTA I

À senhora Saville, Inglaterra.
São Petersburgo, 11 de dezembro de 17...

Você ficará feliz em saber que nenhum desastre acompanhou o início de uma empreitada que considerou com tantos maus presságios. Cheguei aqui ontem, e minha primeira tarefa é assegurar minha querida irmã de meu bem-estar e da confiança crescente no sucesso de tal empreendimento.

Já estou muito a norte de Londres, e, enquanto caminho pelas ruas de Petersburgo, sinto uma fria brisa polar tocar minhas faces, o que contém meu nervosismo e me enche de alegria. Você compreende esse sentimento? Essa brisa, que veio das regiões para as quais estou avançando, antecipa-me o gosto daqueles climas gelados. Inspiradas por esse vento promissor, minhas fantasias se tornam mais fervorosas e vívidas. Tento em vão ser persuadido de que o polo abriga apenas frio e desolação; ele sempre se apresenta à minha imaginação como uma região de beleza e deleite. Lá, Margaret, o sol está sempre visível; seu vasto disco apenas tangenciando o horizonte e difundindo um esplendor perpétuo. Lá – com sua permissão, minha irmã, depositarei alguma confiança nos navegadores anteriores – lá, a neve e a geada estão banidas, e, navegando por um mar calmo, podemos ser levados a uma terra que supera em maravilhas todas as regiões até então descobertas no globo habitável. Suas criações e características podem ser inigualáveis, como os fenômenos dos corpos celestes o são, sem nenhuma dúvida, naquelas solidões desconhecidas.

O que não se pode esperar de uma terra de luz eterna? Posso descobrir ali o maravilhoso poder que atrai a bússola; e posso regulamentar milhares de observações celestiais, que requerem apenas esta viagem para tornar para sempre consistentes suas aparentes excentricidades. Poderei saciar minha ardente curiosidade com a visão de uma parte do mundo nunca visitada e poderei pisar uma terra nunca antes marcada pelos pés do homem. São essas as minhas motivações, e elas são suficientes para vencer todo o medo do perigo ou da morte e me impelir a iniciar esta laboriosa viagem com a alegria que uma criança sente ao embarcar em um pequeno barco, com seus companheiros de férias, em uma expedição de descoberta pelo rio de sua região. Mas, supondo que todas essas conjecturas sejam falsas, você não tem como contestar o benefício inestimável que concederei a toda a humanidade, até a última geração, ao descobrir uma passagem perto do polo para os países que hoje se leva tantos meses para alcançar; ou ao determinar o segredo do magnetismo que – se é que será possível – só pode ser realizado por uma empreitada como a minha.

Essas reflexões dissiparam a agitação com que comecei minha carta, e sinto meu coração brilhar com um entusiasmo que me eleva ao céu; pois nada contribui tanto para tranquilizar a mente como um propósito firme – um ponto em que a alma pode fixar seu olho intelectual. Esta expedição foi o sonho preferido de meus primeiros anos. Li com ardor os relatos das várias viagens que foram feitas com o objetivo de chegar ao Pacífico Norte pelos mares que circundam o polo. Você deve se lembrar de que a biblioteca de nosso bom tio Thomas era composta por relatos de viagens exploratórias. Minha educação foi negligenciada, mas, ainda assim, eu era apaixonado pela leitura. Esses volumes foram meu material de estudo dia e noite, e minha familiaridade com eles aumentou o pesar que senti, ainda criança, ao saber que meu pai, antes de morrer, proibira meu tio de me deixar embarcar em uma vida de navegação.

Essas visões se dissiparam quando me entreguei pela primeira vez àqueles poetas cujas publicações arrebataram minha alma, elevando-a aos céus. Também me tornei poeta e, por um ano, vivi em um paraíso de minha própria criação; imaginei que também poderia obter um lugar no templo onde o nome de Homero e o de Shakespeare são consagrados. Você sabe bem de meu fracasso, e como me pesou tal decepção. Mas, justamente naquela época, herdei a fortuna de meu primo, e meus pensamentos se voltaram às primeiras inclinações.

Seis anos se passaram desde que me decidi pela minha empreitada atual. Ainda hoje sou capaz de me lembrar do momento em que comecei a me dedicar a este grande empreendimento. Principiei acostumando meu corpo às privações. Acompanhei os baleeiros em várias expedições ao Mar do Norte; voluntariamente suportei frio, fome, sede e sono; frequentemente trabalhava com mais afinco do que os marinheiros comuns durante o dia e dedicava minhas noites ao estudo da matemática, à teoria da medicina, e aos ramos da física dos quais um navegador poderia tirar mais vantagens práticas. Por duas vezes, empreguei-me efetivamente como ajudante em um baleeiro da Groenlândia, e conquistei a admiração de todos. Devo confessar que fiquei um pouco orgulhoso quando meu capitão me ofereceu o cargo de imediato na embarcação e me pediu com veemente sinceridade que eu lá permanecesse, de tão valiosos que considerava meus serviços. E agora, querida Margaret, será que não mereço cumprir algum grande propósito? Minha vida poderia ter sido de luxos e indulgências, mas preferi a glória a qualquer sedução que a riqueza colocou em meu caminho. Ah, se alguma voz encorajadora me respondesse afirmativamente! Minha coragem e resolução estão firmes, mas minhas esperanças oscilam e, muitas vezes, meu ânimo fica abatido. Estou prestes a iniciar uma viagem longa e difícil, cujas circunstâncias exigirão toda a minha força: sou obrigado não apenas a elevar o ânimo dos outros, como também, às vezes, sustentar o meu próprio quando o deles vacilar.

Esta é a melhor época para viajar pela Rússia. Os trenós deslizam rapidamente sobre a neve, o movimento é agradável e, na minha opinião, muito mais prazeroso do que o de uma diligência inglesa. O frio não é excessivo, se você estiver enrolado em peles – traje que já adotei; pois há uma grande diferença entre caminhar pelo convés e permanecer sentado, imóvel, por horas, sem nenhum exercício para evitar que o sangue congele, de verdade, em suas veias. Não tenho a pretensão de perder minha vida na estrada entre São Petersburgo e Arcangel[16]. Devo partir para esta última cidade em duas ou três semanas; lá, minha intenção é contratar um navio – o que pode ser feito facilmente pagando-se o seguro ao proprietário – e quantos marinheiros eu achar necessário, entre aqueles que estão acostumados com pesca à baleia. Não pretendo navegar até o mês de junho; e quando devo retornar? Ah, querida irmã, como posso responder a essa pergunta? Se tiver sucesso, muitos, muitos meses, talvez anos, terão se passado antes que você e eu possamos nos encontrar. Se eu fracassar, você me verá novamente em breve, ou nunca mais.

Adeus, minha querida e formidável Margaret. Que o céu derrame bênçãos sobre você e me poupe, para que eu possa sempre atestar minha gratidão por todo o seu amor e bondade.

Seu carinhoso irmão,
R. Walton

---

16 Arcangel é a capital da província de mesmo nome, no noroeste da Rússia. (N. do T.)

CARTA II

À senhora Saville, Inglaterra.
Arcangel, 28 de março de 17...

Como o tempo passa devagar aqui, rodeado como estou pelo gelo e pela neve! Ainda assim, um segundo passo foi dado em direção à minha empreitada. Contratei um barco e estou ocupado reunindo meus marinheiros; aqueles que já contratei parecem ser homens com quem possa contar e, certamente, são possuidores de intrépida coragem.

Mas tenho um desejo que ainda não fui capaz de satisfazer; e, agora, sinto tal ausência como o mais severo mal. Não tenho amigos, Margaret: quando estiver resplandecente com o entusiasmo do sucesso, não haverá ninguém com quem dividir minha alegria; se for tomado pela decepção, ninguém se empenhará em me livrar de minha tristeza. Devo colocar meus pensamentos no papel, é verdade; mas esse é um pobre meio para a comunicação de sentimentos. Desejo a companhia de um homem que possa se solidarizar comigo, cujos olhos respondam aos meus. Você pode me considerar romântico, minha querida irmã, mas sinto amargamente a falta de um amigo. Não tenho ninguém perto de mim, gentil, mas corajoso, detentor de uma mente culta e aberta, cujos gostos sejam como os meus, para aprovar ou corrigir meus planos. Como um amigo assim repararia os defeitos de seu pobre irmão! Sou muito fervoroso na execução, e impaciente demais nas dificuldades. Mas, para mim, é um mal ainda maior ser autodidata: nos primeiros 14 anos de minha vida corria solto sem amarras e não li nada além dos livros de viagens de nosso tio Thomas. Nessa idade, conheci os célebres poetas de nosso próprio país; mas foi só quando tive a convicção de que não estava em meu poder extrair seus mais importantes benefícios que percebi a necessidade de me familiarizar com mais línguas do que a de meu país natal. Agora tenho 28 anos e, na verdade, sou mais iletrado do que muitos estudantes de 15 anos. É verdade que já elaborei mais pensamentos, e que meus devaneios são mais extensos e magníficos, mas lhes falta (como chamam os pintores) *perspectiva*; e preciso muito de um amigo que tenha bom senso o suficiente para não me desprezar como romântico e afeição por mim o suficiente para se esforçar por organizar minhas ideias. Bom, essas são reclamações inúteis; certamente não encontrarei nenhum amigo no vasto oceano, nem mesmo aqui em Arcangel, entre mercadores e marinheiros. No entanto, alguns sentimentos – sem qualquer relação com a escória da natureza humana – batem até mesmo nesses peitos brutos. Meu tenente, por exemplo, é um homem de coragem e iniciativa magníficas; tem um desejo louco pela glória; ou melhor, para expressar minha frase com mais exatidão, pela ascensão em sua profissão. Ele é inglês e, em meio a seus preconceitos nacionais e profissionais, sem a atenuação dada pela cultura, retém alguns dos mais nobres dons da humanidade. Conheci-o a bordo de um navio baleeiro: ao descobrir que estava desempregado nesta cidade, facilmente o contratei para ajudar em meu empreendimento. O contramestre é uma pessoa de excelente disposição e é conhecido no navio por sua gentileza e pela brandura de sua disciplina. Essa circunstância, somada à sua famigerada integridade e destemida coragem, incitou meu desejo por contratá-lo. Uma juventude vivida na solidão e meus melhores anos passados sob sua tutela gentil e feminina, minha irmã, refinaram de tal forma a base de meu caráter que não consigo deixar de ter uma intensa aversão à brutalidade habitual exercida a bordo de um navio: nunca acreditei que ela fosse necessária; e, quando ouvi falar de um marinheiro igualmente conhecido pela bondade de seu coração e pelo respeito e obediência prestados a ele pela tripulação, senti-me peculiarmente afortunado por poder empregar seus serviços. Ouvi falar dele pela primeira vez de uma maneira bastante romântica, por uma senhora que lhe deve a felicidade de sua vida. Esta é, brevemente, sua história. Há alguns anos, ele amava uma jovem russa, de modesta fortuna, e, já tendo acumulado uma soma considerável em dotes, o pai da menina consentiu com a união. Ele viu sua amada uma vez antes da fatídica cerimônia, mas ela estava banhada em lágrimas e, jogando-se a seus pés, rogou-lhe que a poupasse, confessando ao mesmo tempo amar outro que, no entanto, era pobre, motivo pelo qual o pai jamais consentiria na união. Meu generoso amigo tranquilizou a suplicante e, ao ser informado do nome do amado, imediatamente abandonou seu intento. Já havia comprado uma fazenda com seu dinheiro, onde planejara passar o resto da vida, mas outorgou-a integralmente ao rival, com o restante do seu dote, para que ele comprasse algum gado e, então, solicitou ele mesmo ao pai da jovem que consentisse no casamento dela com o amado. Mas o velho recusou categoricamente, acreditando estar ligado a meu amigo por uma questão de honra; este, quando percebeu que o pai se mantinha inflexível, deixou o país e só retornou quando soube que a antiga amada havia se casado de acordo com suas inclinações. "Que sujeito nobre!", você vai exclamar. Assim o é, mas também é completamente inculto: é tão calado quanto um turco, e uma espécie de desleixo ignorante o acompanha, o que, embora torne sua conduta ainda mais surpreendente, diminui o interesse e a simpatia que, de outra forma, ele provocaria.

No entanto, não pense que, já que eu reclamo um pouco, ou porque sou capaz de conceber um consolo para minha labuta – que talvez nunca chegue a conhecer – estou vacilando em minhas resoluções. Estas continuam tão firmes quanto o destino, e minha viagem apenas está atrasada até que o clima permita meu embarque. O inverno foi terrivelmente rigoroso, mas a primavera promete ser melhor, e se espera que seja uma estação notavelmente precoce, então, talvez eu possa navegar antes do que esperava. Não farei nada de forma precipitada: você me conhece o suficiente para confiar na minha prudência e consideração sempre que a segurança de outras pessoas está sob meus cuidados.

Não posso lhe descrever meus sentimentos com a iminência de minha empreitada. É impossível lhe transmitir uma ideia da sensação trêmula, metade prazer, metade apreensão, com a qual estou me preparando para partir. Vou para regiões inexploradas, para "a terra da névoa e da neve", mas não matarei nenhum albatroz, portanto, não se preocupe com minha segurança ou se vou retornar tão maltratado e deplorável quanto o "Velho Marinheiro"[17]. Você vai sorrir com minha comparação, mas vou lhe revelar um segredo: muitas vezes atribuí meu apego, meu apaixonado entusiasmo pelos perigosos mistérios do oceano, à obra dos mais imaginativos poetas modernos. Há algo agindo em minha alma, algo que não compreendo. Sou, em termos práticos, um operário – detalhista, esmerado, empenhado, trabalhando com perseverança e afinco – mas, além disso, há um amor pelo surpreendente, uma crença no surpreendente, entrelaçada em todos os meus projetos, que me instiga para fora dos caminhos comuns dos homens, até mesmo para o mar selvagem e as regiões intocadas que estou prestes a explorar. Mas voltemos a considerações mais apreciadas. Será que a encontrarei novamente, depois de ter atravessado imensos mares e retornado pelo cabo mais meridional da África ou da América? Não ouso esperar tanto sucesso, mas não posso suportar olhar para o reverso desse quadro. Continue, por ora, a me escrever a qualquer oportunidade: posso receber suas cartas nas ocasiões em que mais precisar delas para animar meu espírito. Eu a amo com ternura. Lembre-se de mim com carinho, caso nunca mais receba notícias minhas.

Seu carinhoso irmão,
ROBERT WALTON.

17 Referência ao poema "A Balada do Velho Marinheiro" (*The Rime of the Ancient Mariner*), do poeta inglês Samuel Coleridge (1772-1834), um dos fundadores do romantismo em seu país. No poema, um marinheiro mata um albatroz, trazendo má sorte para toda a embarcação. (N. do T.)

CARTA III

À senhora Saville, Inglaterra.
7 de julho de 17...

Minha querida irmã,

Escrevo algumas linhas com pressa para dizer que estou em segurança e bem avançado em minha viagem. Esta carta chegará à Inglaterra por um mercador que inicia agora sua viagem de volta para casa, partindo de Arcangel; mais afortunado do que eu, que não poderei ver minha terra natal, talvez, por muitos anos. No entanto, estou de bom humor: meus homens são corajosos e, aparentemente, firmes de propósito; nem mesmo as geleiras flutuantes que passam sem parar por nós, indicando os perigos da região para a qual estamos avançando, parecem desanimá-los. Já alcançamos uma latitude bastante alta, mas estamos no auge do verão e, embora não esteja tão quente quanto na Inglaterra, os ventos do sul, que nos levam com rapidez rumo às praias que desejo tão ardentemente atingir, trazem um sopro renovador de calor que eu não esperava.

Nenhum incidente que valesse ser mencionado em uma carta nos aconteceu até agora. Um ou dois vendavais fortes e um princípio de vazamento são acidentes que navegadores experientes mal se lembram de registrar; e devo ficar bem contente caso nada de pior aconteça durante nossa viagem.

Adieu, minha cara Margaret. Esteja certa de que, para meu próprio bem, assim como o seu, não procurarei impulsivamente o perigo. Serei frio, perseverante e prudente.

Mas o sucesso *deve* coroar meus esforços. Por que não o faria? Até agora, fui bastante longe traçando uma rota segura sobre mares nunca antes trilhados: as próprias estrelas são testemunhas e provas de meu triunfo. Por que não continuar avançando sobre o elemento indomado, ainda que obediente? O que pode deter o coração determinado e a vontade resoluta do homem?

Meu coração involuntariamente dilatado assim transborda. Mas devo terminar. Que o céu abençoe minha amada irmã!

R. W.

CARTA IV

À senhora Saville, Inglaterra.
5 de agosto de 17...

Um acidente tão estranho aconteceu conosco que não posso deixar de registrá-lo, embora seja muito provável que você me veja antes que estes papéis cheguem às suas mãos.

Na última segunda-feira (31 de julho), estávamos quase inteiramente cercados pelo gelo, que bloqueava o navio por todos os lados, deixando livre praticamente apenas o espaço de mar em que ele flutuava. Nossa situação era bastante perigosa, especialmente porque estávamos envoltos por uma névoa muito densa. Por isso, ancoramos o navio, esperando que alguma mudança ocorresse na atmosfera e no clima.

Por volta das duas horas, a névoa se dissipou e vimos, estendendo-se em todas as direções, vastas e irregulares planícies de gelo, que pareciam não ter fim. Alguns de meus camaradas começaram a reclamar, e minha própria mente se pôs em alerta com pensamentos ansiosos, quando, subitamente, uma estranha visão atraiu nossa atenção e desviou nossas inquietações acerca de nossas circunstâncias. Percebemos uma carruagem baixa, fixada em um trenó e puxada por cães, passando rumo ao norte, a quase um quilômetro de distância: um ser que tinha a forma de um homem, mas aparentemente de enorme estatura, estava sentado no trenó e guiava os cães. Observamos o rápido avanço do viajante com nossos telescópios, até que ele desapareceu em meio às distantes irregularidades do gelo. Essa aparição nos suscitou um irrestrito fascínio. Estávamos, como acreditávamos, a muitas centenas de quilômetros de qualquer terra, mas tal visão parecia denotar que, na realidade, não havíamos chegado tão longe quanto havíamos suposto. Porém, imobilizados pelo gelo, era-nos impossível seguir seu rastro, o qual observamos com a maior atenção. Cerca de duas horas depois desse episódio, ouvimos o mar partindo; e, antes da noite, o gelo se rompeu e liberou nosso navio. No entanto, ficamos ancorados até de manhã, temendo encontrar no escuro aquelas grandes massas de gelo soltas que flutuam nas águas depois do seu rompimento. Aproveitei esse tempo para descansar por algumas horas.

De manhã, porém, assim que amanheceu, subi ao convés e encontrei todos os marinheiros ocupados de um lado do navio, aparentemente conversando com alguém no mar. Era, na verdade, um trenó, igual ao que havíamos visto antes, que se aproximara de nós durante a noite, sobre um grande fragmento de gelo. Apenas um cão permanecia vivo, e havia também um ser humano, a quem os marinheiros tentavam convencer a entrar no navio. Mas ele não se parecia com o outro viajante, um habitante selvagem de alguma ilha desconhecida, tratava-se de um europeu. Quando apareci no convés, o contramestre disse: – Eis nosso capitão, e ele não permitirá que você pereça em alto-mar.

Ao me ver, o estranho se dirigiu a mim em inglês, embora tivesse um sotaque estrangeiro. – Antes de subir a bordo de sua embarcação – disse ele – você faria a gentileza de me informar para onde vão?

Você pode imaginar meu espanto ao ouvir tal pergunta, feita por um homem à beira da morte, a quem eu deveria supor que meu barco seria um recurso que ele não trocaria nem pela mais preciosa riqueza que a terra pudesse oferecer. Respondi, no entanto, que estávamos em uma expedição rumo ao polo norte.

Ao ouvir isso, ele pareceu satisfeito e consentiu em subir a bordo. Bom Deus! Margaret, se você tivesse visto o homem que, de certa maneira, pôs a própria segurança sob condição, sua surpresa não teria limites. Seus membros estavam quase congelados e o corpo, terrivelmente extenuado pela fadiga e pelo sofrimento. Nunca vi um homem em situação tão miserável. Tentamos carregá-lo para a cabine, mas, assim que saiu do ar fresco, ele desmaiou. Por isso, nós o trouxemos de volta ao convés e o reanimamos o esfregando com conhaque e o forçando a engolir alguns goles. Assim que ele deu sinal de vida, nós o enrolamos em cobertores e o colocamos perto da chaminé do fogão da cozinha. Aos poucos, ele se recuperou e tomou um pouco de sopa, que o restaurou formidavelmente.

Dois dias se passaram dessa forma antes que ele fosse capaz de falar; e, muitas vezes, receei que seus suplícios o tivessem privado da razão. Quando, em certa medida, ele se recuperou, levei-o para minha própria cabine e cuidei dele tanto quanto meus deveres permitiam. Nunca vi criatura mais interessante: seus olhos têm, geralmente, uma expressão de selvageria, até mesmo de insanidade, mas há momentos em que, se alguém tem um ato de bondade para com ele, ou lhe presta algum serviço insignificante, todo o seu semblante se ilumina, por assim dizer, com um brilho de benevolência e doçura que nunca vi igual. Mas, em geral, ele se mostra melancólico e desesperado; e, às vezes, range os dentes, como se ficasse impaciente com o peso das aflições que o oprimem.

Quando meu convidado se recuperou um pouco, tive grande dificuldade em manter os homens afastados, pois eles desejavam fazer mil perguntas; mas não permitiria que ele fosse atormentado por sua vã curiosidade, estando em uma condição de corpo e mente cuja recuperação dependia evidentemente de repouso total. Certa vez, porém, o tenente lhe perguntou o porquê de ele ter vindo tão longe no gelo em um veículo tão estranho.

Seu semblante imediatamente assumiu um aspecto profundamente sombrio, e ele respondeu: – Para buscar alguém que fugiu de mim.

— E o homem que você perseguia viaja da mesma maneira?

— Sim.

— Então imagino que o tenhamos visto, já que, no dia anterior ao seu resgate, avistamos alguns cães puxando um trenó em meio ao gelo, com um homem dentro.

Isso despertou a atenção do estranho, e ele fez uma infinidade de perguntas sobre a rota que o demônio, como ele o chamou, havia tomado. Logo depois, quando estava a sós comigo, disse: – Sem dúvida, aticei sua curiosidade, assim como a dessa boa gente, mas você é atencioso demais para me fazer perguntas.

— Absolutamente, seria de fato muito impertinente e desumano de minha parte incomodá-lo com quaisquer questionamentos.

— E, ainda assim, você me resgatou de uma situação estranha e perigosa; você, generosamente, restaurou-me a vida.

Logo depois, ele me perguntou se eu achava que o rompimento do gelo havia destruído o outro trenó. Retruquei que não poderia responder com nenhum grau de certeza, pois o gelo não se quebrara até por volta da meia-noite, e o viajante poderia ter chegado a um lugar seguro antes dessa hora, mas não tinha como me certificar. A partir de então, um novo sopro de vida animou a disposição decaída do estranho. Ele manifestou enorme ansiedade em estar no convés, para vigiar o trenó que havia aparecido anteriormente; mas o convenci a permanecer na cabine, pois ele estava fraco demais para suportar a brutalidade da atmosfera. Prometi que alguém vigiaria por ele e avisaria imediatamente caso algum novo objeto fosse avistado.

Esse é meu registro a respeito dessa inusitada ocorrência até o momento. A saúde do estranho tem melhorado pouco a pouco, mas ele está muito calado, e parece inquieto quando alguém além de mim entra na cabine. No entanto, seus modos são tão conciliadores e gentis que todos os marinheiros se mostram interessados por sua pessoa, embora tenham se comunicado pouco com ele.

Quanto a mim, começo a amá-lo como a um irmão, e sua constante e profunda dor me enche de simpatia e compaixão. Ele deve ter sido uma criatura nobre em seus melhores dias, já que agora – mesmo arruinado – mostra-se tão atraente e amável. Disse-lhe em uma de minhas cartas, minha querida Margaret, que não seria capaz de encontrar nenhum amigo no vasto oceano; no entanto, encontrei um homem que, antes de ter o espírito despedaçado pelo sofrimento, eu ficaria muito feliz em ter como um irmão de coração.

Devo continuar meu registro sobre o estranho de tempos em tempos, caso haja novos incidentes a relatar.

13 de agosto de 17...

Meu afeto pelo hóspede aumenta a cada dia. Ele instiga ao mesmo tempo minha admiração e minha piedade em um nível surpreendente. Como posso ver uma criatura tão nobre destruída pelo sofrimento sem sentir a mais excruciante dor? Ele é tão gentil e, ainda assim, tão sábio; sua mente é tão culta; e, quando ele fala, embora suas palavras sejam escolhidas com a mais apurada arte, fluem com rapidez e uma eloquência inigualável. Agora, encontra-se bastante recuperado de sua doença e fica todo o tempo no convés, aparentemente procurando o trenó que precedeu o dele. No entanto, embora infeliz, ele não parece tão ocupado com a própria infelicidade, interessando-se profundamente pelos projetos dos outros. Tem conversado frequentemente comigo sobre meus próprios planos, que lhe anunciei sem disfarces. Ele registrou atentamente todos os meus argumentos a favor do meu eventual sucesso, e cada detalhe das medidas que eu tomara para garanti-lo. Fui facilmente levado, pela simpatia que ele me demonstrou, a falar de acordo com a linguagem do meu coração; a dar expressão ao intenso ardor de minha alma; e a declarar, com todo o fervor que me aqueceu, com que alegria eu sacrificaria minha fortuna, minha existência, todas as minhas esperanças, para o avanço de minha empreitada. A vida ou a morte de um homem era simplesmente um pequeno preço a pagar pela aquisição do conhecimento que eu buscava, pelo domínio que devo adquirir e transmitir sobre os inimigos elementares de nossa raça. À medida que eu falava, um sombrio torpor se espalhava sobre o semblante do meu ouvinte. A princípio, percebi que ele tentava suprimir suas emoções; colocou as mãos sobre os olhos; e minha voz estremeceu e falou, enquanto eu via lágrimas escorrendo rapidamente por entre os dedos dele – um gemido irrompeu em seu peito arfante. Fiquei em silêncio; por fim, ele falou, hesitante: – Homem infeliz! Você compartilha da minha loucura? Você também experimentou a dose inebriante? Ouça-me: permita que eu lhe revele minha história, e você afastará o copo de seus lábios!

Essas palavras, como pode imaginar, instigaram fortemente minha curiosidade, mas a angústia da dor que se apoderou do estranho superou seus poderes enfraquecidos, e muitas horas de repouso e conversações tranquilas foram necessárias para restaurar a disposição dele. Tendo dominado a violência de seus sentimentos, ele pareceu se condenar por ter se mostrado escravo da paixão e, reprimindo a lúgubre tirania do desespero, levou-me mais uma vez a falar sobre meus assuntos pessoais. Indagou sobre a história de meus primeiros anos. A narrativa foi rápida, mas despertou várias linhas de reflexão. Falei de meu desejo de encontrar um amigo – de minha sede por uma afinidade mais íntima com uma mente semelhante à minha, algo que nunca me fora concedido; e expressei minha convicção de que um homem poderia exibir pouca felicidade caso não desfrutasse dessa bênção. – Concordo com você – respondeu o estranho – somos criaturas fora dos moldes, praticamente inacabadas, se alguém mais sábio, melhor, mais querido do que nós – como um amigo deveria ser – não oferece sua ajuda para aperfeiçoar nossas naturezas fracas e defeituosas. Certa vez tive um amigo, a mais nobre das criaturas humanas, e tenho o direito, portanto, de julgar o que é uma amizade. Você tem esperança, e o mundo diante de si, e não tem motivo para desespero. Mas eu... eu perdi tudo e não posso começar uma nova vida.

Ao dizer isso, seu semblante adquiriu uma expressão de dor calma e conformada, o que me tocou profundamente. Mas ele ficou em silêncio, e logo se retirou para a cabine.

Mesmo com o espírito debilitado como o dele está, ninguém é capaz de sentir com mais profundidade do que ele as belezas da natureza. O céu estrelado, o mar e cada visão proporcionada por essas maravilhosas regiões parecem ainda ter o poder de elevar sua alma da terra. Esse homem tem uma existência dupla: ele pode sofrer misérias e ser dominado pelas decepções; no entanto, quando ele se recolhe em si mesmo, torna-se como um espírito celestial com uma aura ao redor, em que nenhuma tristeza ou loucura se aventura.

Será que você vai sorrir com o entusiasmo que expresso em relação a esse divino nômade? Não o faria, se o visse. Você teve educação e foi refinada por livros e pelo distanciamento do mundo, portanto, é um tanto quanto meticulosa, mas isso apenas a torna mais apta a apreciar os extraordinários méritos desse homem maravilhoso. Às vezes, tenho me esforçado para descobrir que qualidade ele possui que o eleva de forma tão incomensurável acima de qualquer outra pessoa que já tenha conhecido. Acredito que seja um discernimento intuitivo; um poder de julgamento rápido, mas infalível; uma capacidade de penetrar nas causas das coisas, inigualável em clareza e precisão; acrescente-se a isso uma facilidade de se exprimir e uma voz cujas variadas entonações são como música que domina a alma.

19 de agosto de 17...

Ontem, o estranho me disse: – Você pode facilmente perceber, Capitão Walton, que sofri grandes e inigualáveis infortúnios. Decidira, certa vez, que a memória desses males morreria comigo, mas você me conquistou a ponto de me fazer mudar de decisão.

Você busca conhecimento e sabedoria, como já fiz no passado, e desejo ardentemente que a realização de seus desejos não seja como uma serpente a picá-lo, como aconteceu comigo. Não sei em que o relato de meus desastres possa lhe ser útil; no entanto, quando penso que você está seguindo o mesmo curso, expondo-se aos mesmos perigos que me tornaram o que sou, imagino que possa extrair uma moral adequada de minha história, algo que possa orientá-lo se tiver sucesso em sua empreitada ou consolá-lo em caso de fracasso. Prepare-se para ouvir episódios que geralmente são considerados maravilhosos. Se estivéssemos em meio a um cenário natural mais brando, eu poderia temer sua incredulidade, talvez seu escárnio; mas muitas coisas, que provocariam o riso de quem não está familiarizado com os inconstantes poderes da natureza, parecerão possíveis nestas regiões indomáveis e misteriosas – tampouco posso duvidar que minha história possa transmitir evidências próprias da verdade dos eventos que a compõem.

Você pode facilmente imaginar que fiquei muito agradecido com o relato oferecido, entretanto, não suportaria que ele renovasse sua dor ao narrar seus infortúnios. Senti enorme ânsia de ouvir a narrativa prometida, em parte por curiosidade, em parte por um forte desejo de aliviar sua sina, se isso estivesse em meu poder. Expressei esses sentimentos em minha resposta.

— Agradeço sua compaixão – respondeu ele – mas é inútil: minha sina está quase cumprida. Espero apenas por um acontecimento e, então, repousarei em paz. Compreendo seu sentimento – continuou ele, percebendo que queria interrompê-lo – mas você se engana, meu amigo, se assim me permite chamá-lo; nada pode alterar minha sina: ouça a minha história e perceberá como está irrevogavelmente determinada.

Disse-me então que começaria sua narrativa no dia seguinte, quando eu estaria de folga. Essa promessa me arrebatou os mais calorosos agradecimentos. Decidi que, todas as noites, quando não estivesse imperativamente ocupado com minhas funções, registraria o que ele relatara durante o dia da forma mais fiel possível às suas palavras. Se eu estiver ocupado, ao menos farei anotações. Sem dúvida, esse manuscrito lhe proporcionará imenso prazer, e para mim, que o conheço e ouço de seus próprios lábios, com que interesse e afinidade o lerei algum dia no futuro! Mesmo agora, quando começo minha tarefa, sua voz imponente ecoa em meus ouvidos; seus olhos brilhantes se fixam em mim com toda a sua melancólica doçura; vejo sua mão esguia se erguer entusiasmada enquanto os contornos de seu rosto irradiam sua alma.

Estranha e angustiante deve ser sua história; assustadora a tormenta que envolveu a elegante embarcação em seu curso, destruindo-a – assim!

CAPÍTULO I

Nasci em Genebra, e minha família é uma das mais ilustres daquela república[18]. Meus ancestrais foram, por muitos anos, conselheiros e magistrados[19]; e meu pai desempenhara inúmeras funções públicas com honra e reputação. Ele era respeitado por todos que o conheciam por sua integridade e uma incansável atenção ao serviço público. Passou a juventude eternamente ocupado com os assuntos de seu país; uma variedade de circunstâncias o impediu de se casar cedo, tornando-se marido e pai de família depois de já estar no declínio da vida.

Como as conjunturas de seu casamento ilustram o caráter dele, não posso deixar de relatá-las. Um de seus amigos mais íntimos era um mercador que, de uma condição próspera, caiu na pobreza em virtude de vários infortúnios. Esse homem, cujo nome era Beaufort, tinha um temperamento orgulhoso e inflexível e não suportava viver na pobreza e no esquecimento no mesmo país em que outrora se distinguira pela posição e grandiosidade. Depois de pagar suas dívidas, portanto, da maneira mais honrosa, retirou-se com a filha para a cidade de Lucerna, onde viveu isolado, na

18 O cantão de Genebra (unidade político-administrativa suíça cuja capital é a cidade de Genebra) era uma república independente até o ano de 1815, quando se anexou à Confederação Helvética, atual Suíça. (N. do T.)

19 Os magistrados de Genebra eram escolhidos entre os membros das famílias aristocráticas e tinham diversas funções públicas no cantão. (N. do T.)

miséria. Meu pai amava Beaufort com a mais sincera amizade e ficou profundamente magoado com seu isolamento em circunstâncias tão desafortunadas. Lamentou com amargor o falso orgulho que levara o amigo a uma atitude tão pouco digna do afeto que os unia. Não perdeu tempo em se empenhar a procurá-lo, na esperança de convencê-lo a recomeçar a vida com seu crédito e assistência. Beaufort tomara medidas eficazes para se esconder, e dez meses se passaram antes que meu pai encontrasse sua morada. Muito feliz com a descoberta, ele se apressou até a casa, que ficava em uma rua pobre, próxima ao rio Reuss. Mas, quando ele lá entrou, só a miséria e o desespero o receberam. Beaufort salvara da ruína apenas uma ínfima quantidade de dinheiro, mas era o suficiente para lhe prover por alguns meses e, nesse meio-tempo, ele esperava conseguir algum emprego respeitável na casa de um comerciante. Consequentemente, passou todo o intervalo na inércia; sua dor só se tornava mais profunda e desesperadora com o tempo que tinha para refletir e, por fim, tomou conta de sua mente de tal forma que, ao cabo de três meses, ele ficou acamado, enfermo, incapaz de qualquer esforço.

A filha cuidava dele com enorme ternura, mas via, desesperada, que sua pequena poupança diminuía rapidamente e que não havia outra perspectiva de sustento. Porém, Caroline Beaufort possuía uma mente incomum, e sua coragem despontou, apoiando-a na adversidade. Ela procurou trabalhos simples – trançava palha e, de várias formas, conseguia ganhar uma ninharia, que mal bastava para lhe sustentar a vida.

Vários meses se passaram dessa maneira. O pai piorou; o tempo dela era gasto quase que inteiramente cuidando dele; seus meios de subsistência diminuíram; e, no décimo mês, o pai morreu em seus braços, deixando-a órfã e indigente. Este último golpe a derrotou, e ela estava ajoelhada ao lado do caixão de Beaufort, chorando amargamente, quando meu pai entrou no cômodo. Ele apareceu como um espírito protetor para a pobre menina, que se entregou a seus cuidados; depois do enterro do amigo, ele a conduziu a Genebra, colocando-a sob a proteção de um parente. Dois anos depois desse episódio, Caroline se tornou sua esposa.

Havia uma considerável diferença de idade entre meus pais, mas essa circunstância parecia tornar os laços de seu dedicado afeto ainda mais firmes. Havia um senso de justiça na mente honrada de meu pai, que tornava necessário que ele aprovasse com louvor para poder amar com fervor. Talvez, nos anos anteriores, ele tivesse sofrido com a descoberta tardia da indignidade de alguém que amara e, por isso, estivesse disposto a dar mais valor à idoneidade comprovada. Havia uma demonstração de gratidão e adoração em seu apego à minha mãe, algo que diferia completamente da afeição idólatra da idade, pois era inspirado pela reverência às suas virtudes e por um desejo de ser o meio de, em algum grau, recompensá-la por todas as tristezas que ela suportara, e que dava uma graça indescritível à sua atitude para com ela. Ele fazia de tudo para atender a seus desejos e interesses. Esforçava-se para protegê-la, como uma planta exótica é protegida pelo jardineiro de todos os ventos mais bruscos, cercando-a de tudo que pudesse suscitar emoções prazerosas em sua mente suave e benevolente. A saúde dela, e até mesmo a tranquilidade de seu espírito, até então estável, havia sido abalada pelo que ela passara. Durante os dois anos anteriores ao casamento, meu pai gradualmente abandonou todas as funções públicas; e, imediatamente após a união, eles buscaram o clima agradável da Itália, e a mudança de cenário e de interesses proporcionada por uma viagem àquela terra de maravilhas serviu como um restaurador para seu corpo enfraquecido.

Da Itália, eles visitaram a Alemanha e a França. Eu, o filho deles mais velho, nasci em Nápoles e, ainda criança, acompanhava-os em seus passeios. Continuei por vários anos como filho único. Por mais que fossem apegados um ao outro, pareciam obter reservas inesgotáveis de afeto de uma mina de amor para concedê-las a mim. As doces carícias de minha mãe e o sorriso benevolente de meu pai ao me olhar são minhas primeiras lembranças. Eu era o brinquedo e ídolo deles, e algo melhor – seu filho, a criatura inocente e indefesa concedida a eles pelo Céu, alguém a quem educar para o bem, e cujo destino estava em suas mãos, prestes a ser direcionado para a felicidade ou a desgraça, conforme desempenhassem seus deveres para comigo. Com essa profunda consciência do que deviam ao ser a quem haviam dado a vida, somada ao ativo espírito de ternura que animava a ambos, pode-se imaginar que – embora recebesse a cada momento de minha vida infantil uma lição de paciência, caridade e autocontrole – eu era guiado por amarras de seda tão suaves que tudo parecia uma sequência de alegrias para mim. Por um bom tempo, fui a única preocupação deles. Minha mãe desejava muito ter uma filha, mas continuei a ser seu único descendente. Quando tinha cerca de 5 anos, durante uma excursão além das fronteiras da Itália, eles passaram uma semana às margens do lago de Como. O caráter beneficente dos dois muitas vezes os fazia entrar nos casebres dos pobres. Isso, para minha mãe, era mais do que um dever; tendo em conta o que ela sofrera e como fora resgatada, era uma necessidade, uma paixão, agir como um anjo da guarda para os aflitos. Durante uma de suas caminhadas, uma cabana pobre nos recessos de um vale atraiu a atenção deles pela singular miséria e quantidade de crianças seminuas reunidas em torno, anunciando sua penúria da pior forma possível. Certo dia, quando meu pai foi sozinho para Milão, minha mãe, acompanhada por mim, visitou essa morada. Ela encontrou um camponês e a esposa trabalhando arduamente, curvados pelas preocupações e pelo trabalho, distribuindo uma escassa refeição a cinco bebês famintos. Entre eles, havia um que atraiu a atenção de minha mãe bem mais do que todos os outros. Ele aparentava ser de uma linhagem diferente. Os outros quatro pareciam mendigos gorduchos, de olhos escuros; essa criança era magra e muito bela. Seu cabelo era do ouro mais vívido e brilhante e, apesar da pobreza das roupas, ela parecia ter uma aura de distinção sobre a cabeça. A testa era alva e ampla, os olhos, azuis e cristalinos, e seus lábios e o formato do rosto tinham tal expressão de sensibilidade e doçura que ninguém poderia vê-la sem considerá-la como de uma espécie diferente, um ser enviado do céu e exibindo uma marca divina em todas as feições. A camponesa, percebendo que minha mãe cravara um olhar de arrebatamento e admiração nessa adorável menina, contou com avidez sua história. Ela não era sua filha, e sim de um nobre milanês. A mãe era alemã e morrera ao dar à luz. O bebê fora colocado aos cuidados dessas boas pessoas – estavam em melhor situação à época. Haviam se casado pouco tempo antes e o filho mais velho acabara de nascer. O pai da menina era um daqueles italianos que evocavam a antiga glória da Itália – um dos *schiavi ognor frementi*[20] – que se esforçara por obter a liberdade de seu país. Ele se tornou vítima de sua fraqueza. Se havia morrido ou ainda permanecia nas masmorras da Áustria, ninguém sabia. A propriedade dele havia sido confiscada, a filha se tornara uma órfã indigente. Continuou com os pais adotivos e desabrochou em sua rude morada, mais bela do que uma rosa de jardim em meio a espinheiros de folhas escuras. Quando meu pai voltou de Milão, encontrou brincando comigo, no saguão de nossa propriedade, uma criança mais bela do que o retrato de um querubim – uma criatura cuja aparência parecia irradiar luz e cuja forma e movimentos eram mais leves do que os dos antílopes das montanhas. Essa aparição foi logo explicada. Com a permissão do marido, minha mãe persuadiu seus rústicos guardiões a transferir seu encargo para ela. Eles gostavam da doce órfã. Sua presença lhes parecia uma bênção, mas seria injusto mantê-la na pobreza e na necessidade quando a Providência lhe concedia uma proteção tão poderosa. Consultaram o padre do vilarejo, e o resultado foi que Elizabeth Lavenza se tornou moradora da casa de meus pais – minha mais do que irmã – a bela e adorada companhia de todas as minhas ocupações e diversões.

20 "Escravos sempre frementes", em italiano. Referência aos revoltosos italianos à época do domínio austríaco, entre os séculos 18 e 19. (N. do T.)

Todos amavam Elizabeth. O apaixonado e quase reverente apego com que todos a olhavam se tornou, além de algo de que eu compartilhava, meu orgulho e deleite. Na noite anterior à sua chegada em casa, minha mãe me disse, com alegria: – Tenho um lindo presente para meu Victor, amanhã ele vai recebê-lo. E quando, no dia seguinte, ela me apresentou Elizabeth como o presente que prometera, eu, com uma seriedade infantil, interpretei suas palavras ao pé da letra e considerei Elizabeth como minha – minha para proteger, amar e cuidar. Todos os elogios que lhe eram feitos eu recebia como se fossem propriedade minha. Chamávamos um ao outro, intimamente, de primos. Nenhuma palavra, nenhuma expressão, poderia demonstrar o tipo de relação que ela tinha comigo – minha mais do que irmã, já que, até a morte, ela seria somente minha.

CAPÍTULO II

Fomos criados juntos; não havia nem um ano de diferença entre nossa idade. Não preciso dizer que éramos estranhos a qualquer tipo de desavença ou disputa. A harmonia era a alma de nosso companheirismo, e a diversidade e o contraste que faziam parte de nossa personalidade nos aproximavam ainda mais. Elizabeth tinha um caráter mais calmo e compenetrado, mas, com toda a minha energia, eu era capaz de me dedicar de maneira mais intensa, e fui mais profundamente dominado pela sede de conhecimento. Ela se ocupava em seguir as fantásticas criações dos poetas e, nas grandiosas e fascinantes paisagens que cercavam nossa casa suíça – as formas sublimes das montanhas, as mudanças das estações, tempestade e calma, o silêncio do inverno e a vida atribulada de nossos verões alpinos – ela encontrou um amplo espaço para admiração e deleite. Enquanto minha companheira contemplava com um espírito sério e satisfeito o magnífico aspecto das coisas, eu me deliciava em investigar suas causas. O mundo era, para mim, um segredo que eu ansiava por descobrir. A curiosidade, a pesquisa dedicada para aprender as leis ocultas da natureza e uma alegria semelhante ao êxtase – conforme essas leis me eram reveladas – estão entre as primeiras sensações de que me lembro.

Com o nascimento de um segundo filho, sete anos mais novo do que eu, meus pais desistiram inteiramente de sua vida nômade e se fixaram em sua terra natal. Tínhamos uma casa em Genebra e um chalé em Belrive, na margem oriental do lago, a uma distância de alguns quilômetros da cidade. Morávamos principalmente neste último, e a vida de meus pais transcorria em considerável reclusão. Fazia parte de meu temperamento evitar multidões e me ligar com fervor a poucas pessoas. Eu era indiferente, portanto, aos meus colegas da escola em geral, mas me uni nos mais íntimos laços de amizade a um deles. Henry Clerval era filho de um comerciante de Genebra. Era um menino com talento e imaginação únicos. Ele amava a ação, as dificuldades e até mesmo o perigo, pelo simples prazer do risco. Era profundamente letrado em romances de cavalaria e narrativas de amor. Compôs trovas heroicas e começou a escrever muitos contos de fantasia e aventuras cavaleirescas. Tentava nos fazer representar peças e participar de bailes de máscaras, cujos personagens eram inspirados nos heróis de Roncesvales[21], na Távola Redonda do rei Artur[22] e de toda a comitiva de cavaleiros que derramaram seu sangue para resgatar o santo sepulcro das mãos dos infiéis.

Nenhum ser humano poderia ter vivido uma infância mais feliz do que eu. Meus pais eram tomados pelo mais genuíno espírito de bondade e indulgência. Sentíamos que eles não eram tiranos que governavam nossa sorte de acordo com seus caprichos, e sim agentes e criadores de todos os prazeres de que desfrutávamos. Quando me misturava a outras famílias, discernia com clareza como minha vida era particularmente afortunada, e a gratidão me auxiliava no desenvolvimento do amor filial.

Às vezes, meu temperamento era violento e minhas paixões, intensas, porém, por alguma lei em meu caráter, elas não se voltavam para buscas infantis, e sim para um ávido desejo por aprender,

21 Roncesvales, cidade do norte da Espanha, é famosa pela derrota de Carlos Magno (742-814) durante a batalha de mesmo nome. (N. do T.)

22 Os cavaleiros da Távola Redonda foram um exército lendário do rei Artur da Inglaterra. (N. do T.)

e não para aprender todas as coisas, indiscriminadamente. Confesso que nem a estrutura das línguas, nem o código dos governos, nem a política dos vários estados possuíam atrativos para mim. Eram os segredos do céu e da terra que eu ansiava por aprender e, quer fosse a substância externa das coisas, o espírito interno da natureza ou a alma misteriosa do homem que me ocupassem, ainda assim minhas investigações eram direcionadas à metafísica ou, em seu sentido mais elevado, aos segredos físicos do mundo.

Enquanto isso, Clerval se ocupava, por assim dizer, com as relações morais das coisas. O palco agitado da vida, as virtudes dos heróis e as ações dos homens eram seu tema; e sua esperança, seu sonho, era figurar entre aqueles cujos nomes estão registrados na história, como os bravos e aventureiros benfeitores de nossa espécie. A alma pura de Elizabeth brilhava como a vela de um santuário em nosso tranquilo lar. Sua simpatia era nossa, seu sorriso, sua voz suave e a doce contemplação de seus olhos celestiais lá estavam para nos abençoar e motivar. Ela era o espírito vivo do amor que nos acalmava e encantava: caso eu ficasse taciturno em meus estudos, embrutecido pelo ardor de minha natureza, lá estava ela para me submeter à imagem de sua própria gentileza. E Clerval – poderia algo de ruim se esgueirar no nobre espírito de Clerval? Ainda assim, ele talvez não tivesse se tornado tão perfeitamente humano, tão atencioso em sua generosidade, tão cheio de bondade e ternura em meio à paixão por aventuras se Elizabeth não lhe tivesse revelado o verdadeiro encanto da benevolência e tornado o desejo de fazer o bem o objetivo primordial de sua ambição crescente.

Sinto um prazer sublime em me deter nas lembranças da infância, antes que o infortúnio tivesse manchado minha mente e mudado suas brilhantes visões com vasta utilidade em reflexos absortos, sombrios e tacanhos. Além disso, ao traçar o retrato dos meus primeiros anos, registro os eventos que levaram, por meio de passos inconscientes, ao meu triste relato posterior: pois, quando considero o nascimento da paixão que depois dominaria meu destino, descubro que ela emergiu, como um rio em uma montanha, de fontes infames e quase esquecidas; entretanto, ganhando volume à medida que avançava, tornou-se a torrente que, em seu curso, varreu todas as minhas esperanças e alegrias. A filosofia natural[23] foi a vocação que regulou meu destino; desejo, por isso, nesta narrativa, expor os fatos que levaram à minha predileção por essa ciência. Quando tinha 13 anos, fizemos uma excursão às termas perto de Thonon[24]: o mau tempo nos obrigou a ficar um dia confinados na pousada. Nessa casa, por acaso, encontrei um volume das obras de Cornélio Agrippa[25]. Abri-o com apatia; a teoria que ele tentava demonstrar e os maravilhosos fatos que relatava logo transformaram esse sentimento em entusiasmo. Uma nova luz pareceu despontar em minha mente e, pulando de alegria, comuniquei minha descoberta a meu pai. Ele olhou descuidadamente para a folha de rosto do meu livro e disse: – Ah! Cornélio Agrippa! Meu caro Victor, não perca tempo com isso, trata-se de um lixo deplorável.

Se, em vez desse comentário, meu pai tivesse se dado ao trabalho de me explicar que os princípios de Agrippa foram totalmente rejeitados e que um sistema científico moderno havia sido introduzido, possuindo poderes muito maiores do que os antigos – pois estes eram irreais, enquanto os primeiros eram verdadeiros e práticos – sob tais circunstâncias eu certamente teria deixado Agrippa de lado e satisfeito minha imaginação, fervorosa como estava, voltando com ainda mais ardor a meus estudos anteriores. É até mesmo possível que minha linha de pensamento jamais tivesse recebido o impulso fatal que me

---

23 Parte da filosofia que trata do conhecimento das causas primordiais e dos princípios do mundo material. É considerada a precursora das ciências naturais, como a física e a química. (N. do T.)

24 Thonon-les-Bains, cidade francesa na fronteira com a Suíça. (N. do T.)

25 Cornélio Agrippa (1486-1535) foi um influente escritor do esoterismo na Renascença, interessado em diferentes práticas esotéricas, como cabala cristã, alquimia e astrologia. (N. do T.)

levou à ruína. Mas o olhar superficial que meu pai deu ao livro de forma nenhuma me garantiu que ele estivesse familiarizado com seu conteúdo, e continuei a lê-lo com voracidade. Quando voltei para casa, minha primeira medida foi obter todas as obras do autor e, depois, as de Paracelso[26] e Alberto Magno[27]. Li e estudei as selvagens fantasias desses escritores com prazer; elas me pareceram tesouros conhecidos por poucos além de mim. Sempre me descrevi como alguém detentor de um desejo fervoroso de penetrar nos segredos da natureza. Apesar do intenso trabalho e das maravilhosas descobertas dos filósofos modernos, sempre terminava meus estudos descontente e insatisfeito. Dizem que *sir* Isaac Newton confessara que se sentia como uma criança catando conchas diante do vasto e inexplorado oceano da verdade. Seus sucessores me pareciam, em cada ramo da filosofia natural que eu conhecia – mesmo que se tratasse da apreensão de um menino – novatos engajados na mesma busca.

O camponês sem instrução observava os elementos ao redor e estava familiarizado com seus usos práticos. O mais erudito dos filósofos pouco conhecia além disso. Ele teria desvendado parcialmente a face da Natureza, mas seus traços imortais ainda eram uma maravilha e um mistério. Ele poderia dissecar, descrever a anatomia e dar nomes, mas, sem sequer mencionar a causa primordial, as causas de segundo e terceiro graus lhe eram totalmente desconhecidas. Eu havia contemplado as fortificações e os obstáculos que pareciam impedir os seres humanos de entrar na cidadela da natureza e, de forma brusca e ignorante, lamentava.

Contudo, ali estavam os livros e os homens que haviam penetrado mais fundo, e sabiam mais. Aceitei tudo que me declaravam e me tornei seu discípulo. Pode parecer estranho que algo assim

26 Paracelso, pseudônimo de Philippus von Hohenheim (1493-1541), foi um médico, alquimista, físico, astrólogo e ocultista suíço. (N. do T.)

27 Santo Alberto Magno foi um filósofo natural, alquimista, escritor e teólogo católico, canonizado em 1931. (N. do T.)

acontecesse no século 18, porém, ao mesmo tempo em que seguia o currículo das escolas de Genebra, fui, em grande parte, um autodidata no que diz respeito aos meus estudos favoritos. Meu pai não era cientista, e tive que me esforçar dispondo apenas da cegueira de uma criança somada à sede de conhecimento de um estudante. Sob a orientação de meus novos preceptores, dediquei-me com grande diligência na busca pela pedra filosofal e pelo elixir da vida; este, porém, logo obteve minha completa atenção. A riqueza era um objetivo inferior, mas quanta glória me aguardaria com tal descoberta, se pudesse banir a doença do corpo humano e tornar o homem invulnerável a tudo que não fosse uma morte violenta! Tampouco eram essas minhas únicas visões. A ressurreição de fantasmas ou demônios era uma promessa largamente concedida por meus autores favoritos, cuja realização eu buscava com ainda mais ansiedade; e, se meus encantamentos sempre fracassavam, atribuía o fracasso mais à minha própria inexperiência e a meus erros do que à falta de habilidade ou confiabilidade de meus instrutores. E assim, por um bom tempo, estive ocupado com sistemas ultrapassados, misturando, como um ignorante, milhares de teorias contraditórias e me debatendo desesperadamente em um lamaçal de conhecimentos multifacetados, guiado por uma imaginação ardente e um raciocínio infantil, até que um acidente mudou mais uma vez o curso de minhas ideias. Quando eu tinha cerca de 15 anos, nós nos retiramos para nosso refúgio perto de Belrive e testemunhamos uma violenta e terrível tempestade. Ela avançava por trás das montanhas do Jura[28]; e vários trovões irrompiam ao mesmo tempo, com um estrondo pavoroso, vindo de vários cantos do céu. Enquanto durou a tempestade, fiquei observando seu avanço com curiosidade e deleite. Em pé, ao lado da porta, vi subitamente uma labareda de fogo saindo de um velho e belo carvalho, a cerca de 20 metros de nossa casa; e,

28 Cadeia de montanhas localizada na fronteira entre França, Suíça e Alemanha, ao norte dos Alpes. (N. do T.)

assim que a luz ofuscante cessou, o carvalho havia desaparecido, não restando nada além de um toco queimado. Quando fomos vê-lo na manhã seguinte, encontramos a árvore despedaçada de uma maneira única. Não fora esfacelada pelo choque, e sim inteiramente reduzida a finas raspas de madeira. Nunca vira nada tão completamente destruído.

Antes disso, eu não desconhecia as leis mais óbvias da eletricidade. Nessa ocasião, um homem de grande conhecimento em filosofia natural estava conosco e, animado por essa catástrofe, ele iniciou a explicação de uma teoria que havia formulado sobre os temas da eletricidade e do galvanismo, algo ao mesmo tempo novo e surpreendente para mim. Tudo o que ele relatou ofuscava enormemente Cornélio Agrippa, Alberto Magno e Paracelso, os senhores da minha imaginação, mas, por alguma fatalidade, a derrocada desses homens me impediu de prosseguir com meus estudos habituais. Tinha a impressão de que nada seria nem poderia ser compreendido. Tudo o que havia prendido minha atenção por tanto tempo, de repente, tornara-se desprezível. Por um desses caprichos da mente, aos quais talvez estejamos mais suscetíveis na juventude, abandonei imediatamente minhas ocupações anteriores; deixei de lado a história natural e todas as suas ramificações, como se fossem criações deformadas e monstruosas, e passei a nutrir imenso desdém por essa suposta ciência, que jamais poderia entrar no limiar do conhecimento verdadeiro. Nesse estado de espírito, voltei-me para a matemática e os ramos de estudo que a ela pertencem, considerando-os estabelecidos sobre sólidas fundações, portanto, dignos de meu apreço.

É assim que, estranhamente, nossa alma é construída e, por meio dessas tênues conexões, somos destinados à prosperidade ou à ruína. Quando olho para trás, parece-me que essa mudança de interesse e vontade quase milagrosa foi sugestão direta do meu anjo da guarda – o último esforço feito pelo espírito de preservação para desviar a tempestade que já pairava no firmamento, pronta para me envolver. Sua vitória era anunciada por uma tranquilidade e um contentamento da alma incomuns, que se seguiriam ao abandono de meus antigos e, ultimamente, perturbadores estudos. E era assim que passaria a associar a continuidade de minha pesquisa com o mal, e seu abandono com a felicidade.

Foi um imenso esforço do espírito do bem, mas mostrou-se ineficaz. O destino era poderoso demais, e suas leis imutáveis já haviam decretado minha completa e terrível destruição.

CAPÍTULO III

Quando completei 17 anos, meus pais decidiram que eu deveria ir estudar na universidade de Ingolstadt. Tinha, até então, frequentado as escolas de Genebra, mas meu pai achou necessário, para completar minha educação, que eu conhecesse outros costumes, diferentes dos da minha terra natal. Minha partida, portanto, foi decidida com bastante antecedência; entretanto, antes que chegasse o dia marcado, o primeiro infortúnio de minha vida ocorreu – um presságio, por assim dizer, de minha desgraça futura. Elizabeth contraíra escarlatina – a doença era grave e ela corria grande perigo. Durante a enfermidade, muitos argumentos foram usados para convencer minha mãe a evitar contato com minha prima. A princípio, ela cedeu às nossas súplicas, mas quando soube que a vida de sua favorita estava ameaçada, não pôde mais controlar a ansiedade. Postou-se ao lado da enferma em seu leito —seus cuidados e atenções triunfaram sobre a perversidade da doença – Elizabeth se salvou, mas as consequências de tal imprudência foram fatais para sua benfeitora. No terceiro dia, minha mãe adoeceu; a febre dela veio acompanhada por sintomas bastante alarmantes, e as expressões dos médicos que a atendiam prenunciavam o pior. A fortaleza e a bondade daquela que foi a melhor das mulheres não a abandonaram no leito de morte.

Ela uniu minhas mãos e as de Elizabeth: – Meus filhos – disse – minhas mais sólidas esperanças de felicidade futura estavam na perspectiva de sua união. Essa expectativa será, agora, o consolo de seu pai. Elizabeth, meu amor, você deve tomar meu lugar para meus filhos mais novos. Ai de mim! Lamento tanto ter sido tirada de vocês; e, por mais feliz e amada que tenha sido, como é difícil abandoná-los. Mas esses pensamentos não são adequados à minha pessoa, vou me esforçar para me resignar alegremente com a morte, e devo me entregar à esperança de encontrá-los em outro mundo.

Ela morreu tranquilamente, e seu semblante expressava afeto até mesmo na morte. Não preciso descrever os sentimentos daqueles cujos laços de afeto foram rompidos pelo mais irreparável dos males; o vazio que se apresenta à alma e o desespero que se exprime no semblante. É preciso tanto tempo antes que a mente possa se convencer de que aquela a quem víamos todos os dias, e cuja própria existência parecia parte de nós mesmos, possa ter partido para sempre – de que o brilho daqueles olhos amados possa estar extinto, de que o som de uma voz tão familiar e cara aos ouvidos possa ter sido silenciada, para nunca mais ser ouvida. Tais são as reflexões dos primeiros dias, mas, quando o passar do tempo comprova a realidade daquele mal, então começa o verdadeiro amargor do luto. No entanto, quem já não teve algum ente querido arrancado por essa mão insensível? E por que eu deveria descrever uma tristeza que todos já sentiram ou deverão sentir? Chega, por fim, o tempo em que o luto é mais uma indulgência do que uma necessidade, e o sorriso que distrai os lábios, embora possa ser considerado um sacrilégio, não é banido. Minha mãe estava morta, porém, ainda tínhamos deveres a cumprir; devíamos continuar nosso percurso com os restantes e aprender a nos considerar afortunados enquanto ainda permanecesse alguém que a morte não tivesse nos tirado.

Minha partida para Ingolstadt, que fora adiada por esses eventos, estava agora novamente decidida. Consegui de meu pai uma prorrogação de algumas semanas. Pareceu-me um sacrilégio deixar tão cedo o resguardo, semelhante à morte, de uma casa enlutada, lançando-me à vida. Eu era inexperiente no sofrimento, mas isso não me alarmava menos. Não estava disposto a perder de vista aqueles que me restavam e, acima de tudo, desejava ver minha doce Elizabeth consolada em alguma medida.

Ela, de fato, escondia sua dor e se esforçava em servir como conforto para todos nós. Ela enfrentava a vida com firmeza e assumia seus deveres com coragem e zelo. Dedicava-se àqueles a quem aprendera a chamar de tio e primos. Nunca ela se mostrou tão encantadora quanto àquela época, quando invocava o brilho de seus sorrisos e nos presenteava com eles. Acabou desprezando os próprios lamentos, no esforço de nos fazer esquecer dos nossos.

O dia de minha partida finalmente chegou. Clerval passou a última noite conosco. Ele havia se esforçado em convencer o pai a permitir que me acompanhasse e se tornasse meu colega de estudos, mas fora em vão. Seu pai era um comerciante tacanho e via ociosidade e ruína nas aspirações e ambições do filho. Henry sentia profundamente a infelicidade de ser privado de uma educação liberal. Falou pouco, mas quando abriu a boca, li em seus fervorosos olhos e em seu vislumbre animado uma resolução contida, porém firme, de não ficar preso às miseráveis trivialidades do comércio.

Fomos deitar tarde. Não conseguíamos nos afastar um do outro, nem nos convencer a emitir a palavra "adeus!" Acabamos tendo que fazê-lo e nos retiramos sob o pretexto de buscar repouso, cada um imaginando que podia enganar o outro. Contudo, quando, ao amanhecer, desci para embarcar na carruagem que me levaria, lá estavam todos – meu pai pronto a me abençoar novamente; Clerval, para apertar minha mão uma vez mais; minha Elizabeth, para renovar as súplicas para que eu lhe escrevesse com frequência e oferecer as últimas atenções femininas ao seu amigo e parceiro de brincadeiras.

Atirei-me para dentro da carruagem que me transportaria e me entreguei às mais melancólicas reflexões. Eu, que sempre estivera cercado por companheiros afetuosos, sempre empenhados em proporcionar prazer uns aos outros, agora estava só. Na universidade, para onde me dirigia, deveria fazer meus próprios amigos e me defender sozinho. Até então, minha vida tinha sido notavelmente reclusa e doméstica, e isso criara em mim um insuperável horror a novos rostos. Eu amava meus irmãos, Elizabeth e Clerval, estes eram "velhos rostos conhecidos"[29], mas me considerava totalmente impróprio à companhia de estranhos. Estas eram minhas reflexões ao iniciar minha jornada, porém, à medida que avançava, meu ânimo e minhas esperanças aumentaram. Desejava ardentemente adquirir conhecimento. Muitas vezes, quando estava em casa, achava difícil permanecer, durante a juventude, confinado a um único lugar e ansiava entrar no mundo e assumir meu posto em meio a outros seres humanos. Agora, meus desejos eram atendidos e, de fato, seria tolice me arrepender.

Tive tempo suficiente para essas e muitas outras reflexões durante minha viagem a Ingolstadt, que foi longa e exaustiva. Por fim, avistei o alto campanário branco da cidade. Desembarquei e fui conduzido ao meu solitário apartamento, para passar a noite como quisesse.

Na manhã seguinte, entreguei minhas cartas de apresentação e visitei alguns dos principais professores. O acaso – ou melhor, a influência do mal, o Anjo da Destruição, que exerceu seu domínio onipotente sobre mim desde o momento em que atravessei a porta da casa de meu pai, a passos relutantes – levou-me primeiro ao senhor Krempe, professor de filosofia natural. Ele era um homem rude, mas profundamente envolvido nos segredos de sua ciência. Fez-me várias perguntas sobre meu progresso nos diferentes ramos da ciência pertencentes à filosofia natural. Respondi com displicência e, quase com desdém, mencionei os nomes de meus alquimistas como os principais autores que estudara. O professor

29 Aspas da autora. Referência ao poema "The Old Familiar Faces", do poeta inglês Charles Lamb (1775-1834). (N. do T.)

me olhou fixamente: – Você – disse ele – realmente gastou seu tempo estudando essas bobagens?

Respondi afirmativamente. – Cada minuto – continuou o senhor Krempe, efusivo – cada instante que você desperdiçou com esses livros foi total e profundamente perdido. Você sobrecarregou sua memória com sistemas ultrapassados e nomes inúteis. Meu Deus! Em que deserto você viveu, onde ninguém era gentil o suficiente para informá-lo de que essas fantasias, que você absorveu com tanta avidez, têm mil anos de idade e estão tão emboloradas quanto antigas? Jamais esperava, nesta era iluminada e científica, encontrar um discípulo de Alberto Magno e Paracelso. Meu caro, você deverá começar seus estudos completamente do zero.

Ao dizê-lo, afastou-se e escreveu uma lista com vários livros que tratavam de filosofia natural que ele gostaria que eu obtivesse; e me dispensou, depois de mencionar que, no início da semana seguinte, pretendia começar uma série de aulas sobre as linhas gerais da filosofia natural e que o senhor Waldman, um colega dele, ensinaria química em dias alternados aos de suas aulas.

Voltei para casa, não desapontado, pois, como disse, há muito tempo considerava inúteis os autores que o professor reprovava, mas tampouco inclinado a retornar, de maneira nenhuma, a esses estudos. O senhor Krempe era um sujeitinho atarracado, com uma voz rouca e um semblante repulsivo; o professor, portanto, não me impressionou em favor de suas pesquisas. De uma forma bastante filosófica e prolixa, talvez, já relatei as conclusões a que chegara a esse respeito em meus primeiros anos. Quando criança, não me contentava com os resultados prometidos pelos professores modernos de ciências naturais. Com uma confusão de ideias, explicada apenas por minha extrema juventude e pela falta de um guia nesses assuntos, eu retrocedera os passos do conhecimento ao longo dos caminhos do tempo, trocando as descobertas dos pesquisadores recentes pelos sonhos de alquimistas esquecidos.

Além do mais, eu desprezava os usos da filosofia natural moderna. Era muito diferente quando os mestres da ciência buscavam a imortalidade e o poder – tais visões, embora fúteis, eram grandiosas; mas, agora, o cenário estava mudado. A ambição do pesquisador parecia se limitar ao aniquilamento das visões em que se baseava meu interesse pela ciência. Obrigavam-me a trocar devaneios de grandeza ilimitada por realidades de pouco valor.

Essas foram minhas reflexões durante os primeiros dois ou três dias de estada em Ingolstadt, dedicados principalmente a conhecer as localidades e os principais residentes de minha nova morada. Mas, quando a semana seguinte começou, pensei nas informações que o senhor Krempe me dera em relação às aulas. E, embora eu não fosse capaz de me convencer a ir ouvir aquele sujeitinho presunçoso proferir conceitos de cima de um púlpito, lembrei-me do que dissera sobre o senhor Waldman, que eu nunca vira, já que ele estivera fora da cidade até então.

Em parte por curiosidade, em parte por ociosidade, fui para a sala de aula, pouco antes da entrada do senhor Waldman. Esse professor era muito diferente do colega. Aparentava ter por volta de 50 anos, mas com uma expressão de enorme bondade; alguns fios grisalhos cobriam suas têmporas, porém, os cabelos na parte de trás da cabeça eram quase pretos. Era baixo, mas notavelmente ereto, e sua voz era a mais doce que eu já ouvira. Ele começou a aula recapitulando a história da química e os inúmeros avanços feitos por diferentes estudiosos, pronunciando com fervor o nome dos mais ilustres pesquisadores. Então, apresentou uma visão superficial do atual estado da ciência e explicou muitos de seus termos elementares. Depois de fazer alguns experimentos preparatórios, concluiu com um louvor à química moderna, cujos termos nunca esquecerei: – Os antigos mestres desta ciência – disse ele – prometeram coisas impossíveis e nada realizaram. Os mestres modernos prometem muito pouco; sabem que os metais não podem ser transmutados e que o elixir da vida é uma fantasia. Mas esses filósofos, cujas mãos parecem feitas apenas para remexer a terra, e os olhos, para se afundar no microscópio ou no cadinho, de fato realizam milagres. Eles penetram nos recessos da natureza e mostram como ela opera em seus esconderijos. Eles ascendem aos céus: descobriram como o sangue circula e a natureza do ar que respiramos. Adquiriram novos e quase ilimitados poderes: são capazes de comandar os trovões do céu, simular terremotos e, até mesmo, replicar o mundo invisível com suas próprias sombras.

Foram essas as palavras do professor – ou melhor, permita-me que eu diga as palavras do destino – enunciadas para me destruir. À medida que ele prosseguia, senti como se minha alma estivesse lutando contra um inimigo palpável; uma a uma, as várias teclas que formavam o mecanismo de meu ser foram tocadas: acorde após acorde soou, e logo minha mente foi preenchida com um pensamento, um conceito, um propósito. Tanto fora feito, exclamou a alma de Frankenstein – mais, muito mais, irei alcançar: trilhando os passos já marcados, serei pioneiro em um novo caminho, explorarei poderes desconhecidos e revelarei ao mundo os mistérios mais profundos da criação.

Não fechei os olhos naquela noite. Internamente, meu ser estava em um estado de insurreição e turbulência; senti que uma ordem surgiria dali, mas não tinha força para produzi-la. Aos poucos, depois do amanhecer, o sono veio. Acordei, e os pensamentos da noite anterior eram como um sonho. Restava apenas a resolução de retornar aos meus antigos estudos e me dedicar a uma ciência para a qual eu acreditava possuir um talento natural. No mesmo dia, fiz uma visita ao senhor Waldman. Seus modos eram ainda mais suaves e atraentes em privado do que em público, pois havia certa dignidade em seu semblante durante a aula, substituída, em sua própria casa, por afetuosidade e bondade imensas. Fiz-lhe quase o mesmo relato que fizera a seu colega professor, a respeito de minhas pesquisas anteriores. Ele ouviu com atenção a breve narrativa de meus estudos e sorriu ao ouvir os nomes de Cornélio Agrippa e Paracelso, mas sem o desprezo que o senhor Krempe exibira. Disse-me: – Eram homens a cujo zelo incansável os filósofos modernos deviam a maioria das bases de seus conhecimentos. Eles nos deixaram a tarefa mais fácil de dar novos nomes e organizar em classificações coerentes os fatos trazidos à luz, em grande medida, graças ao intermédio deles. Os esforços dos homens geniais, mesmo erroneamente direcionados, dificilmente deixam de ser revertidos, em última instância, em sólidas vantagens para a humanidade. – Ouvi sua declaração, proferida sem qualquer presunção ou afetação; e, então, acrescentei que sua aula havia removido meus preconceitos contra os químicos modernos; expressei-me em termos comedidos, com a modéstia e a deferência devidas por um jovem a seu instrutor, sem deixar transparecer (a pouca experiência de vida me envergonhava) o entusiasmo que encorajava meus pretensos projetos. Solicitei seu conselho sobre quais livros deveria adquirir.

— Fico feliz – disse o senhor Waldman – por ter ganho um discípulo; e se seu empenho se igualar à sua capacidade, não tenho dúvidas de seu sucesso. A química é o ramo da filosofia natural em que mais avanços foram e podem ser feitos; é por isso que fiz dela minha especialidade; mas, ao mesmo tempo, não negligenciei os outros ramos da ciência. Um homem seria apenas um químico medíocre se tomasse interesse por esse único compartimento do conhecimento humano. Se o seu desejo é se tornar realmente um homem da ciência, e não simplesmente um pesquisador insignificante, aconselho-o a se dedicar a todos os ramos da filosofia natural, incluindo a matemática. Ele, então, levou-me até seu laboratório e explicou os usos de suas inúmeras máquinas, instruindo-me quanto àquelas que devia adquirir, e me prometeu que poderia utilizar as suas próprias assim que estivesse suficientemente adiantado nos estudos, a ponto de não danificar os mecanismos. Também me passou a lista de livros que eu havia solicitado e, então, parti.

Assim terminou um dia memorável para mim: meu destino estava decidido.

CAPÍTULO IV

A partir desse dia, a filosofia natural e, particularmente, a química, no sentido mais abrangente do termo, tornou-se praticamente minha única ocupação. Lia com ardor aquelas obras, tão cheias de genialidade e discernimento, que pesquisadores modernos haviam escrito sobre esses assuntos. Assistia às aulas e cultivava relações com os cientistas da universidade, e até mesmo no senhor Krempe encontrei uma boa dose de bom senso e informações genuínas – combinados, é verdade, a uma fisionomia e modos repulsivos, mas nem por isso menos valiosos. No senhor Waldman encontrei um verdadeiro amigo. Sua gentileza nunca era marcada pelo dogmatismo; suas instruções eram fornecidas com um ar de franqueza e bom coração, o que afastava qualquer ideia de pedantismo. De diversas maneiras, ele me facilitou o caminho do conhecimento e tornou as questões mais obscuras claras e fáceis de entender. Minha dedicação foi inicialmente vacilante e incerta; ganhou força à medida que eu avançava e, logo, tornou-se tão ardente e ávida que, muitas vezes, as estrelas desapareciam com a luz da manhã enquanto eu ainda trabalhava em meu laboratório.

Como me empenhava com tanto esforço, pode-se facilmente imaginar que meu progresso era rápido. Meu ardor era, na verdade, uma surpresa para os alunos e, para os mestres, a surpresa era minha proficiência. O professor Krempe sempre me perguntava, com um sorriso malicioso, como Cornélio Agrippa estava, enquanto o senhor Waldman expressava o mais sincero entusiasmo com meu avanço. Dois anos se passaram dessa forma, durante os quais não fui nenhuma vez a Genebra, mas me dediquei de corpo e alma à busca de algumas descobertas que esperava fazer. Ninguém, além daqueles que já a vivenciaram, podem compreender a sedução da ciência. Em outros estudos, vai-se até onde os outros foram antes, e não há mais nada a saber; em uma pesquisa científica, porém, há alimento infinito para descoberta e fascinação. Uma mente de capacidade moderada, que se dedica com empenho a um estudo, deve infalivelmente alcançar grande proficiência nele; e eu, que buscava continuamente a conquista de um objeto de pesquisa e estava envolvido de forma exclusiva nisso, progredi tão rapidamente que, ao cabo de dois anos, fiz algumas descobertas no aperfeiçoamento de certos instrumentos químicos que me proporcionaram grande estima e admiração pela universidade. Quando cheguei a esse ponto e me tornei tão familiarizado com a teoria e a prática da filosofia natural quanto as aulas de qualquer um dos professores de Ingolstadt me permitiam, minha residência ali deixou de ser propícia a meus aprimoramentos e pensei em voltar para meus familiares e minha cidade natal, ao que aconteceu um incidente que prolongou minha estada.

Um dos fenômenos que atraíram particularmente minha atenção era a estrutura da constituição humana e, na verdade, de qualquer animal dotado de vida. De onde – eu frequentemente me questionava – surgia o princípio da vida? Era uma questão ousada, que sempre foi considerada um mistério; no entanto, quantas coisas não descobriríamos se a covardia e o descuido não restringissem nossas investigações! Investiguei mentalmente tais circunstâncias e, dali em diante, decidi me dedicar mais particularmente aos ramos da filosofia natural que se relacionam com a fisiologia. Se não fosse impelido por um entusiasmo quase sobrenatural, minha dedicação a esse estudo teria sido enfadonha e quase intolerável. Para examinar as causas da vida, devemos primeiramente recorrer à morte. Familiarizei-me com a ciência da anatomia, mas isso não foi o suficiente – deveria também observar a decadência e a corrupção naturais do corpo humano. Em minha educação, meu pai tomara as maiores precauções para que minha mente não ficasse impressionada com horrores sobrenaturais. Não me lembro de ter estremecido diante de uma história de superstição ou receado a aparição de um espírito. A escuridão não afetava minha imaginação, e um cemitério era, para mim, apenas o receptáculo de corpos desprovidos de vida, que, de fonte de beleza e força, haviam se tornado alimento para vermes. Agora, eu era levado a examinar a causa e o progresso dessa decadência e forçado a passar dias e noites em catacumbas e mausoléus. Minha atenção estava focada nos objetos mais insuportáveis à delicadeza das sensações humanas. Eu vi como a bela forma do homem se degradava e se destruía; vi a corrupção da morte se sucedendo ao florescente semblante da vida; vi como o verme herdou as maravilhas dos olhos e do cérebro. Detive-me examinando e analisando todas as minúcias da causalidade, conforme eram exemplificadas na mudança da vida para a morte, e da morte para a vida, até que, no meio dessa escuridão, uma luz repentina irrompeu sobre mim – uma luz tão brilhante e maravilhosa e, ainda assim, tão simples que, apesar de ter me deixado tonto com a imensidão da perspectiva que ilustrava, surpreendi-me por, entre tantos homens geniais que dirigiram suas questões à mesma ciência, ter sido eu o destinado a descobrir um segredo tão espantoso.

Lembre-se de que não estou registrando a visão de um louco. Aquilo que agora afirmo ser verdade é tão certo quanto o sol que brilha nos céus. Algum milagre pode ter produzido minha descoberta, mas seus estágios eram distintos e lógicos. Depois de dias e noites de incrível esforço e fadiga, consegui encontrar a causa da geração da vida; mais ainda: tornei-me capaz de dar vida à matéria inerte.

O espanto que experimentei inicialmente com essa descoberta logo deu lugar ao prazer e ao êxtase. Depois de tanto tempo gasto em penosos esforços, chegar finalmente ao ápice de meus desejos foi o mais gratificante desfecho de meu trabalho. Porém, essa descoberta era tão grandiosa e impressionante que todas as etapas que progressivamente me conduziram até ali foram destruídas, e contemplei apenas o resultado. O que tinha sido estudo e desejo dos homens mais sábios desde a criação do mundo estava agora ao meu alcance. Não que, como um passe de mágica, tudo tivesse se revelado para mim subitamente: a informação que eu obtivera se prestava, principalmente, a direcionar meus esforços de modo a apontá-los para o objeto de minha pesquisa, e não a exibir minha descoberta como já realizada. Eu era como o árabe que fora enterrado com os mortos e, assim, encontrou uma passagem para a vida, auxiliado apenas por uma luz cintilante e, aparentemente, ineficaz[30].

Vejo, pela sua ansiedade, pela admiração e esperança que seus olhos expressam, meu amigo, que você pretende que lhe informe sobre o segredo que conheço; isso não é possível: ouça pacientemente até o fim da minha história e perceberá facilmente por que sou reservado quanto a esse assunto. Não vou conduzi-lo, desprevenido e impetuoso como eu era então, para sua destruição e inevitável miséria. Aprenda comigo, se não por meus princípios, pelo menos pelo meu exemplo, como é perigosa a aquisição de conhecimentos e como é mais feliz o homem que acredita que sua cidade natal é todo o mundo do que aquele que aspira ser mais grandioso do que sua natureza lhe permitirá.

Quando descobri que tinha um poder tão surpreendente em minhas mãos, hesitei por um longo tempo quanto à maneira como deveria empregá-lo. Embora eu possuísse a capacidade de conceder a vida, preparar um recipiente para recebê-la, com todo o emaranhado de fibras, músculos e veias, continuava a ser

30 Referência ao conto "A Quarta Viagem de Simbad, o Marujo", parte de *As Mil e Uma Noites*. (N. do T.)

um trabalho pleno de esforços e dificuldades inconcebíveis. A princípio, fiquei na dúvida entre tentar criar um ser como eu ou algo com uma constituição mais simples, mas minha imaginação estava excitada demais com meu primeiro sucesso para me permitir duvidar de minha capacidade de dar vida a um animal tão complexo e maravilhoso quanto o homem. Os materiais à minha disposição naquele momento dificilmente pareciam adequados a uma empreitada tão árdua, entretanto, eu não duvidava de que acabaria por ter êxito. Preparei-me para inúmeras adversidades; minhas operações poderiam ser frustradas continuamente e, por fim, minha obra seria imperfeita. Ainda assim, quando considerava os avanços que ocorrem todos os dias na ciência e na mecânica, sentia-me encorajado a pressupor que minhas tentativas atuais ao menos estabeleceriam as bases para um sucesso futuro. Não poderia considerar a magnitude e complexidade do meu plano, tampouco quaisquer argumentos quanto à sua impraticabilidade. Foi com esses sentimentos que dei início à criação de um ser humano. Como o tamanho reduzido das partes seria um enorme obstáculo à minha velocidade, resolvi – contrariamente às minhas primeiras intenções – fazer um ser com uma estatura gigantesca, ou seja, com cerca de 2,5 metros de altura e proporcionalmente largo. Depois de ter tomado essa decisão, e tendo passado alguns meses coletando e organizando meus materiais com sucesso, comecei.

Ninguém é capaz de conceber a variedade de sentimentos que me levaram a avançar, tal qual um furacão, depois do entusiasmo inicial, fruto de minha conquista. Vida e morte me pareciam limites ideais, e eu seria o primeiro a rompê-los, derramando uma torrente de luz sobre nosso mundo sombrio. Uma nova espécie me abençoaria como seu criador e origem; muitos universos felizes e admiráveis deveriam sua existência a mim. Nenhum pai poderia reivindicar gratidão a seu filho de forma tão absoluta quanto a que eu mereceria em relação a essa nova espécie. Prosseguindo com essas reflexões, pensei que, se pudesse dar vida à matéria inerte, seria capaz de, com o tempo (embora à época ainda achasse impossível), renovar a vida onde a morte aparentemente entregara o corpo à destruição.

Esses pensamentos sustentavam meu espírito enquanto eu persistia em minha tarefa com incessante ardor. Meu rosto se tornou pálido com o estudo e meu corpo ficou emaciado com o confinamento. Às vezes, no limite da certeza, eu fracassava; ainda assim, apegava-me esperançoso ao que o dia seguinte, ou a próxima hora, poderia tornar realidade. O segredo que só eu possuía era a esperança com a qual me lançava; e a lua contemplava meus esforços noturnos, enquanto, com uma avidez inabalável e entusiasmada, eu perseguia a natureza até seus esconderijos. Quem poderia conceber os horrores de meu trabalho secreto enquanto eu revolvia as terras úmidas das sepulturas ou torturava animais vivos para dar vida ao barro inerte? Agora, meus membros estremecem e meus olhos marejam com a lembrança, mas, naquele instante, um impulso irresistível e quase frenético me impelia a avançar – eu parecia ter perdido completamente minha alma ou qualquer sensação, além do desejo de continuar com essa busca. Na verdade, tratava-se apenas de um transe passageiro, que só fez minhas sensações retornarem com renovada acuidade, fazendo-me voltar aos velhos hábitos tão logo o estímulo artificial deixava de operar. Coletava ossos em casas mortuárias e, com dedos profanos, perturbava os terríveis segredos do corpo humano. Em uma sala solitária, ou melhor, em uma cela, no sótão da casa, separada de todos os outros cômodos por um corredor e uma escada, mantinha minha oficina de imundas criações: meus olhos saltavam das órbitas, concentrando-se nas minúcias de meu trabalho. A sala de dissecação e o matadouro me forneciam muitos de meus materiais e, muitas vezes, minha natureza humana se desviava de minha tarefa, tomada pela aversão, ao passo que, ainda impelido por uma ânsia que aumentava continuamente, eu guiava meus esforços à sua conclusão.

Os meses de verão se passaram enquanto eu me empenhava,

de coração e alma, nessa busca. Foi uma lindíssima estação – nunca os campos ofereceram uma colheita mais farta ou as vinhas produziram uma safra tão exuberante – mas meus olhos estavam insensíveis aos encantos da natureza. E os mesmos sentimentos que me faziam negligenciar as cenas ao meu redor também me ajudavam a esquecer os familiares ausentes que estavam a tantos quilômetros de distância, e que há tanto tempo eu não revia. Eu sabia que meu silêncio os inquietava e me lembrei bem das palavras de meu pai: – Sei que, embora esteja satisfeito consigo mesmo, você pensará em nós com afeto, e teremos notícias suas regularmente. Deverá me perdoar se eu considerar qualquer interrupção em sua correspondência como prova de que seus outros deveres são igualmente negligenciados.

Sabia bem, portanto, quais seriam os sentimentos de meu pai, porém, não conseguia deixar de pensar em minha tarefa, algo abominável por si só, mas que havia dominado minha mente de maneira irresistível. Eu desejava, por assim dizer, procrastinar tudo o que se relacionava com minhas afeições até que meu grande objetivo, que engolira todos os meus hábitos naturais, fosse atingido.

Cogitei, então, que meu pai seria injusto caso atribuísse minha negligência a algum vício ou desleixo de minha parte, mas, agora, estou convencido de que ele tinha razão em concluir que eu não estava completamente livre de culpa. Um ser humano que busca a perfeição deve sempre preservar uma mente calma e pacífica, nunca permitindo que a paixão ou um desejo transitório perturbem sua tranquilidade. Não acho que a busca pelo conhecimento seja uma exceção à regra. Se o estudo ao qual alguém se dedica tende a enfraquecer suas afeições e destruir seu gosto pelos prazeres simples – algo que jamais poderia ser contaminado – então esse estudo é certamente ilícito, ou seja, impróprio à mente humana. Se essa regra fosse sempre observada, se nenhum homem permitisse que a tranquilidade de suas relações domésticas fosse afetada por qualquer tipo de propósito, a Grécia não teria sido escravizada,

César teria poupado seu país, a América teria sido descoberta de forma mais gradual e os impérios do México e do Peru não teriam sido destruídos.

Mas estou me perdendo em lições de moral na parte mais interessante de minha história, e sua expressão me lembra-me de que devo continuar. Meu pai não me censurava em suas cartas, apenas demonstrava que notara meu silêncio ao indagar acerca de minhas ocupações de forma mais específica do que antes. Inverno, primavera e verão passaram enquanto eu trabalhava, mas não observei o desabrochar das flores ou o crescimento das folhas – visão que, no passado, sempre me proporcionou supremo deleite – tão profundamente absorto eu estava em minhas ocupações. A folhagem daquele ano murchou antes que meu trabalho chegasse ao fim; e, agora, a cada dia eu via com mais clareza como fora bem-sucedido. Entretanto, meu entusiasmo era contido por minha ansiedade, e eu parecia muito mais alguém condenado a trabalhos forçados nas minas ou a qualquer outra atividade insalubre do que um artista ocupado com sua prática favorita. Todas as noites, eu era lentamente oprimido por um estado febril e me exaltava da forma mais dolorosa; a queda de uma folha me abalava e eu evitava meus colegas como se fosse culpado de um crime. Às vezes, ficava alarmado com a ruína em que me transformara; só a energia de meu propósito me sustentava: meus esforços terminariam em breve, e eu acreditava que o exercício e a diversão afastariam quaisquer males incipientes; e prometi a mim mesmo me dedicar a ambos assim que minha criação estivesse completa.

CAPÍTULO V

Foi em uma noite sombria de novembro que contemplei o sucesso de meus esforços. Com uma ansiedade que beirava a agonia, reuni os aparelhos essenciais ao meu redor, para que fosse capaz de infundir uma centelha de vida à coisa inerte que se encontrava a meus pés. Já era uma da manhã; a chuva martelava com melancolia nas vidraças, e minha vela estava a ponto de se apagar quando, sob o brilho da luz quase extinta, vi o olho amarelo e opaco da criatura se abrir; respirava com dificuldade, e um movimento convulsivo lhe agitava os membros.

Como posso descrever minhas emoções diante de tamanha catástrofe, como esboçar o miserável ser que, com infinito sofrimento e cuidado, esforcei-me para criar? Seus membros eram proporcionais, e os traços que eu lhe selecionara eram belos. Belos! Santo Deus! Sua pele amarelada mal cobria a estrutura dos músculos e artérias abaixo dela; seus cabelos eram pretos, lustrosos e esvoaçantes; seus dentes tinham uma brancura perolada; mas essa exuberância formava um contraste ainda mais horrendo com seus olhos turvos – que pareciam ser da mesma cor das órbitas branco-acinzentadas que os continham – pele enrugada e lábios negros e retilíneos.

Os diversos acidentes da vida não são tão mutáveis quanto os sentimentos da natureza humana. Eu trabalhara duro por quase dois anos, com o único propósito de infundir vida em um corpo inerte. Para tanto, eu me privara de descanso e saúde. Desejara meu objetivo com um ardor que excedia em muito a moderação; mas agora que havia terminado, a beleza do sonho desaparecera, e um horror e uma repulsa de tirar o fôlego tomaram meu coração. Incapaz de me sujeitar à aparência do ser que havia criado, saí correndo da oficina e fiquei, por muito tempo, perambulando em meu quarto, incapaz de me recompor para dormir. Por fim, a agitação que sentira antes deu lugar ao cansaço e me joguei na cama ainda vestido, em busca de alguns momentos de inconsciência. Entretanto, foi em vão: dormi, de fato, mas fui perturbado pelos sonhos mais loucos. Pensei ter visto Elizabeth, no auge da saúde, caminhando pelas ruas de Ingolstadt. Encantado e surpreso, abracei-a, mas, quando lhe lancei o primeiro beijo, seus lábios ficaram lívidos, adquirindo o tom da morte; suas feições pareciam ter mudado, e pensei ter em meus braços o cadáver de minha mãe morta; uma mortalha envolvia seu corpo, e vi os vermes da sepultura rastejando pelas dobras do tecido. Despertei de meu sono horrorizado; um suor frio cobria minha testa, meus dentes tremiam e cada membro meu se agitava. Foi então, à luz fraca e amarelada da lua, que forçava sua entrada pelas venezianas da janela, que vi a criatura – o monstro miserável que eu criara. Ele segurava no alto o cortinado da cama, e seus olhos, se é que poderiam ser chamados de olhos, estavam fixos em mim. Sua mandíbula se abriu e ele murmurou alguns sons inarticulados, enquanto um sorriso franzia suas bochechas. Talvez tivesse falado algo, mas não ouvi; uma das mãos estava estendida, aparentemente para me deter, mas escapei e desci correndo as escadas. Refugiei-me no pátio interno da casa que habitava, onde permaneci durante o resto da noite, andando para cima e para baixo em grande agitação, ouvindo com atenção, absorvendo cada som, temendo que fosse o anúncio da aproximação do cadáver demoníaco ao qual, tão miseravelmente, eu dera a vida.

Ah! Nenhum mortal poderia suportar o horror daquele semblante. Uma múmia mais uma vez dotada de vida não seria tão horrenda quanto aquela criatura. Eu a observara enquanto ainda estava inacabada; já era feia; mas, quando aqueles músculos e articulações se tornaram capazes de movimento, tornou-se algo que nem mesmo Dante teria sido capaz de conceber.

Passei uma noite horrível. Às vezes, meu pulso batia tão rápido e com tanta força, que sentia a palpitação de cada artéria; em outras, quase caía no chão, de tão debilitado e fraco que estava. Misturado a esse horror, sentia a amargura da decepção; os sonhos, que haviam sido meu alimento e meu agradável descanso por tanto tempo, agora se transformavam em um inferno; e a mudança fora tão rápida, a ruína tão completa!

A manhã, sombria e úmida, finalmente despontou e descobriu aos meus olhos insones e doloridos a igreja de Ingolstadt, seu campanário branco com o relógio, que indicava seis horas. O porteiro abriu os portões do pátio que, naquela noite, fora meu abrigo, e saí para as ruas, andando a passos rápidos, como se procurasse evitar a criatura que eu temia se apresentar diante de mim a cada esquina que cruzava. Não me atrevi a regressar ao apartamento onde morava, mas me senti impelido a me apressar, embora estivesse encharcado pela chuva que caía de um céu negro e hostil.

Continuei a caminhar assim por algum tempo, esforçando-me, ao exercitar o corpo, para aliviar a carga que pesava sobre minha mente. Atravessava as ruas, sem ter uma noção clara de onde estava ou o que estava fazendo. Meu coração palpitava, adoecido pelo medo, e me apressava com passos irregulares, sem ousar olhar à minha volta:

> *"Como alguém que, em uma estrada solitária,*
> *Com medo e pavor caminha,*
> *Tendo-se voltando uma vez, segue adiante,*
> *E nunca mais se vira;*
> *Porque sabe que um demônio medonho*
> *Em seu encalço, dele se aproxima."*[31]

31 *The Rime of the Ancient Mariner* ("A Balada do Velho Marinheiro"), de Coleridge. (N. da A.)

Prosseguindo, cheguei finalmente diante da pousada onde costumava ser o ponto de parada de várias diligências e carruagens. Detive-me ali, sem saber por quê, mas mantive os olhos fixos por alguns minutos em uma carruagem que vinha em minha direção, do outro lado da rua. À medida que se aproximava, vi que se tratava da diligência suíça: ela parou exatamente onde eu estava e, quando a porta se abriu, identifiquei Henry Clerval, que, ao me ver, saltou imediatamente. – Meu caro Frankenstein – exclamou ele – como estou feliz em vê-lo! Que sorte você estar aqui no exato momento de meu desembarque!

Nada poderia se igualar ao meu prazer em ver Clerval; sua presença trouxe de volta a meus pensamentos meu pai, Elizabeth e todas aquelas cenas domésticas tão queridas à minha lembrança. Agarrei a mão dele e, em um instante, esqueci meu horror e minha desgraça; senti subitamente, e pela primeira vez em muitos meses, uma alegria calma e serena. Por isso, acolhi meu amigo da maneira mais cordial possível, e caminhamos em direção à minha faculdade. Clerval continuou falando por algum tempo de nossos amigos em comum e sobre a própria sorte, por ter conseguido a permissão de vir a Ingolstadt. – Você pode facilmente acreditar – disse ele – como foi difícil convencer meu pai de que todo o conhecimento necessário não estava incorporado à nobre arte da contabilidade; e, de fato, acredito que parti sem convencê-lo totalmente, pois sua única resposta às minhas incansáveis súplicas era a mesma do professor holandês d'*O Vigário de Wakefield*[32]: "Ganho dez florins por ano sem falar grego; e como com fartura sem falar grego". Mas a afeição dele por mim finalmente superou sua aversão ao aprendizado, e ele me permitiu empreender uma expedição à terra do conhecimento.

— É um enorme prazer vê-lo; mas me diga como estão meu pai, meus irmãos e Elizabeth.

32 *The Vicar of Wakefield*, romance do escritor irlandês Oliver Goldsmith (1728-1774). (N. do T.)

— Muito bem, e muito felizes, apenas um pouco inquietos por raramente ter notícias suas. A propósito, eu mesmo pretendo lhe dar um sermão no lugar deles. Mas, meu caro Frankenstein – continuou ele, fazendo uma breve pausa e me encarando – não tinha reparado antes como você aparenta estar bastante adoentado – tão magro e pálido, parece não dormir há várias noites.

— Adivinhou corretamente; nos últimos tempos, tenho estado ocupado tão profundamente em uma atividade que não me permiti descansar o suficiente, como pode ver; mas espero, espero sinceramente, que todos esses esforços tenham acabado e que eu esteja finalmente livre.

Eu tremia excessivamente; não suportava pensar e muito menos falar dos acontecimentos da noite anterior. Caminhava em ritmo rápido, e logo chegamos à faculdade. Então, refleti, e um pensamento me fez estremecer: de que a criatura que eu deixara em meu apartamento ainda poderia estar lá, viva, perambulando no interior. Eu receava ver aquele monstro, mas temia ainda mais que Henry o visse. Por isso, pedi-lhe que permanecesse alguns minutos ao pé da escada e corri para o meu quarto. Minha mão já estava na maçaneta da porta quando dei por mim. Então, parei; e um arrepio gelado tomou conta de mim. Escancarei a porta subitamente, como as crianças costumam fazer quando imaginam que haja um fantasma do outro lado esperando por elas, porém, nada apareceu. Entrei receoso; o apartamento estava vazio, e sequer no meu quarto se encontrava o hediondo hóspede. Mal podia acreditar que uma sorte tão grande pudesse ter acontecido comigo, mas quando tive certeza de que meu inimigo realmente havia fugido, bati palmas de alegria e corri ao encontro de Clerval.

Subimos ao meu quarto, e o criado trouxe o desjejum; mas não conseguia me conter. Não era só a alegria que me possuía – sentia minha pele formigar com o excesso de sensações, e meu pulso estava acelerado. Não conseguia permanecer um só instante no mesmo lugar: pulava sobre as cadeiras, batia palmas e ria alto.

Clerval, a princípio, atribuía minha animação incomum à alegria de sua chegada, mas, quando me observou com mais atenção, viu uma ferocidade em meu olhar que não era capaz de explicar; e minha risada alta, descontrolada e insensível, acabou por assustá-lo.

— Meu caro Victor – exclamou ele – o que está acontecendo, pelo amor de Deus? Não ria dessa maneira. Como você está doente! Qual é a causa disso tudo?

— Não me pergunte – gritei, cobrindo os olhos com as mãos, pois acreditava ter visto o temido espectro entrar sorrateiramente no quarto – *ele* poderá lhe contar. Ó, salve-me! Salve-me! – Imaginei que o monstro me agarrara; comecei a me debater furiosamente e caí convulsivamente.

Pobre Clerval! O que ele não deve ter sentido? Um encontro, que ele antecipou com tanta alegria, estranhamente transformado em decepção. Contudo, não fui testemunha de sua dor, pois fiquei inconsciente e não recuperei meus sentidos por muito, muito tempo.

Era o início de uma febre emocional, que me manteve confinado por vários meses. Durante todo esse tempo, Henry foi meu único enfermeiro. Posteriormente, descobri que, sabendo da idade avançada de meu pai e de sua impossibilidade de empreender uma viagem tão longa, e de como minha doença seria devastadora para Elizabeth, ele os poupou dessa dor, ocultando a gravidade de minha situação. Ele sabia que eu não poderia ter um enfermeiro mais gentil e atencioso do que ele e, resoluto na esperança de minha recuperação, não duvidou que, em vez de os prejudicar, tomara a decisão mais generosa possível em relação a meus familiares.

Mas, na verdade, eu estava muito doente e, certamente, nada além das atenções infinitas e incansáveis de meu amigo poderia ter me restaurado a vida. A forma do monstro, a quem eu concedera a existência, permanecia constantemente diante de meus olhos, e eu falava sem cessar nele, completamente delirante. Sem dúvida, minhas palavras surpreenderam Henry: a princípio, ele acreditou se tratar de divagações de minha imaginação perturbada, mas a obstinação com que eu continuamente retornava ao mesmo assunto o convenceu de que meu distúrbio tinha origem em algum acontecimento terrível e incomum.

Aos poucos, muito lentamente e com frequentes recaídas, que alarmavam e entristeciam meu amigo, acabei me recuperando. Lembro-me da primeira vez que me tornei novamente capaz de observar objetos do mundo lá fora com algum prazer, ao perceber que as folhas caídas haviam desaparecido e que novos brotos germinavam nas árvores que faziam sombra em minha janela. Foi uma primavera divina, e a estação contribuiu muito para meu restabelecimento. Também experimentei os sentimentos de alegria e afeto se reavivarem em meu peito; minha melancolia desapareceu e, em pouco tempo, voltei a ficar tão animado quanto antes de ser acometido por aquela fatal obsessão.

— Querido Clerval – exclamei – como você é gentil e bondoso comigo. Neste inverno inteiro, em vez de se dedicar aos estudos como prometera a si mesmo, você desperdiçou seu tempo em meu quarto de doente. Como poderei algum dia recompensá-lo? Sinto um imenso remorso pela decepção que lhe tenho causado, mas você me perdoará.

— Você me recompensará por completo se não se decompor e melhorar o mais rápido que puder; e já que parece estar de tão bom humor, posso lhe falar de um assunto específico, não posso?

Tremi. Um assunto específico! O que poderia ser? Será que ele se referia a um tema sobre o qual eu nem ousava pensar? – Recomponha-se – disse Clerval, ao observar minha mudança de cor – não mencionarei mais esse assunto se isso o deixa agitado, mas seu pai e sua prima ficariam muito felizes se recebessem uma carta sua, com sua própria caligrafia. Eles mal sabem o quanto você ficou doente, e estão inquietos com seu prolongado silêncio.

— Isso é tudo, meu querido Henry? Como pode supor que

meus primeiros pensamentos não seriam destinados a meus queridos familiares, a quem amo tanto e que são tão merecedores de meu amor?

— Se essa é sua disposição atual, meu amigo, talvez goste de ver uma carta que chegou para você já faz alguns dias – acredito ser de sua prima.

CAPÍTULO VI

Clerval, então, colocou a seguinte carta em minhas mãos. Era de minha Elizabeth:

"Meu caríssimo primo,

Você tem estado doente, muito doente, e mesmo as frequentes cartas do querido e gentil Henry não são suficientes para me tranquilizar a seu respeito. Você está impossibilitado de escrever – de segurar uma caneta; no entanto, precisamos de uma palavra sua, querido Victor, para acalmar nossas apreensões. Por muito tempo tenho acreditado que cada visita dos correios traria essa palavra, e meu poder de persuasão impediu meu tio de fazer uma viagem a Ingolstadt. Evitei que ele passasse pelos inconvenientes e, talvez, pelos perigos de uma viagem tão longa; ainda assim, quantas vezes lamentei não ser capaz de fazê-la eu mesma! Imagino que a tarefa de vigiar seu leito de convalescente tenha ficado a cargo de alguma velha enfermeira mercenária, que jamais poderia lhe adivinhar os desejos, tampouco atendê-los com o cuidado e a afeição que teria sua pobre prima. Mas agora tudo isso acabou: Clerval nos escreve contando que, de fato, você está melhorando. Espero ansiosamente que você confirme essa informação em breve, de próprio punho.

Fique bom – e volte para nós. Você encontrará um lar feliz e animado e familiares que te amam muito. A saúde de seu pai é vigorosa, e ele somente pede para vê-lo – apenas para ter certeza de que você está bem, assim, nenhuma preocupação jamais será capaz de obscurecer seu bondoso semblante. Como lhe agradaria observar o progresso de nosso Ernest! Ele já está com 16 anos, cheio de vida e vigor. Deseja ser um autêntico suíço e se alistar para servir no estrangeiro, mas não podemos nos separar dele até que seu irmão mais velho volte para casa. Meu tio não está satisfeito com a ideia de uma carreira militar em um país distante, porém, Ernest nunca foi tão aplicado quanto você. Ele considera os estudos uma odiosa prisão – gasta seu tempo ao ar livre, escalando montanhas ou remando no lago. Receio que ele se torne um desocupado, a menos que recuemos e deixemos que siga a carreira que escolheu.

Poucas mudanças, além do crescimento de nossas queridas crianças, ocorreram desde que você partiu. O lago azul e as montanhas cobertas de neve nunca mudam – e eu acho que nosso tranquilo lar e nosso alegre coração são controlados pelas mesmas leis imutáveis. Minhas ocupações triviais ocupam meu tempo e me distraem, e sou recompensada por quaisquer esforços vendo apenas rostos gentis e felizes à minha volta. Desde que você partiu, apenas uma mudança ocorreu em nossa pequena casa. Você se lembra de que forma Justine Moritz entrou para nossa família? Provavelmente não, por isso, contarei a história em poucas palavras: a senhora Moritz, mãe dela, era uma viúva com quatro crianças, sendo Justine a terceira filha. Essa menina sempre foi a favorita do pai, mas, por uma estranha perversidade, a própria mãe não a suportava e, depois da morte do senhor. Moritz, começou a tratá-la muito mal. Minha tia percebeu tal fato e, quando Justine tinha 12 anos, convenceu a mãe dela a permitir que ela vivesse em nossa casa. As instituições republicanas de nosso país instituíram modos mais simples e felizes do que o que prevalece nas grandes monarquias vizinhas. Consequentemente, há menos distinção entre as diferentes classes sociais de seus habitantes, e os hábitos das classes mais baixas – já que não são tão pobres nem tão desprezadas – são mais refinados e honrados. Uma criada em Genebra não significa a mesma coisa que na França ou Inglaterra. Justine, recebida dessa forma em nossa família, aprendeu as obrigações de uma criada, condição que, em nosso afortunado país, não implica em ignorância ou sacrifício da dignidade de um ser humano.

Justine, você deve se lembrar, era uma de suas pessoas favoritas; e me recordo de você, certa vez, ter comentado que, caso estivesse de mau humor, um único olhar de Justine era capaz de dissipá-lo, pela mesma razão com que Ariosto se refere à beleza de Angélica[33] – por ser algo tão sincero e feliz. Minha tia tinha grande apego por ela, o que a levou a lhe proporcionar uma educação superior à que pretendia inicialmente. Essa cortesia lhe foi completamente recompensada: Justine se tornou a criaturinha mais grata do mundo; não que ela falasse sobre esse assunto – nunca ouvi nenhuma palavra a respeito proferida por seus lábios – mas podia-se ver em seus olhos que ela quase idolatrava a protetora. Embora tivesse um temperamento expansivo e, em muitos aspectos, desleixado, prestava a máxima atenção a cada gesto de minha tia, considerando-a um modelo de excelência e se empenhando por imitar seus modos e maneira de falar, tanto que, até hoje, lembra-me muito sua mãe.

Quando minha queridíssima tia morreu, todos estavam ocupados demais com a própria dor para notar Justine, que cuidara dela durante a doença com a mais angustiada afeição. A pobre menina ficou muito mal, mas outras provações lhe estavam reservadas.

Um a um, seus irmãos e irmã morreram, e a mãe dela ficou sem ninguém, à exceção da filha rejeitada. A consciência da mulher estava perturbada: ela começou a pensar que a morte dos filhos favoritos era algum julgamento celestial, castigando-a

---

33 Heroína do poema épico de cavalaria "Orlando Furioso", de 1516, escrito pelo poeta italiano Ludovico Ariosto (1474-1533). (N. do T.)

por sua parcialidade. Ela era católica romana, e acredito que seu confessor lhe confirmou a ideia que colocara na mente. Por isso, alguns meses depois de sua partida para Ingolstadt, Justine foi chamada de volta à casa da mãe arrependida. Pobre menina! Ela chorava ao deixar nossa casa; estava muito mudada desde a morte de minha tia, o luto havia dado um toque de suavidade e cativante meiguice a seus modos que, antes, eram célebres pela vivacidade. Voltar a morar na casa da mãe também não iria ajudá-la a restaurar sua alegria. A pobre senhora cambaleava em seu arrependimento. Às vezes, implorava a Justine que perdoasse sua crueldade, mas, com muito mais frequência, acusava-a de ter causado a morte dos irmãos e irmãs. Essa agitação contínua levou a senhora Moritz a um declínio que, a princípio, aumentou sua irritabilidade, porém, agora, ela se encontra na paz da eternidade. Morreu com a aproximação do tempo frio, no início do último inverno. Justine voltou a morar conosco, e garanto-lhe que a amo com ternura. Ela é muito inteligente, gentil e extremamente bonita; como disse antes, seu semblante e suas expressões me lembram o tempo todo de minha querida tia.

Devo também lhe dizer algumas palavras, meu caro primo, acerca de nosso pequeno e amado William. Queria que pudesse vê-lo; é bastante alto para a idade, com olhos azuis doces e risonhos, cílios escuros e cabelos cacheados. Quando sorri, aparecem-lhe duas covinhas no rosto rosado e saudável. Já teve uma ou duas *namoradinhas*, mas Louisa Biron é sua preferida, uma linda menina de 5 anos.

Agora, querido Victor, atrevo-me a dizer que você gostaria de saber algumas das fofocas sobre a boa gente de Genebra. A bela senhorita Mansfield já recebeu as visitas de parabéns por seu casamento, que ocorrerá muito em breve, com um jovem inglês, o ilustríssimo senhor John Melbourne. Sua irmã feiosa, Manon, casou-se com o Sr. Duvillard, o banqueiro rico, no outono passado. O seu colega de escola favorito, Louis Manoir, sofreu vários infortúnios desde a partida de Clerval de Genebra.

Mas já se recuperou e, pelo que dizem, está a ponto de se casar com uma bela francesa, bastante animada, a senhora Tavernier, viúva e bem mais velha do que Manoir, mas muito admirada e estimada por todos.

Eu mesma lhe escrevi esta carta mais bem-disposta, caro primo, mas minha ansiedade retorna enquanto me despeço. Escreva, querido Victor – nem que seja uma linha – uma só palavra já será uma bênção para nós. Dez mil agradecimentos a Henry por sua gentileza, afeto e numerosas cartas: estamos sinceramente gratos. *Adieu!*, meu primo, cuide-se e, rogo-lhe, escreva-nos!

ELIZABETH LAVENZA
Genebra, 18 de março de 17...

*****

— Querida, querida Elizabeth! – exclamei, depois de ler sua carta. – Vou escrever agora mesmo para aliviá-los da ansiedade que devem estar sentindo. – Foi o que fiz, e o esforço me exauriu, mas minha recuperação começara e prosseguia com regularidade. Dentro de 15 dias, já conseguia sair do meu quarto.

Uma de minhas primeiras tarefas durante a reabilitação foi apresentar Clerval aos vários professores da universidade. Ao fazê-lo, senti-me submetido a uma espécie de provação, algo pouco recomendável em vista dos golpes que minha mente havia sofrido. Desde a noite fatal, em que meus esforços foram concluídos e minhas desgraças começaram, desenvolvera uma violenta antipatia até mesmo pelo nome "filosofia natural". Com a minha saúde praticamente restaurada, a visão de um instrumento químico renovava toda a agonia de meus sintomas nervosos. Henry percebera e removeu todos os equipamentos do alcance de minha vista. Além disso, mudou a disposição de meu apartamento, pois notara também que eu agora odiava o cômodo que antes fora meu laboratório. Mas todos esses cuidados de Clerval se mostraram inúteis quando fui visitar os professores. O senhor Waldman me torturava ao elogiar, com gentileza e entusiasmo, o surpreendente progresso que eu fizera nas ciências. Ele logo se deu conta de que eu não gostava do assunto, porém, sem poder adivinhar a verdadeira causa, atribuiu meus sentimentos à modéstia e mudou de assunto, passando de meus avanços à ciência em si, com a intenção – como pude perceber claramente – de que eu me soltasse um pouco. O que eu poderia fazer? Ele queria tanto me agradar e só me atormentava. Senti como se ele tivesse colocado um a um, diante de mim, os instrumentos que, logo depois, seriam usados para me submeter a uma morte lenta e cruel. Eu me contorcia ao ouvir suas palavras, mas não ousava exibir a dor que sentia. Clerval, cujos olhos e sensibilidade eram sempre rápidos em discernir os sentimentos dos outros, desviou o assunto, alegando, como desculpa, sua completa ignorância acerca do tema; e, assim, a conversa tomou um rumo mais genérico. Agradeci de coração a meu amigo, mas sem lhe dizer nada. Percebia claramente que ele ficara surpreso, porém, nunca tentou me arrancar-me meu segredo e, embora eu o amasse com um misto de afeto e reverência sem limites, mesmo assim nunca seria capaz de me convencer a lhe confiar aquele acontecimento que permanecia tão presente em minha memória, pois temia que, ao relatá-lo a outra pessoa, acabaria marcado com ainda mais profundidade em mim.

O senhor Krempe não foi tão atencioso e, na minha condição à época, com uma excitabilidade quase insuportável, seus elogios grosseiros e diretos me causaram mais dor do que a aprovação benevolente do senhor Waldman. – Maldito rapaz! – exclamou ele – Ora, senhor Clerval, asseguro-lhe que ele superou todos nós. Sim, pode me olhar com essa expressão, se quiser, mas, ainda assim, essa é toda a verdade. Um jovem que, há poucos anos, acreditava em Cornélio Agrippa como se crê no evangelho, está hoje à frente de todos nesta universidade; e, se não o fizerem parar logo, todos ficaremos embaraçados. Sim, sim –

continuou ele, observando minha expressão de sofrimento – o senhor Frankenstein é modesto, qualidade excelente para um jovem rapaz. Devo lhe dizer, senhor Clerval, os jovens deveriam ser mais acanhados: eu mesmo o era, quando mais novo, mas em pouco tempo deixamos isso de lado.

O senhor Krempe começara então um elogio à própria pessoa, o que, felizmente, desviou a conversa do assunto que me incomodava tanto.

Clerval nunca compartilhara do meu gosto pelas ciências naturais, e suas atividades literárias divergiam completamente dos projetos com que eu me ocupara. Ele veio à universidade com o propósito de se tornar um mestre absoluto das línguas orientais para, então, dar início ao plano de vida que traçara para si. Decidido a não seguir uma carreira modesta, voltou os olhos para o Oriente, como uma oportunidade para seu espírito aventureiro. Os idiomas persa, árabe e sânscrito chamaram sua atenção, e fui facilmente levado a iniciar os mesmos estudos. O ócio sempre foi algo enfadonho para mim e agora, que eu desejava fugir de qualquer reflexão e odiava minhas pesquisas anteriores, senti grande alívio em me tornar colega de estudos de meu amigo e encontrei não apenas instrução, como também consolo nas obras dos orientalistas. Não tentei adquirir, como ele, um conhecimento crítico de sua linguagem, pois não pensava em fazer qualquer uso do que lia, além de um passatempo temporário. Lia simplesmente para entender seu significado, e meus esforços foram recompensados. A melancolia deles era calmante, e sua alegria, enaltecedora, de uma forma que jamais experimentei estudando autores de outros países. Quando lemos seus escritos, a vida parece consistir em um sol cálido e um jardim de rosas – nos sorrisos e caras feias de um inimigo justo, e na paixão que consome o coração. Que diferença para a poesia viril e heroica da Grécia e de Roma!

O verão passou nessas atividades, e meu retorno a Genebra ficou marcado para o fim do outono; entretanto, em razão de

Estava escuro quando acordei; também senti o corpo gelado, e certo receio, um medo instintivo, por assim dizer, já que me achava tão desolado. Antes de sair de seus aposentos, com frio, cobri-me com algumas roupas, mas elas eram insuficientes para me proteger da friagem da noite. Era um pobre coitado, desamparado e miserável; não sabia nem era capaz de distinguir nada; sentindo a dor me invadir por todos os lados, sentei-me e chorei.

Logo, uma luz suave se estendeu por todo o céu, provocando-me uma sensação de prazer. Levantei-me e vi uma forma radiante surgindo por entre as árvores[36]. Contemplei-a com uma espécie de arrebatamento. Ela se movia lentamente, mas iluminava meu caminho; saí novamente em busca de frutas silvestres. Ainda tinha frio quando, sob uma árvore, encontrei uma enorme capa, com a qual me cobri, sentando-me no chão. Nenhuma ideia em especial ocupava minha mente, tudo era confuso. Sentia a luz, fome, sede, escuridão; inúmeros sons vibravam em meus ouvidos e, por todo lado, inúmeros cheiros me saudavam – o único objeto que eu conseguia distinguir era a lua brilhante, e nela fixei meus olhos com prazer.

Vários dias e noites se passaram, e a predominância da noite já havia diminuído bastante quando comecei a distinguir minhas sensações umas das outras. Pouco a pouco, vi claramente o límpido riacho que me fornecia o que beber, e as árvores que me protegiam com suas folhagens. Fiquei encantado ao descobrir que certo som agradável, que frequentemente me chegava aos ouvidos, vinha da garganta dos animaizinhos alados que quase sempre bloqueavam a luz de meus olhos. Comecei também a observar, com mais precisão, as formas que me cercavam e perceber os limites do radiante teto de luz que me cobria. Às vezes, tentava imitar o canto agradável dos pássaros, mas não conseguia. E, ocasionalmente, queria expressar minhas sensações a meu próprio modo, porém, os sons grosseiros e inarticulados que saíam de minha boca me assustavam e voltei a me calar.

36 A lua. (N. da A.)

Enquanto ainda estava na floresta, a lua desaparecera da noite, reaparecendo em tamanho menor. Nessa época, minhas sensações já haviam se tornado distintas e minha mente era alimentada por novos pensamentos a cada dia. Meus olhos se acostumaram com a luz, começando a perceber os objetos em sua forma correta; já distinguia o inseto da planta e, aos poucos, as plantas entre si. Descobri que o pardal emitia apenas notas estridentes, enquanto o melro e o tordo tinham cantos suaves e cativantes.

Certo dia, oprimido pelo frio, encontrei uma fogueira deixada por alguns pedintes errantes e fiquei maravilhado com o calor que senti. Em minha alegria, coloquei a mão nas brasas acesas, retirando-a com um grito de dor. Como era estranho, pensei, que a mesma causa produzisse efeitos tão opostos! Examinei o material da fogueira e, para minha felicidade, descobri ser composta de madeira. Rapidamente reuni alguns galhos, mas estavam úmidos e não queimavam. Fiquei triste e me sentei, ainda observando o funcionamento do fogo. A lenha molhada que colocara junto à fogueira secou e começou a queimar. Refleti a respeito e, tocando os diferentes galhos, descobri a causa daquele evento e comecei a coletar grande quantidade de madeira, para secá-la e ter um suprimento abundante de fogo. Quando a noite chegou, trazendo consigo o sono, eu fiquei com muito medo de que minha fogueira se apagasse. Cobri-a cuidadosamente com madeira e folhas secas e, por cima, coloquei alguns galhos úmidos; então, estendi minha capa no chão e mergulhei no sono.

Era de manhã quando acordei, e meu primeiro cuidado foi averiguar o fogo. Ao descobri-lo, uma brisa suave rapidamente reacendeu a chama. Observei mais esse evento e criei um leque de galhos, que reavivou as brasas quando estavam prestes a se apagar. Quando a noite voltou, descobri, com prazer, que o fogo também fornecia luz, além do calor, e que essa descoberta seria útil em minha alimentação, pois notara que os pedintes haviam abandonado algumas vísceras assadas, que tinham um gosto muito mais saboroso do que as frutas silvestres que colhia das árvores. Tentei, então, preparar minha comida da mesma maneira, colocando-a sobre as brasas acesas. Notei que as frutas silvestres ficavam inutilizáveis nesse processo, mas o sabor das nozes e raízes melhorava muito.

A comida, no entanto, começava a escassear e, muitas vezes, eu passava o dia inteiro procurando, em vão, algumas nozes para aplacar as dores da fome. Quando me dei conta disso, resolvi deixar o local que até então habitara, para encontrar outro onde minhas parcas necessidades fossem mais facilmente satisfeitas. Nessa mudança, lamentei profundamente perder o fogo que obtivera por acidente, e que eu não sabia reproduzir. Dediquei várias horas a ponderar seriamente essa adversidade, mas fui obrigado a renunciar a qualquer tentativa de solucioná-la e, envolvendo-me em minha capa, atravessei a floresta, em direção ao sol poente. Passei três dias caminhando e, por fim, cheguei a campo aberto. Uma grande quantidade de neve caíra na noite anterior e os campos estavam cobertos por uma camada branca e uniforme; a paisagem era desoladora, e meus pés estavam congelados pela substância fria e úmida que cobria o solo.

Eram cerca de sete da manhã, e eu ansiava por comida e abrigo; finalmente, avistei uma pequena cabana sobre uma elevação, construída, certamente, para o descanso de algum pastor. Era uma visão nova para mim, e examinei aquela estrutura com grande curiosidade. Encontrando a porta aberta, entrei. Um velho ali estava, sentado junto a uma fogueira, na qual preparava o desjejum. Virou-se ao ouvir um barulho e, ao me ver, gritou alto e saiu da cabana, correndo pelos campos a uma velocidade que ele aparentava ser dificilmente capaz de atingir, dada sua figura debilitada. O aspecto dele – diferente de tudo que eu já vira – e sua fuga, de certa forma, surpreenderam-me. Entretanto, fiquei encantado com a aparência da cabana: ali, a neve e a chuva não podiam penetrar; o solo era seco; e aquele lugar me pareceu um refúgio tão refinado e divino quanto o Pandemônio para as criaturas do inferno após seus sofrimentos no lago de fogo[37]. Devorei os

37 Referência a *Paraíso Perdido*, poema épico do século 17, escrito por John Milton (1608-1674). (N. do T.)

restos do café da manhã do pastor, que consistia em pão, queijo, leite e vinho; deste último, porém, não gostei. Então, vencido pelo cansaço, deitei-me sobre um amontoado de palha e adormeci.

Era meio-dia quando acordei e, animado pelo calor do sol, que brilhava com intensidade no chão branco, decidi recomeçar minhas viagens; depois de colocar os restos do café da manhã do pastor em um saco que encontrei, prossegui através dos campos por várias horas, até o pôr do sol, quando cheguei a um vilarejo. Como aquilo parecia um milagre! As cabanas, os chalés mais bem-cuidados e os casarões se alternavam para atrair minha admiração. Os vegetais nas hortas – e o leite e o queijo que vi à janela de alguns chalés – despertaram meu apetite. Em um dos mais bonitos, entrei; mas, mal colocara o pé para dentro da porta, as crianças começaram a gritar e uma mulher perdeu os sentidos. Todo o vilarejo se alvoroçou – alguns fugiam, outros me atacavam, até que, gravemente ferido por pedras e muitos outros tipos de armas, escapei para campo aberto e, com medo, refugiei-me em um casebre baixo, muito humilde, com uma aparência miserável, se comparado aos palácios que eu vira no vilarejo. Esse casebre, no entanto, localizava-se próximo a um chalé de aparência limpa e agradável; mas, depois de minha experiência recente, adquirida de forma tão custosa, não ousei entrar nele. Meu refúgio era construído com madeira, porém, com um teto tão baixo que eu mal conseguia me sentar ereto. No entanto, não havia madeira no chão, mas ao menos ele estava seco e, embora o vento entrasse no casebre através das inúmeras frestas, considerei que se tratava-se um agradável refúgio contra a neve e a chuva.

Ali, então, acomodei-me e, feliz por ter encontrado um abrigo – mesmo que miserável – do rigor da estação e, ainda mais, da barbárie humana, deitei-me. Assim que amanheceu, saí rastejando de minha toca para observar o chalé adjacente e descobrir se poderia permanecer no abrigo que encontrara. Ele ficava na parte de trás do chalé, cercado, de um lado, por um chiqueiro de porcos e, do outro, por um lago de águas límpidas. A parte por onde eu entrara estava aberta; naquele momento, comecei a cobrir todas as fendas pelas quais eu pudesse ser avistado, mas de modo que pudesse removê-las quando precisasse sair – a única luz de que precisava entraria pelo chiqueiro, o que já me era suficiente.

Tendo assim arrumado minha habitação, forrando o chão com palha limpa, recolhi-me, pois avistara ao longe um homem, e me lembrava muito bem de como fora tratado na noite anterior para ter a confiança de me apresentar. Antes, no entanto, providenciei meu sustento para aquele dia, furtando um pedaço de pão rústico e arranjando uma xícara em que poderia beber – de maneira mais conveniente do que usando minha mão – da água pura que corria junto ao meu abrigo. O chão era um pouco elevado, mantendo-se perfeitamente seco e, em razão da proximidade da chaminé do chalé, razoavelmente quente.

Com essas provisões, resolvi residir nesse casebre até que algo acontecesse a ponto de mudar meus planos. Era, de fato, um paraíso em comparação com a floresta desolada, minha antiga morada, com os galhos por onde caía a chuva e a terra úmida. Comi meu desjejum com prazer e estava prestes a remover uma das tábuas para buscar um pouco d'água quando ouvi passos e, olhando por uma pequena fresta, vi uma jovem criatura, com um balde na cabeça, passando diante de meu casebre. Era uma jovem garota, de aspecto delicado, o contrário do que observara até então nos aldeões e criados das fazendas. Todavia, estava vestida de maneira humilde, usando uma anágua azul grosseira e um blusão de linho como únicos trajes; seus cabelos loiros estavam trançados, mas não portavam enfeites – parecia tranquila, embora triste. Perdi-a de vista; em cerca de 15 minutos ela voltou, carregando o balde, agora parcialmente cheio de leite. Enquanto caminhava, aparentemente incomodada com o peso que levava, um rapaz, com um semblante ainda mais melancólico, foi ao encontro dela. Depois de proferir alguns sons com ar infeliz, ele tirou o balde da cabeça dela, conduzindo-o até o chalé. Ela o seguiu, e ambos desapareceram. Logo depois, vi o rapaz novamente, com algumas ferramentas nas mãos, cruzar o campo nos fundos do chalé; a garota também se mantinha ocupada, ora na casa, ora no quintal.

Ao examinar minha morada, descobri que havia uma das janelas do chalé cujas vidraças tinham sido preenchidas com madeira. Em uma das tábuas existia uma pequena fenda, quase imperceptível, através da qual se podia encaixar o olho. Por essa fenda ficava visível um pequeno cômodo, limpo e com as paredes caiadas, mas com pouquíssima mobília. A um canto, perto de uma pequena lareira, encontrava-se um velho com a cabeça apoiada nas mãos em uma postura desolada. A jovem garota se ocupava em arrumar o chalé, mas, naquele instante, tirou algo de uma gaveta e se sentou ao lado do velho, que, pegando um instrumento, começou a tocar e produzir sons mais doces do que o canto do sabiá ou do rouxinol. Era uma cena adorável, até mesmo para mim, pobre criatura que jamais havia visto nada de belo. Os cabelos prateados e o semblante benevolente do velho morador do chalé conquistaram minha veneração, enquanto os modos delicados da garota atraíram meu amor. O velho tocava uma melodia doce e triste, que, percebi, arrancava lágrimas dos olhos de sua amável companheira, algo de que ele não se deu conta até que ela começou a soluçar de forma audível; então, o velho pronunciou alguns sons e a bela criatura, deixando de lado seu trabalho, ajoelhou-se a seus pés. Ele a pôs de pé e lhe sorriu com tanta bondade e carinho que fui tomado por sensações peculiares e avassaladoras: uma mistura de dor e prazer, como nunca experimentara antes, nem com a fome nem com o frio, nem com o calor nem com a comida; e me afastei da janela, incapaz de suportar essas emoções.

Pouco tempo depois, o rapaz voltou, carregando nos ombros um fardo de lenha. A garota o recebeu na porta, ajudou a aliviá-lo da carga e, levando um pouco da madeira para dentro, colocou-a na lareira; então, ela e o rapaz foram até um canto do chalé, e ele lhe mostrou um grande filão de pão e um pedaço de queijo. O semblante dele foi tomado por uma expressão feliz e ela foi à horta buscar algumas raízes e plantas; colocou-as em água e, em seguida, sobre o fogo. Em seguida, continuou seus afazeres, enquanto o rapaz se dirigiu à horta e parecia ocupado em cavar e arrancar raízes. Depois de ter trabalhado assim por cerca de uma hora, a garota foi chamá-lo e eles voltaram juntos para o chalé.

Enquanto isso, o velho ficara pensativo; entretanto, com o retorno dos companheiros, assumiu um ar mais animado, e todos se sentaram para comer. Finalizaram a refeição rapidamente. A garota voltou a se ocupar com a arrumação; o velho, apoiado no braço do rapaz, caminhou diante do chalé, sob o sol, por alguns minutos. Nada poderia exceder em beleza o contraste entre aquelas duas admiráveis criaturas. Uma era velha, com cabelos prateados e um semblante sorridente, cheio de benevolência e amor; o mais jovem era franzino e gracioso, e seus traços eram moldados com a mais elegante simetria, porém, os olhos e a atitude expressavam imensa tristeza e desânimo. O velho voltou para o chalé e o rapaz, com ferramentas diferentes das que usava pela manhã, dirigiu seus passos para o campo.

A noite caiu rapidamente, mas, para minha grande surpresa, descobri que os moradores do chalé tinham um meio de prolongar a luz pelo uso de velas e fiquei encantado ao descobrir que o pôr do sol não poria fim ao prazer que experimentava ao observar meus vizinhos humanos. À noite, a garota e seu companheiro se ocuparam com tarefas que eu não compreendia e o velho tomou novamente o instrumento que produzia os divinos sons que me encantaram pela manhã. Logo que ele terminou, o jovem começou não a tocar, e sim a emitir sons monótonos, que não se assemelhavam à harmonia do instrumento do velho, tampouco ao canto dos pássaros – mais tarde descobri que ele lia em voz alta, porém, àquela época, eu nada sabia sobre a ciência das palavras e letras.

A família, depois de ter se ocupado dessa maneira por um curto período de tempo, apagou as luzes e se recolheu, deduzi, para descansar.

CAPÍTULO XII

Deitei-me sobre meu amontoado de palha, mas não consegui dormir. Pensava nos acontecimentos do dia. O que mais me impressionava eram os modos gentis dessas pessoas; eu desejava me juntar a eles, mas não tinha coragem. Ainda me lembrava muito bem do tratamento que sofrera dos bárbaros aldeões na outra noite, e resolvi que, independentemente da conduta que considerasse correta dali em diante, por enquanto eu permaneceria em silêncio em minha cabana, à espreita, esforçando-me para descobrir os motivos pelos quais aquela gente agira de tal forma.

Na manhã seguinte, os moradores do chalé se levantaram antes do sol nascer. A garota fez a arrumação e preparou a comida, e o rapaz partiu logo depois de comer.

Esse dia se passou da mesma maneira que o anterior. O rapaz trabalhava constantemente ao ar livre, e a garota em várias ocupações dentro de casa. O velho, que logo percebi ser cego, empregava as horas tocando seu instrumento ou em contemplação. Nada era capaz de exceder o amor e o respeito que os moradores mais jovens demonstravam pelo venerável companheiro. Tratavam-no com afeto e o serviam com gentileza, nos mínimos detalhes, e ele os recompensava com benevolentes sorrisos.

Eles não eram completamente felizes. Muitas vezes, o rapaz e a companheira se separavam e pareciam chorar. Eu não via motivo para a infelicidade deles, porém, era profundamente afetado por ela. Se criaturas tão adoráveis eram infelizes, não era de se estranhar tanto que eu, um ser imperfeito e solitário, estivesse deprimido. Mas por que aqueles seres gentis não estavam satisfeitos? Tinham uma casa encantadora (pois assim era, a meus olhos) e todos os luxos; tinham uma lareira para aquecê-los quando sentissem frio e alimentos deliciosos quando sentissem fome; vestiam roupas excelentes e, melhor ainda, gostavam da companhia e da conversa uns dos outros, trocando diariamente olhares de afeto e gentileza. Que significavam suas lágrimas? Expressavam realmente dor? No início, fui incapaz de responder a essas questões, mas a atenção constante e o tempo me explicaram muitos aspectos que, a princípio, eram enigmáticos.

Um tempo considerável de tempo se passou até que eu descobrisse uma das causas do desassossego dessa amável família: era a pobreza, e eles sofriam desse mal em um grau muito angustiante. A comida que tinham era composta apenas pelas verduras de sua horta e pelo leite de uma vaca, que pouco produzia durante o inverno, quando os donos mal conseguiam alimentá-la. Com frequência, creio eu, eles sofriam intensamente as dores da fome, especialmente os dois moradores mais jovens; por muitas vezes, colocavam comida diante do velho quando nada tinham separado para si mesmos.

Esse traço de bondade me comoveu sensivelmente. Acostumara-me, durante a noite, a roubar uma parte de seu estoque para meu próprio consumo; porém, quando descobri que, ao fazê-lo, trazia sofrimento aos moradores, parei, satisfazendo-me com frutas, nozes e raízes que colhia em um bosque vizinho.

Descobri também outro meio de os ajudar em seus trabalhos. Notei que o rapaz passava grande parte do dia recolhendo lenha para a lareira da família, então, durante a noite, muitas vezes pegava suas ferramentas, cujo uso descobri rapidamente e, trazia para a casa lenha suficiente para vários dias.

Lembro-me de que, na primeira vez que fiz isso, a garota,

ao abrir a porta pela manhã, ficou muito surpresa em ver uma grande pilha de lenha do lado de fora. Proferiu algumas palavras em voz alta e o rapaz, juntando-se a ela, também se surpreendeu. Observei, com prazer, que naquele dia ele não foi para a floresta e, em vez disso, fez reparos no chalé e cultivou a horta.

Aos poucos, fiz uma descoberta ainda mais importante. Constatei que essas pessoas tinham um método para comunicar suas experiências e sentimentos umas às outras por meio de sons articulados. Percebi que as palavras que pronunciavam produziam ora dor, ora prazer, sorrisos ou tristeza, tanto na mente quanto no semblante. Esta era, de fato, uma ciência divina, e desejei ardentemente conhecê-la. Contudo, ficava perplexo a cada tentativa que fazia para esse fim. Sua pronúncia era rápida, e as palavras que diziam, não tendo nenhuma ligação aparente com os objetos visíveis, não me davam pistas para decifrar os mistérios a que se referiam. Com muita dedicação, porém, e depois de ter permanecido pelo período de vários ciclos lunares em meu casebre, descobri o nome dado a alguns dos objetos que mais apareciam em suas conversas; aprendi e passei a utilizar as palavras *fogo*, *leite*, *pão* e *lenha*. Aprendi também o nome próprio dos habitantes. O rapaz e sua companheira tinham, cada um, vários nomes, mas o velho tinha um apenas, que era *pai*. A garota era chamada de *irmã* ou *Agatha*; e o rapaz, de *Felix*, *irmão* ou *filho*. Não consigo descrever a alegria que senti quando aprendi as ideias associadas a cada um desses sons e fui capaz de pronunciá-los. Distinguia várias outras palavras, sem ser capaz ainda de entendê-las ou aplicá-las, tais como *bom*, *querido* e *infeliz*.

Assim passei o inverno. Os modos gentis e a beleza dos moradores fizeram com que começasse a gostar deles – quando estavam infelizes, eu me deprimia; quando se alegravam, eu os acompanhava em sua felicidade. Via poucos humanos além deles e, se qualquer outro entrava no chalé, seus modos ásperos e a atitude rude apenas reforçavam em mim as qualidades superiores de meus amigos. O velho, pude notar, esforçava-se com frequência para encorajar os filhos – conforme descobri que, às vezes, ele chamava os jovens – a deixar de lado a melancolia. Falava com um tom animado, com uma expressão de bondade que até a mim alegrava. Agatha o ouvia com respeito, e seus olhos às vezes se enchiam de lágrimas, que ela tentava enxugar sem que ele percebesse; mas, no geral, eu achava que seu semblante e o tom de sua voz ficavam mais alegres depois de ouvir as exortações do pai. Não era assim com Felix. Ele era sempre o mais triste do grupo e, mesmo para meus inexperientes sentidos, parecia ter sofrido com mais profundidade do que seus familiares. Entretanto, se seu semblante demonstrava mais sofrimento, sua voz soava mais animada do que a da irmã, especialmente quando falava com o velho.

Poderia citar inúmeros exemplos que, embora diminutos, marcavam o temperamento daqueles amáveis moradores. Em meio à pobreza e miséria, Felix levava com prazer à irmã a primeira florzinha branca que despontava sob o solo nevado. Pela manhã, antes que ela se levantasse, limpava a neve que obstruía seu caminho até o lugar de ordenha, tirava água do poço e trazia a lenha do anexo onde, para seu permanente espanto, o estoque era sempre renovado por alguma mão invisível. Durante o dia, acredito eu, ele trabalhava para um fazendeiro vizinho, pois muitas vezes saía e não voltava antes do jantar, mas não trazia lenha consigo. Em outras vezes, trabalhava na horta, entretanto, como tinha pouco a fazer na estação gelada, lia para o velho e Agatha.

No início, essa leitura me deixou extremamente intrigado, porém, aos poucos, descobri que muitos dos sons que ele emitia quando lia eram iguais aos que usava para falar. Concluí, portanto, que ele via no papel sinais inteligíveis para aquilo que dizia, e também ansiei muito por compreendê-los, mas como seria isso possível, se nem mesmo entendia os sons que eles representavam com aqueles sinais? No entanto, melhorei sensivelmente nessa ciência, mas não o suficiente para seguir qualquer tipo de conversa, embora eu empregasse toda minha mente nesse esforço. Naturalmente, percebi que, mesmo que eu desejasse me mostrar para os moradores do chalé, não deveria tentar até que tivesse dominado sua língua, conhecimento que poderia me permitir fazê-los ignorar a deformidade de minha figura – pois agora, com o contraste constantemente apresentado diante de meus olhos, também a percebia.

Admirava as formas perfeitas de meus vizinhos – sua graça, beleza e aspecto delicado – mas, como fiquei apavorado ao ver meu aspecto em um lago transparente! Inicialmente, recuei, incapaz de acreditar que o que estava vendo era eu mesmo refletido; e, quando me convenci por completo de que se tratava do monstro que na verdade sou, fui tomado pelas mais amargas sensações de decepção e agonia. Ai de mim! Ainda não conhecia os efeitos fatais dessa miserável deformidade.

À medida que o sol ficava mais quente e a luz do dia mais duradoura, a neve desaparecia e eu podia ver as árvores nuas e a terra negra. Dali em diante, Felix começou a ficar mais ocupado, e os comoventes sinais de fome iminente desapareceram. Sua comida – conforme descobri mais tarde – era simples, mas saudável, e eles se esforçavam para conseguir o suficiente. Inúmeras variedades de plantas novas surgiram na horta e eram preparadas como alimento; e esses sinais de conforto aumentavam a cada dia com o avanço da estação.

O velho, apoiado no filho, caminhava diariamente ao meio-dia, quando não havia chuva, nome que descobri ser como chamavam quando o céu vertia suas águas. Tal chuva acontecia com frequência, porém, rapidamente, um vento forte secava a terra, e a estação se tornava muito mais agradável do que antes.

Meu modo de vida no casebre era sempre o mesmo. Durante a manhã, acompanhava os movimentos dos moradores e, quando eles se separavam em diversas ocupações, eu dormia – o resto do dia era dedicado a observar meus amigos. Quando eles se recolhiam para descansar, caso fosse noite de lua ou estrelada, ia para a floresta e coletava minha própria comida, além de lenha para o chalé. Quando voltava, sempre que necessário, limpava a neve do caminho e realizava as tarefas que via Felix fazer. Descobri, mais tarde, que essas tarefas, realizadas por uma mão invisível, espantavam-nos muitíssimo, e uma ou duas vezes, nessas ocasiões, ouvi proferirem as palavras *espírito bom* e *maravilhoso*, mas não entendia o significado desses termos.

Agora meus pensamentos já estavam mais ativos, e eu ansiava por desvendar as motivações e os sentimentos daquelas adoráveis criaturas; tinha curiosidade de saber por que Felix parecia tão infeliz e Agatha, tão triste. Pensava (criatura tola!) que poderia estar em meu alcance devolver a felicidade a pessoas tão merecedoras. Quando eu dormia, ou estava ausente, as formas do venerável pai cego, da delicada Agatha e do formidável Felix pairavam diante de mim. Via-os como seres superiores, como árbitros do meu destino. Formei em minha imaginação milhares de cenas em que me apresentava, e de como seria sua recepção. Imaginava que ficariam horrorizados até que eu, com meu comportamento gentil e palavras conciliadoras, primeiro, ganharia sua confiança e, depois, seu amor.

Esses pensamentos me animavam e me incentivavam a me dedicar com energias renovadas a aprender a arte da linguagem. Meus órgãos eram, de fato, grosseiros, mas flexíveis; e, embora minha voz soasse muito diferente do timbre suave de suas falas, ainda assim pronunciava as palavras conforme as ouvia com relativa facilidade. Era como o burro e o cachorrinho[38]; porém, certamente, o gentil burro, cujas intenções eram afetuosas, embora tivesse maneiras rudes, merecia um tratamento melhor do que ser surrado e renegado.

As chuvas agradáveis e o calor ameno da primavera modificaram

38 Referência à fábula "O Burro e o Cachorrinho" [*L'Âne et le Petit Chien*], do autor francês La Fontaine (1621-1695), em que o burro, ao ver o cachorro ser acariciado pelo dono por recebê-lo alegremente, tenta fazer o mesmo, mas acaba apanhando. (N. do T.)

bastante o aspecto da terra. Os homens, que antes dessa mudança pareciam estar escondidos em cavernas, espalharam-se, trabalhando nos diversos ofícios do cultivo. Os pássaros cantavam notas mais alegres e as folhas começavam a brotar nas árvores. Feliz, feliz campo! Morada feita para os deuses que, há tão pouco tempo, era sombria, úmida e insalubre. Meu ânimo se elevava com a aparência encantadora da natureza; o passado empalidecia em minha memória e o futuro se iluminava com resplandecentes raios de esperança e expectativas de alegria.

CAPÍTULO XIII

Agora, avanço rapidamente à parte mais comovente de minha história. Vou relatar acontecimentos que me marcaram com sentimentos que, em vista do que era, fizeram de mim o que sou agora.

A primavera progrediu depressa: o clima se tornou agradável e o céu não apresentava nuvens. Fiquei surpreso ao ver que o que antes era deserto e sombrio agora se transformava nas mais belas flores e plantas. Meus sentidos eram agraciados e revigorados por mil aromas prazerosos e mil cenários plenos de beleza.

Foi em um dia desses, quando meus vizinhos descansavam de seu trabalho – o velho tocava violão e as crianças o ouviam – que observei que o semblante de Felix apresentava uma melancolia indescritível – ele suspirava a todo momento; a certo ponto, seu pai parou com a música e, em razão da maneira como lhe falou, imaginei que perguntava a causa de sua tristeza. Felix respondeu com um tom animado, e o velho estava para recomeçar a tocar quando alguém bateu à porta.

Era uma dama a cavalo, acompanhada por um camponês, que lhe servia de guia. A dama vestia um terno escuro e tinha o rosto coberto por um espesso véu, também preto. Agatha lhe fez uma pergunta, à qual a estranha respondeu pronunciando com um tom suave o nome de Felix. Sua voz era musical, mas diferente da voz de meus amigos. Ao ouvir o nome dele, Felix se aproximou rapidamente da dama; ela, quando o viu, ergueu o véu e o que vi era um semblante de expressão e beleza angelicais. Seu cabelo era de um preto luminoso e estava curiosamente trançado; seus olhos eram escuros, mas doces e, ao mesmo tempo, intensos; seus traços tinham proporções uniformes e sua pele era extraordinariamente clara, com as faces tingidas de um adorável tom rosado.

Felix pareceu extasiado de alegria quando a viu, todos os traços de tristeza desapareceram do rosto dele, expressando uma felicidade extática, da qual eu dificilmente acreditaria que ele fosse capaz; seus olhos brilharam, ao passo que as faces coravam de prazer; e, naquele momento, achei-o tão belo quanto a estranha. Ela parecia afetada por sentimentos diferentes; enxugando algumas lágrimas de seus lindos olhos, estendeu a mão para Felix, que a beijou em êxtase, e a chamou, até onde pude distinguir, de sua "doce árabe". Ela pareceu não o entender, mas sorriu. Felix a ajudou a desmontar e, dispensando o guia, conduziu-a para o chalé. Ele e o pai conversaram entre si, e a jovem estranha se ajoelhou aos pés do velho, e teria beijado suas mãos se ele não a tivesse erguido e abraçado afetuosamente.

Logo percebi que, embora a estranha emitisse sons articulados e parecesse falar uma linguagem própria, ela não era compreendida pelos moradores, tampouco os compreendia. Todos faziam muitos sinais que eu não entendia, porém, notei que a presença dela enchera o chalé de alegria, dissipando a tristeza assim como o sol dissipava as névoas matinais. Felix parecia especialmente feliz e, com sorrisos de prazer, dava as boas-vindas à sua árabe. Agatha, a sempre doce Agatha, beijou as mãos da adorável estranha e, apontando para o irmão, fez gestos que pareciam significar que ele tinha estado triste até ela chegar. Algumas horas se passaram assim, com todos, a julgar pelo semblante, expressando um êxtase cuja causa eu não compreendia. Logo notei, pela frequente recorrência com que a estranha repetia os mesmos sons que eles pronunciavam, que ela se esforçava para aprender sua língua e, imediatamente, tive a ideia de que deveria fazer uso daquelas instruções com o mesmo objetivo. A estranha aprendeu cerca de

20 palavras em sua primeira lição, a maioria delas, na verdade, eu já conhecia, mas tirei proveito das demais.

Quando a noite caiu, Agatha e a árabe se recolheram cedo. Ao se despedirem, Felix beijou a mão da estranha e disse: – Boa noite, doce Safie. – Ele ficou sentado por muito tempo mais, conversando com o pai; e, pela frequente repetição do nome da estranha, concluí que a adorável visitante era o assunto da conversa. Desejava ardentemente entendê-los, e estimulei todas as minhas faculdades para esse propósito, mas acabei por deduzir que seria algo completamente impossível.

Na manhã seguinte, Felix saiu para o trabalho; e, depois de terminadas as ocupações habituais de Agatha, a árabe se sentou aos pés do velho e, pegando o violão, tocou algumas melodias tão belas e fascinantes que, imediatamente, arrancou lágrimas de tristeza e deleite de meus olhos. Ela cantou, e sua voz fluía em uma rica cadência, crescendo e diminuindo, tal qual um rouxinol do bosque.

Quando terminou, passou o violão para Agatha que, a princípio, recusou-o. Ela tocou uma melodia simples, e sua voz acompanhava o instrumento com uma tonalidade doce, mas sem a maravilhosa força da estranha. O velho parecia extasiado e disse algumas palavras, que Agatha se esforçou para explicar a Safie, parecendo desejar expressar o enorme prazer que sua música proporcionara.

Os dias agora passavam com a mesma calma anterior, com a única diferença de que a alegria tomara o lugar da tristeza no semblante de meus amigos. Safie estava sempre alegre e contente; tanto ela como eu melhoramos rapidamente no conhecimento da língua, de modo que, em dois meses, comecei a compreender a maioria das palavras proferidas por meus protetores.

Nesse meio-tempo, o solo enegrecido se cobriu de plantas e o verde dos montes se intercalava com incontáveis flores, doces tanto no aroma quanto na aparência, como estrelas de um brilho pálido entre os bosques de luar; o sol se tornou mais quente, as noites, claras e amenas, e minhas caminhadas noturnas me proporcionavam extremo prazer, embora tivessem sido encurtadas pelo pôr do sol tardio e seu nascer cada vez mais cedo; eu nunca me aventurava a sair à luz do dia, com medo de receber o mesmo tratamento que sofrera no primeiro vilarejo em que entrara.

Passava meus dias os observando atentamente, para que pudesse dominar com mais rapidez a língua; e posso me gabar de ter melhorado mais rapidamente do que a árabe, que compreendia muito pouco e falava com bastante hesitação, ao passo que eu compreendia e era capaz de imitar quase todas as palavras que eram ditas.

Enquanto eu melhorava no falar, também aprendia a ciência das letras, já que a ensinavam à estranha; e isso abriu, diante de mim, um amplo campo de admiração e deleite.

O livro com o qual Felix instruía Safie era *As Ruínas de Palmira*, de Volney[39]. Não teria entendido o sentido desse livro se Felix, ao lê-lo, não tivesse fornecido minuciosas explicações. Escolhera essa obra, disse ele, porque o estilo declamatório evocava uma imitação dos autores orientais. Com esse livro, obtive um conhecimento superficial da história e um panorama dos vários impérios atualmente existentes no mundo, apresentando-me uma visão sobre os costumes, governos e religiões das diferentes nações da Terra. Ouvi falar dos indolentes asiáticos; do gênio estupendo e da atividade intelectual dos gregos; das guerras e das maravilhosas virtudes dos primeiros romanos – e de sua subsequente degeneração – e também do declínio daquele poderoso império; ouvi sobre cavaleiros, o cristianismo e reis. Ouvi da descoberta

39 Título português da obra *Les Ruines, ou Méditations sur les Révolutions des Empires* ("As Ruínas, ou Meditações Sobre as Revoluções dos Impérios", em francês), ensaio que previa a união final de todas as religiões, escrito pelo filósofo, historiador e político francês Constantin de Chassebœuf, mais conhecido como Conde de Volney (1757-1820). (N. do T.)

do hemisfério americano e chorei com Safie ao saber do infeliz destino de seus habitantes originais.

Essas maravilhosas narrativas me inspiraram estranhos sentimentos. Era o homem, de fato, ao mesmo tempo tão poderoso, virtuoso e esplêndido, e também tão cruel e vil? Ele me parecia, em um momento, mero descendente do próprio princípio do mal e, em outro, como tudo que pode ser concebido de mais nobre e divino. Tornar-se alguém grande e honrado parecia ser a mais alta distinção a recair sobre um indivíduo sensível; já ser vil e torpe, como se registrava que muitos haviam sido, parecia a degradação mais baixa, uma condição mais abjeta do que a da toupeira cega ou a de um verme inofensivo. Por muito tempo, não era capaz de conceber como um homem poderia conseguir matar seu semelhante ou mesmo por que existiam leis e governos, mas quando ouvi detalhes sobre tantas maldades e derramamentos de sangue, acabou-se meu espanto, e desviei meu rosto, tomado pelo desprezo e pela aversão.

Agora, cada conversa dos moradores me revelava novas maravilhas. Enquanto eu ouvia as instruções que Felix dava à árabe, o estranho sistema social humano me era explicado. Ouvi falar da divisão da propriedade, imensas riquezas e sórdidas pobrezas, classes, descendências e sangue nobre.

As palavras me induziam a olhar para mim mesmo. Aprendi que os bens mais estimados por seus semelhantes eram uma ascendência nobre e pura, ligada a riquezas. Um homem só poderia ser respeitado se tivesse uma dessas características; entretanto, em sua ausência, era considerado, exceto em casos muito raros, um vagabundo e um escravo, condenado a desperdiçar suas capacidades em prol de uns poucos escolhidos! E o que era eu? Ignorava completamente qual era minha criação e meu criador, mas sabia que não possuía dinheiro, nem amigos, nem qualquer tipo de propriedade. Era, além disso, dotado de uma figura horrivelmente deformada e repugnante; nem sequer era da mesma natureza dos homens. Era mais ágil do que eles, e podia sobreviver com uma alimentação mais simples; aguentava os extremos de frio e calor com menos danos ao meu corpo; minha estatura ultrapassava em muito a de um humano. Quando olhava ao redor, não via ou ouvia falar de ninguém como eu. Era eu então um monstro, uma mácula sobre a terra, da qual todos os homens fugiam e a quem todos repudiavam?

Não posso descrever a agonia que essas reflexões me infligiram: tentei dissipá-las, mas a tristeza só aumentava à medida que mais sabia. Ah, quem dera tivesse permanecido para sempre em minha floresta nativa, sem saber nem sentir nada além de fome, sede e calor!

De que natureza estranha é o conhecimento! Ele se apega à nossa mente e, quando se apodera dela, parece como o líquen preso à rocha. Às vezes, desejava me livrar de todos os pensamentos e sentimentos, mas aprendi que havia apenas um meio para superar a dor, e tal meio era a morte – um estado que eu temia, mesmo sem compreendê-la. Admirava a virtude e os bons sentimentos, e amava os modos gentis e as amáveis qualidades de meus vizinhos; porém, era impedido de ter quaisquer relações com eles, exceto de maneiras furtivas, estando escondido, oculto, o que, em vez de me satisfazer, apenas aumentava o desejo que tinha de me unir a meus companheiros. As palavras gentis de Agatha e os sorrisos animados da encantadora árabe não eram para mim. Os doces conselhos do velho e a conversa entusiasmada do amado Felix não eram para mim. Infeliz e miserável criatura!

Outras lições ficaram gravadas em mim com ainda mais profundidade. Aprendi sobre as diferenças entre os sexos; o nascimento e crescimento das crianças; como o pai idolatrava os sorrisos dos bebês e as travessuras dos filhos já crescidos e a mãe dedicava sua vida e todos os cuidados à sua preciosa cria; como a mente dos jovens se expandia e adquiria conhecimento;

e irmãos, irmãs e todos os diferentes relacionamentos que unem um ser humano a outro por laços mútuos.

Mas onde estavam meus amigos e parentes? Nenhum pai vigiara minha infância, nenhuma mãe me abençoara com sorrisos e carícias; ou, se o fizeram, agora todo o meu passado era, para mim, um borrão, um vazio escuro no qual eu nada distinguia. Desde minha mais remota lembrança, sempre fui o mesmo, tanto em altura como em proporção. Nunca vira um ser com a mesma aparência que eu ou que reivindicasse ter qualquer relação comigo. O que era eu? A mesma pergunta era recorrente, mas a resposta nada mais era que gemidos.

Em breve, explicarei para onde esses sentimentos se esvaíram, mas me permita agora voltar aos moradores do chalé, cuja história despertou em mim tantos sentimentos de indignação, deleite e admiração, porém culminaram em amor e reverência adicionais por meus protetores (pois era assim que gostava de chamá-los, com um misto de inocência e um pouco de dolorosa ilusão).

CAPÍTULO XIV

Algum tempo se passou antes que eu conhecesse a história de meus amigos. Uma história que não poderia deixar de ficar marcada em minha mente, desdobrando-se em uma série de circunstâncias, cada uma delas interessante e maravilhosa para alguém totalmente inexperiente como eu.

O nome do velho era De Lacey. Descendia de uma boa família na França, onde viveu com conforto por muitos anos, sendo respeitado por seus superiores e querido por seus iguais. O filho dele fora criado para servir o país; e Agatha estava entre as damas da mais alta distinção. Alguns meses antes de minha chegada, moravam em uma cidade grande e luxuosa, chamada Paris, cercados de amigos, e tinham acesso a todos os prazeres que a virtude, o intelecto refinado e o bom gosto, acompanhados de uma fortuna razoável, podiam pagar.

O pai de Safie fora a causa de sua ruína. Era um mercador turco que morava há muitos anos em Paris, quando, por alguma razão que não consegui descobrir, tornou-se malvisto pelo governo. Foi capturado e preso no mesmo dia em que Safie chegava de Constantinopla para se juntar a ele. Foi julgado e condenado à morte. A injustiça de sua sentença era flagrante; toda a Paris ficou indignada; acreditava-se que sua religião e riqueza – e não o crime que alegavam que ele teria cometido – teria sido a causa de sua condenação.

Por acaso, Felix estava presente no julgamento; ele não conseguiu controlar o horror e a indignação ao ouvir a decisão do tribunal. Fez, naquele instante, um voto solene para libertar o mercador e, então, procurou meios de fazê-lo. Depois de muitas tentativas frustradas de adentrar a prisão, encontrou, em uma parte do prédio sem vigilância, uma janela com fortes grades que iluminava a masmorra do infeliz maometano; acorrentado e desesperado, ele esperava a execução da bárbara sentença. Felix foi até a janela à noite e revelou ao prisioneiro suas intenções de ajudá-lo. O turco, surpreso e encantado, esforçou-se para estimular o entusiasmo de seu libertador com promessas de recompensa e riqueza. Felix rejeitou as ofertas com desprezo; no entanto, quando viu a adorável Safie, que tinha permissão de visitar o pai e que, por gestos, expressava sua viva gratidão, o rapaz não pôde deixar de reconhecer que o prisioneiro possuía um tesouro que o recompensaria plenamente por seu esforço e o risco que corria.

O turco rapidamente percebeu a impressão que a filha causara no coração de Felix e, para garantir que seus interesses seriam completamente atendidos, prometeu a mão da moça em casamento assim que fosse levado para um lugar seguro. Felix era gentil demais para aceitar a oferta, mas ansiava pela possibilidade desse evento como realização de sua felicidade.

Nos dias que se seguiram, enquanto prosseguiam os preparativos para a fuga do mercador, o zelo de Felix era acalentado pelas inúmeras cartas que recebia da linda moça, que encontrara um meio de expressar seus pensamentos na língua do amado por meio da ajuda de um velho criado do pai que falava francês. Agradecia-lhe com as palavras mais calorosas pelos serviços que ele pretendia prestar ao pai e, ao mesmo tempo, gentilmente lamentava o próprio destino.

Fiz cópias dessas cartas, pois encontrei meios, durante minha estada no casebre, para obter instrumentos de escrita, e essas cartas estavam com frequência nas mãos de Felix ou Agatha. Antes de partir, eu as deixarei consigo, como prova da veracidade de minha história, mas, nesse instante, como o sol já anda baixo, terei tempo apenas para lhe relatar o conteúdo.

Safie contou que a mãe era uma árabe cristã, capturada e escravizada pelos turcos; graças à sua beleza, ela conquistou o coração do pai de Safie, que se casou com ela. A moça falava com arrebatamento e entusiasmo da própria mãe, que, nascida livre, rejeitava a escravidão a que agora estava submetida. Instruiu a filha nos princípios de sua religião, ensinando-a a almejar poderes superiores do intelecto e a uma independência de espírito, algo proibido às seguidoras de Maomé. Essa senhora morreu, porém, as lições ficaram permanentemente marcadas na mente de Safie, que abominava a perspectiva de voltar para a Ásia e ser mantida dentro dos muros de um harém, tendo permissão apenas para se ocupar de diversões infantis, inadequadas ao temperamento de sua alma, já então acostumada a pensamentos elevados e a um nobre estímulo às virtudes. Encantava-lhe a possibilidade de se casar com um cristão e permanecer em um país onde as mulheres podiam ocupar um lugar na sociedade.

O dia da execução do turco foi marcado, mas, na noite anterior, ele saiu da prisão e, antes do amanhecer, já estava a quilômetros de distância de Paris. Felix conseguira passaportes para o pai, a irmã e para si próprio. Comunicara previamente o plano ao velho, que se tornou seu cúmplice, deixando a casa a pretexto de uma viagem, e escondendo-se, com a filha, em uma parte obscura da cidade.

Felix conduziu os fugitivos pela França até Lyon e, atravessando o monte Cenis, chegou até Livorno, onde o mercador decidiu esperar uma oportunidade favorável para se dirigir a alguma localidade sob domínio turco.

Safie resolveu ficar com o pai até o momento de sua partida, antes da qual o turco renovou a promessa de que ela deveria se unir ao rapaz que fora seu libertador; e Felix permaneceu com ambos à espera de tal evento; nesse meio-tempo, desfrutou da companhia da árabe, que lhe demonstrava um afeto extremamente doce e singelo. Conversavam por meio de um intérprete e, às vezes, apenas por olhares, e Safie lhe entoava divinas melodias do país natal.

O turco permitia essa intimidade e alimentava as esperanças dos jovens enamorados, apesar de, no íntimo, ter outros planos, bem diferentes. Detestava a ideia de que sua filha se casasse com um cristão, mas temia o ressentimento de Felix, caso parecesse desinteressado, pois sabia que ainda se encontrava no poder de seu libertador, que poderia entregá-lo ao governo da Itália, onde estavam morando. Formulou mil planos que pudessem prolongar aquela fraude até não ser mais necessário e, em segredo, poder levar a filha consigo quando partisse. Os planos dele foram facilitados pelas notícias que chegaram de Paris.

O governo francês ficou extremamente enfurecido com a fuga do condenado e não poupou esforços para localizar e punir seu libertador. A trama de Felix foi rapidamente descoberta e De Lacey e Agatha foram aprisionados. Essa notícia chegou a Felix e fez com que ele acordasse de seu agradável sonho. O velho pai cego e a doce irmã jaziam em uma masmorra fétida, enquanto ele desfrutava do ar livre e da companhia daquela que amava. Tal ideia lhe era excruciante. Rapidamente, combinou com o turco que, caso ele encontrasse uma oportunidade favorável para fugir antes que Felix conseguisse voltar para a Itália, Safie deveria permanecer como interna em um convento em Livorno; então, deixando para trás a adorável árabe, correu para Paris e se entregou à justiça da lei, na esperança de, assim, libertar De Lacey e Agatha.

Não teve sucesso. Permaneceram confinados por cinco meses antes que o julgamento acontecesse; o veredito os privou de sua fortuna e condenou ao exílio perpétuo do país natal.

Encontraram um triste abrigo no chalé da Alemanha, onde acabei por encontrá-los. Felix logo soube que o turco traiçoeiro – por quem tanto ele como sua família suportavam uma humilhação sem precedentes – ao descobrir que seu libertador acabara daquela maneira, reduzido à pobreza e ruína, mostrou-se ainda mais desleal aos bons sentimentos e à honra, e partiu da Itália levando consigo sua filha, e insultando Felix, ao lhe enviar uma pequena quantia em dinheiro para, conforme disse, ajudá-lo em algum plano de sobrevivência futuro.

Esses eram os eventos que atormentavam o coração de Felix e que faziam dele, como notei quando o vi pela primeira vez, o mais infeliz da família. Poderia suportar a pobreza – se aquela adversidade era resultado de sua virtude, orgulhava-se dela; mas a ingratidão do turco e a perda da amada Safie eram infortúnios por demais amargos e irreparáveis. Por isso, a chegada da árabe, agora, injetara novo ânimo em sua alma.

Quando a notícia de que Felix fora destituído de sua riqueza e posição chegou a Livorno, o comerciante ordenou que a filha não pensasse mais em seu amado e se preparasse para retornar ao seu país natal. Safie, de natureza tão generosa, indignou-se com essa ordem; tentou censurar o pai, mas ele, furioso, reiterou sua decisão despótica e saiu.

Poucos dias depois, o turco entrou nos aposentos da filha e lhe disse, afobado, que tinha motivos para acreditar que sua residência em Livorno havia se tornado pública e que, em breve, seria entregue ao governo francês; alugara, então, um barco que o levaria a Constantinopla, cidade para onde partiria em poucas horas. Pretendia deixar a filha aos cuidados de um criado de confiança, até que ela pudesse segui-lo – com o restante de seus bens, que ainda não tinham chegado a Livorno.

Quando se viu sozinha, Safie traçou mentalmente o plano de ação que poria em prática nessa situação emergencial. Morar na Turquia era abominável para ela; tanto sua religião como seus sentimentos eram contra tal ideia. Por meio de alguns documentos do pai que caíram em suas mãos, ficou sabendo do exílio do amado e descobriu o nome do lugar onde ele então residia. Hesitou por algum tempo, mas, por fim, decidiu-se. Levando consigo algumas joias que lhe pertenciam, além de uma quantia em dinheiro, deixou a Itália com uma criada, uma nativa de Livorno que também compreendia turco, e partiu para a Alemanha.

Chegara em segurança a uma cidade distante cerca de 100 quilômetros do chalé de De Lacey, quando a criada adoeceu gravemente. Safie cuidou dela com devotada atenção, mas a pobre garota morreu e a árabe se encontrou sozinha, sem conhecer a língua local e completamente inexperiente quanto aos costumes do mundo. Caiu, no entanto, em boas mãos. A italiana mencionara o nome do local para o qual se dirigiam e, após a morte dela, a dona da casa em que estavam hospedadas cuidou para que Safie chegasse em segurança ao chalé de seu amado.

CAPÍTULO XV

Essa era a história de meus amados vizinhos. Impressionou-me profundamente. Aprendi, vendo a vida social que ali se desenvolvia, a admirar suas virtudes e a desprezar as perversidades do resto da humanidade.

Até então, via o crime como um mal distante; a benevolência e a generosidade estavam sempre diante de mim, incitando em meu íntimo o desejo de me tornar um ator naquele movimentado palco onde tantas qualidades admiráveis eram evocadas e exibidas. Porém, mesmo levando em conta o progresso de meu intelecto, não posso omitir uma circunstância que ocorreu no início do mês de agosto daquele mesmo ano.

Certa noite, durante minha habitual visita ao bosque vizinho, onde coletava minha própria comida e pegava a lenha para meus protetores, encontrei uma valise de couro no chão contendo várias peças de roupa e alguns livros. Apossei-me daquele prêmio com avidez e voltei ao meu casebre. Felizmente, os livros estavam escritos na língua cujos elementos eu aprendia no chalé; tratava-se de *Paraíso Perdido*, um volume das *Vidas Paralelas*, de Plutarco[40], e *Os Sofrimentos do Jovem Werther*[41]. A posse desses tesouros

40 Compilação de várias biografias de homens ilustres da Roma e da Grécia antigas escritas por Plutarco (46-120), historiador, biógrafo, ensaísta e filósofo grego. (N. do T.)

41 Romance de Johann von Goethe (1749-1832), considerado o marco inicial do romantismo. (N. do T.)

me proporcionou enorme prazer; agora podia estudar sem parar e exercitar minha mente com aquelas histórias enquanto meus amigos se ocupavam com suas tarefas cotidianas.

Mal posso lhe descrever o efeito desses livros em mim. Produziram uma infinidade de novas imagens e sentimentos que, às vezes, levavam-me ao êxtase, porém, muito mais frequentemente, afundavam-me em uma depressão absoluta. Em *Os Sofrimentos do Jovem Werther*, além do interesse de sua história simples e comovente, eram tantas as opiniões discutidas e tantas luzes lançadas sobre temas, até então, para mim, obscuros, que encontrei nele uma fonte interminável de especulações e espanto. Os hábitos domésticos e gentis descritos, combinados aos sentimentos e sensações elevados, cujos objetos extrapolavam o próprio ser de onde advinham, coincidiam com minhas experiências junto a meus protetores e os desejos constantemente vivos em meu peito. Tinha Werther como o ser mais divino que já vira ou imaginara; seu caráter não continha qualquer pretensão, mas marcava profundamente. As reflexões sobre a morte e o suicídio eram calculadas para me encher de admiração. Não ousava considerar o mérito dessas questões, apesar de tender a ter as mesmas opiniões do herói, cuja morte chorei, mesmo sem entendê-la por completo.

Enquanto lia, no entanto, refletia particularmente sobre meus próprios sentimentos e condição. Notei que era semelhante, mas, ao mesmo tempo, estranhamente diferente dos seres a respeito de quem lia, e de cujas conversas eu era um ouvinte. Solidarizava-me com eles e, em parte, eu os compreendia, entretanto, minha opinião ainda não estava formada; não dependia de ninguém, nem tinha relações pessoais. "O caminho de minha partida estava livre"[42]; não havia ninguém para lamentar minha destruição. Minha pessoa era horrenda, e minha estatura, gigantesca. O que isso significava? Quem era eu? O que era eu? De onde viera?

42 Verso do poema "Mutability". Ver nota 35. (N. do T.)

Qual era meu destino? Essas perguntas se repetiam sem parar, mas eu não sabia respondê-las.

O volume que eu tinha das *Vidas Paralelas*, de Plutarco, continha as histórias dos primeiros fundadores das antigas repúblicas. Esse livro teve sobre mim um efeito muito diferente daquele causado por *Os Sofrimentos do Jovem Werther*. Aprendi muito com a imaginação triste e desanimada de Werther, mas Plutarco me trouxe grandes ideias, elevou-me acima da miserável esfera de minhas próprias reflexões, para que eu admirasse e amasse os heróis de eras passadas. Muitas das coisas que li extrapolavam minha compreensão e minha experiência. Tinha um entendimento bastante confuso acerca do que significavam reinos, vastas extensões de território, rios caudalosos e mares infinitos. Porém, o conceito de cidades e multidões me era completamente estranho. O chalé de meus protetores fora a única escola em termos de natureza humana; esse livro, porém, desenvolvia novos e mais poderosos palcos para a ação. Li a respeito de homens envolvidos em assuntos públicos, governando ou massacrando a própria espécie. Senti um intenso ardor pela virtude crescer dentro de mim, e também uma aversão à perversidade, conforme compreendia o significado desses termos e os aplicava, por sua natureza relativa, tão somente ao prazer e à dor. Induzido por esses sentimentos, fui naturalmente levado a admirar e preferir legisladores pacifistas, como Numa, Sólon e Licurgo, a Rômulo e Teseu. A vida familiar patriarcal de meus protetores fez com que tais impressões tivessem mais influência sobre minha mente; talvez, se minha primeira amostra da humanidade tivesse sido marcada por um jovem soldado, ávido de glórias e matanças, eu teria sido imbuído de diferentes sensações.

Paraíso Perdido, contudo, despertou emoções diversas, e muito mais profundas. Li essa obra, assim como lera os outros volumes que caíram em minhas mãos, como uma história verídica. Fui tocado por todos os sentimentos de admiração e assombro que a imagem de um Deus onipotente guerreando contra suas criaturas era capaz de provocar. Com frequência, usava como referência para inúmeras situações a minha própria, tamanho espanto me causava sua semelhança. Tal qual Adão, aparentemente eu não tinha qualquer vínculo com nenhum outro ser existente, mas o caso dele era completamente diferente do meu, em todos os outros aspectos. Ele fora criado pelas mãos de Deus como uma criatura perfeita, feliz e próspera, protegido pelo cuidado especial de seu Criador; tinha permissão para conversar e aprender com seres de uma natureza superior – eu, no entanto, não era nada além de um ser miserável, desamparado e solitário. Muitas vezes considerei Satanás como a alegoria mais adequada à minha condição, pois, frequentemente, assim como ele, diante da felicidade de meus protetores, eu sentia crescer em meu íntimo o amargo fel da inveja.

Outra circunstância reforçou e confirmou esses sentimentos. Logo após minha chegada ao casebre, descobri alguns papéis no bolso da roupa que tirara de seu laboratório. No início eu os deixara de lado, mas agora que podia decifrar os caracteres neles escritos, comecei a estudá-los com afinco. Tratava-se do seu diário dos quatro meses que antecederam minha criação. Nesses papéis, você descrevia minuciosamente cada passo dado no andamento de seu trabalho; tais relatos se misturavam a histórias de ocorrências domésticas. Sem dúvida, você deve se lembrar desses papéis. Aqui estão. Neles está escrito tudo a respeito de minha maldita origem; todos os detalhes daquela série de repulsivas circunstâncias que levaram à minha criação estão expostos; uma descrição com todos os pormenores de minha odiosa e repulsiva figura é apresentada, em uma linguagem que revelava seus próprios horrores, tornando indeléveis os meus. Era com nojo que lia o que descrevia. "Maldito o dia em que me foi dada a vida!", exclamei, agonizante. "Maldito o meu criador! Por que compor um monstro tão horrível que até *você mesmo* se afasta de mim com repugnância? Deus, cheio de piedade, fez o homem belo e atraente, à sua própria imagem; minha forma, porém, é uma versão impura da sua, ainda mais horrenda por suas semelhanças. Satanás tinha seus companheiros, seus demônios irmanados, que podiam admirá-lo e encorajá-lo; eu, no entanto, sou solitário e abominado."

Tais eram minhas ponderações nas horas de desânimo e solidão, mas, quando contemplava as virtudes de meus vizinhos, suas atitudes amáveis e benevolentes, convencia-me de que, quando notassem minha admiração por suas qualidades, teriam compaixão de mim e ignorariam a deformidade de minha figura. Seriam eles capazes de escorraçar alguém que, por mais monstruoso que parecesse, pedisse-lhes compaixão e amizade? Decidi, pelo menos, não me desesperar e me preparar de todas as maneiras para uma conversa com eles, o que determinaria meu destino. Adiei essa tentativa por mais alguns meses, pois a importância de meu sucesso era tão grande que ficava aterrorizado com a possibilidade de fracassar. Além disso, descobri que minha compreensão estava melhorando tanto com as experiências de cada dia que não estava disposto a começar o processo de aproximação até que tivesse adicionado mais alguns meses ao meu conhecimento.

Nesse meio-tempo, várias mudanças ocorreram no chalé. A presença de Safie difundia felicidade entre seus habitantes; e também notei que reinava maior fartura no local. Felix e Agatha passavam mais tempo se divertindo e conversando e dispunham da ajuda de criados em suas tarefas. Não pareciam ricos, porém, mostravam-se contentes e felizes; seus sentimentos eram de calma e paz, enquanto os meus se tornavam a cada dia mais tumultuados. Aumentar meus conhecimentos só me fez perceber com mais clareza o miserável pária que eu era. Eu tinha esperanças, é verdade, mas elas desapareciam no instante em que via minha figura refletida na água ou minha sombra ao luar, mesmo sendo uma imagem efêmera e um vulto incerto.

Esforçava-me em destruir esses medos e me fortalecer para a prova que decidira enfrentar em poucos meses; e, às vezes, permitia que meus pensamentos escapassem da razão e vagassem nos campos do Paraíso, ousando imaginar que aquelas criaturas amáveis e encantadoras se solidarizariam com meus sentimentos e transformariam em alegria minhas tristezas; seus semblantes angelicais emitiriam sorrisos de conforto. Entretanto, tudo não passava de um sonho – nenhuma Eva amenizou minhas mágoas, nem compartilhou de meus pensamentos. Lembrei-me da súplica de Adão a seu Criador. Mas onde estava o meu? Ele me abandonara e, no amargor de meu coração, amaldiçoei-o.

Assim passou o outono. Vi, com surpresa e pesar, as folhas secarem e caírem, e a natureza, mais uma vez, assumir a aparência estéril e sombria que tinha quando vira pela primeira vez a floresta e a encantadora lua. No entanto, não me atentava à desolação do clima, minha conformação se tornava mais resistente ao frio do que ao calor. Mas meus maiores prazeres eram admirar as flores, os pássaros e toda a alegre roupagem do verão; quando tudo isso me faltou, voltei minha atenção aos meus vizinhos. Sua felicidade não diminuíra com o fim da estação. Amavam-se e se solidarizavam; e suas alegrias, dependentes das pessoas com quem conviviam, não eram afetadas pelas adversidades ao redor. Quanto mais eu os observava, maior era meu desejo de reivindicar sua proteção e bondade; meu coração ansiava por me dar a conhecer e ser amado por essas amáveis criaturas: ver seus doces olhares se dirigirem com carinho a mim era minha máxima ambição. Não ousava pensar que eles pudessem me dar as costas, cheios de desdém e horror. Nunca enxotaram os pobres que batiam à sua porta. Estava pedindo, é verdade, tesouros maiores do que um pouco de comida ou um lugar para descansar – reivindicava bondade e solidariedade; não acreditava, porém, ser completamente indigno de recebê-las.

O inverno avançava, e o ciclo completo das estações acontecera desde que despertei para a vida. Naquela época, minha atenção estava voltada exclusivamente para meu plano de me apresentar aos meus protetores do chalé. Considerei muitos planos de ação, mas acabei por me concentrar na estratégia de entrar na residência quando o velho cego estivesse sozinho. Já tinha bastante astúcia para notar que minha figura hedionda e anormal era o principal motivo para que aqueles que haviam me visto se horrorizassem. Minha voz, apesar de grosseira, não tinha nada de terrível; portanto, pensei que, na ausência dos filhos, se conseguisse a benevolência e a intercessão do velho De Lacey, poderia ser tolerado por meus protetores mais jovens.

Certo dia, com o sol brilhando sobre as folhas avermelhadas que cobriam o solo e espalhando alegria, ainda que se negasse a fornecer calor, Safie, Agatha e Felix partiram para uma longa caminhada pelo campo, e o velho, por vontade própria, foi deixado sozinho no chalé. Quando os filhos saíram, ele pegou o violão e tocou várias melodias tristes, mas doces, mais ternas e melancólicas do que já o ouvira tocar. No início, seu semblante se iluminou de prazer, porém, à medida que continuava, tornava-se pensativo e taciturno; por fim, deixando de lado o instrumento, ficou absorto em suas reflexões.

Meu coração batia acelerado – aquele era o momento do meu julgamento, que confirmaria minhas esperanças ou concretizaria meus temores. Os criados haviam saído para uma feira na vizinhança. Tudo estava silencioso, tanto no interior como ao redor do chalé – era uma excelente oportunidade; no entanto, quando pensei em executar meu plano, minhas pernas falharam e desabei no chão. Levantei-me novamente e, evocando toda a energia de que era capaz, removi as tábuas que colocara diante de meu casebre para me esconder. O ar fresco me reanimou e, com renovada determinação, aproximei-me da porta do chalé.

Bati. – Quem é? – perguntou o velho. – Entre.

Entrei. – Perdoe-me a intrusão – disse eu. – Sou um viajante que precisa de um pouco de descanso; o senhor me faria um grande favor se me permitisse ficar alguns minutos diante do fogo.

— Entre – repetiu De Lacey – Tentarei, como puder, atender às suas necessidades, mas, infelizmente, meus filhos não estão em casa e, como sou cego, receio que será difícil para mim conseguir alguma comida para oferecer.

— Não se incomode, meu gentil anfitrião, tenho o que comer, só preciso de calor e repouso.

Sentei-me, e seguiu-se um instante de silêncio. Sabia que cada minuto era precioso para mim, mas estava indeciso quanto à maneira de começar minha conversa; foi então que o velho se dirigiu a mim: – Por seu linguajar, forasteiro, suponho que seja meu conterrâneo; você é francês?

— Não, mas fui educado por uma família francesa, e apenas compreendo esse idioma. Estou a ponto de reivindicar a proteção de alguns amigos, a quem amo com sinceridade e com quem tenho esperança de poder contar.

— Eles são alemães?

— Não, são franceses, porém, mudemos de assunto. Sou uma criatura infeliz e solitária; olho ao meu redor e vejo que não tenho parentes ou amigos nesta terra. Essas pessoas amáveis a quem procuro nunca me viram e sabem pouco de mim. Estou tomado pelo receio, pois, se fracassar, serei para sempre um proscrito neste mundo.

— Não se desespere. Ficar sem amigos é, de fato, desafortunado; mas o coração dos homens, quando livre de preconceitos suscitados por óbvios interesses próprios, é repleto de amor fraternal e caridade. Portanto, conte com suas esperanças – se tais amigos são bondosos e amáveis, não é preciso se desesperar.

— Eles são bondosos – são as criaturas mais excepcionais do mundo, mas, infelizmente, têm preconceitos a meu respeito. Tenho um bom caráter, minha vida tem sido, até agora, inofensiva e, de certa forma, benéfica; porém, uma rejeição fatal ofusca seus olhos e, onde deveriam ver um amigo afetuoso e gentil, contemplam apenas um monstro detestável.

— Isso é realmente lamentável, entretanto, se você é realmente inocente, não é capaz de lhes mostrar seu erro?

— Estou prestes a empreender essa tarefa, e é por isso que estou me sentindo tão dominado pelo terror. Amo com carinho esses amigos; sem que eles saibam, tenho lhes feito boas ações diárias, mas eles acreditam que eu pretendo prejudicá-los, e é esse preconceito que desejo remover.

— Onde residem esses amigos?

— Perto daqui.

O velho fez uma pausa e, então, continuou: – Se você me confidenciar, sem ressalvas, os detalhes de sua história, talvez eu possa ajudar a persuadi-los. Sou cego e não posso julgá-lo pela aparência, mas há algo em suas palavras que me convencem de que está sendo sincero. Sou pobre e vivo no exílio, mas terei grande prazer em ser, de alguma forma, útil a uma criatura humana.

— Homem extraordinário! Agradeço-lhe e aceito sua generosa oferta. Com essa gentileza, ergue-me do pó, e confio que, com sua ajuda, não serei apartado da companhia, tampouco da solidariedade de seus semelhantes.

— Deus o livre de tal coisa! Ainda que fosse realmente um criminoso, pois esse fato o levaria ao desespero, em vez de instigá-lo à virtude. Também sou um desafortunado – minha família e eu fomos condenados, mesmo sendo inocentes – entenda, portanto, o quanto sou capaz de sentir por seus infortúnios.

— Como posso lhe agradecer, meu melhor e único benfeitor? De seus lábios ouço, pela primeira vez, a voz da bondade dirigida a mim; serei eternamente grato; e a humanidade que demonstra me assegura êxito no iminente encontro com meus amigos.

— Posso saber o nome desses amigos e onde vivem?

Fiz uma pausa. Era esse, pensei, o momento decisivo, que me furtaria ou presentearia a felicidade para sempre. Esforcei-me, em vão, para ter coragem suficiente para lhe responder, entretanto, o esforço extraiu todas as minhas energias restantes; afundei-me na cadeira e comecei a soluçar com força. Nesse instante, ouvi os passos de meus protetores mais jovens. Não tinha mais nenhum momento a perder; agarrando a mão do velho, gritei: – A hora é agora! Salve-me e me proteja! Você e sua família são os amigos que procuro. Não me abandone na hora do julgamento!

— Bom Deus! – exclamou o velho. – Quem é você?

Naquele instante, a porta do chalé se abriu, e Felix, Safie e Agatha entraram. Quem poderia descrever seu horror e consternação ao me ver? Agatha desmaiou e Safie, incapaz de socorrer a amiga, saiu correndo do chalé. Felix avançou rapidamente e, com uma força sobrenatural, arrancou-me de seu pai, a cujos joelhos eu me agarrei – em um acesso de fúria, ele me jogou no chão e me golpeou violentamente com um bastão. Poderia tê-lo despedaçado membro por membro, como o leão faz com o antílope. Mas meu coração se afundou em meu íntimo com uma amargura doentia, e me contive. Percebi que ele estava para repetir o golpe e, tomado pela dor e angústia, abandonei o chalé; em meio ao tumulto geral, refugiei-me em meu esconderijo sem ser notado.

CAPÍTULO XVI

Maldito, maldito criador! Por que ganhei a vida? Por que, naquele instante, não se extinguiu em mim a centelha da existência que você me concedera de forma tão leviana? Não sei o porquê; o desespero ainda não tomara conta de mim; meus sentimentos eram de raiva e vingança. Seria capaz de, com prazer, ter destruído o chalé e seus habitantes e me alegrar com seus gritos e sua tragédia.

Quando a noite chegou, abandonei meu retiro e vaguei pela floresta; agora, sem medo de ser descoberto, dei vazão à minha angústia uivando de forma horripilante. Eu era como um animal selvagem que quebrara as correntes; destruía os objetos que estavam em meu caminho, percorrendo a floresta com a rapidez de um cervo. Ah! Que noite miserável eu passei! O brilho das estrelas frias expressava zombaria, e as árvores nuas balançavam os galhos por sobre minha cabeça; vez ou outra, o canto de um pássaro irrompia em meio à quietude geral. Tudo estava em estado de repouso ou júbilo; eu, no entanto, como um demônio supremo, carregava o inferno todo dentro de mim e, achando-me incapaz de solidariedade, desejava destroçar árvores, espalhar caos e destruição ao meu redor para, então, sentar-me e apreciar as ruínas.

Mas não pude me entregar a essas sensações por muito tempo; fiquei exausto com o excesso de esforço físico e afundei na grama úmida, combalido pela impotência e pelo desespero. Não havia ninguém, entre a enorme quantidade de homens viventes, que fosse capaz de ter pena de mim ou vir ao meu auxílio – deveria eu me compadecer de meus inimigos? Não, a partir daquele instante, declarei guerra incessante contra toda a espécie e, acima de tudo, contra aquele que me criara e abandonara nesta miséria insuportável.

O sol nasceu; ouvi vozes de homens e sabia que seria impossível retornar ao meu abrigo naquele dia. Por isso, escondi-me em meio a uma densa vegetação, determinado a dedicar as horas seguintes refletindo sobre minha situação. A agradável luz do sol e o ar puro do dia restauraram em mim um pouco de tranquilidade e, quando considerei o que se passara no chalé, não pude deixar de acreditar que tinha sido precipitado demais em minhas conclusões. Certamente agira de forma imprudente. Era evidente que minha conversa interessara ao pai em meu favor, e fui um tolo em ter exposto minha figura ao horror de seus filhos. Deveria ter deixado que o velho De Lacey se acostumasse comigo e, aos poucos, ter me revelado para o resto da família, quando estivesse preparada para minha abordagem. Mas não acreditava que meus erros fossem irremediáveis e, depois de muita consideração, resolvi voltar ao chalé, procurar o velho e, com meus argumentos, ganhá-lo para minha causa.

Esses pensamentos me acalmaram e, à tarde, caí em um sono profundo; contudo, ainda com o sangue fervendo, não me foi permitido ser visitado por sonhos tranquilos. A horrível cena do dia anterior continuava viva diante de meus olhos: as mulheres fugiam e o furioso Felix me arrancava dos pés do pai. Acordei exausto e, descobrindo que já era noite, rastejei sorrateiramente para fora de meu esconderijo e saí à procura de comida.

Depois de aplacar a fome, dirigi meus passos para o conhecido caminho que levava ao chalé. Tudo estava calmo. Adentrei meu casebre e permaneci atento à hora em que normalmente a família se levantava. A hora habitual passou, o sol já ia alto no céu, mas meus vizinhos não apareceram. Eu tremia excessivamente, temendo algum terrível infortúnio. O interior do chalé estava escuro e eu não ouvia nenhum movimento; sou incapaz de descrever a agonia daquela incerteza.

Passaram dois camponeses e, parando junto ao chalé, começaram a conversar, gesticulando agressivamente; mas não entendi o que diziam, já que falavam a língua do país, diferente do idioma de meus protetores. Logo depois, no entanto, Felix chegou com outro homem. Fiquei surpreso, pois sabia que não havia saído do chalé naquela manhã, e aguardei ansioso para descobrir, de acordo com o que ele dissesse, o porquê da presença daquelas pessoas incomuns.

— Já levou em consideração – disse o homem que o acompanhava – que você será obrigado a pagar três meses de aluguel e perderá a produção de sua horta? Não quero levar nenhuma vantagem indevida, por isso, peço-lhe que leve mais alguns dias para tomar sua decisão.

— É completamente inútil – respondeu Felix – nunca mais poderemos morar em seu chalé. A vida de meu pai corre grande perigo em virtude das terríveis circunstâncias que lhe relatei. Minha esposa e minha irmã nunca vão se recuperar do horror que passaram. Suplico-lhe que não tente mais me convencer do contrário. Tome posse de sua propriedade e me deixe fugir deste lugar.

Felix estremecia violentamente ao dizer tais palavras. Ele e o homem que o acompanhava entraram no chalé, onde permaneceram por alguns minutos, e depois partiram. Nunca mais vi ninguém da família de De Lacey.

Continuei o resto do dia em meu casebre, em um estado de torpor e desespero absoluto. Meus protetores tinham ido embora, quebrando o único elo que me prendia a este mundo. Pela primeira vez, sentimentos de vingança e ódio tomaram conta de meu peito e não me esforcei para controlá-los; porém, deixando-me levar pelo curso de minhas sensações, voltei meus pensamentos para a violência e a morte. Quando pensava em meus amigos, na voz suave de De Lacey, nos doces olhos de Agatha e na primorosa beleza da árabe, esses pensamentos desapareciam, e um jorro de lágrimas, de certo modo, acalmava-me. Mas, em seguida, quando pensava que eles haviam me rejeitado e abandonado, a raiva ressurgia, uma fúria imensa, e, incapaz de ferir qualquer ser humano, eu voltava meu ódio para objetos inanimados. À medida que a noite avançava, fui recolhendo uma variedade de materiais combustíveis ao redor do chalé e, depois de ter destruído qualquer vestígio de cultivo na horta, esperei com forçosa impaciência até que a lua desaparecesse para iniciar meus planos.

Com a noite em curso, um vento forte surgiu da floresta e, rapidamente, dispersou as nuvens que pairavam no céu – a ventania chegou com tal força que parecia uma poderosa avalanche, produzindo em meu espírito uma espécie de insanidade que ultrapassava todos os limites da razão e prudência. Acendi o galho seco de uma árvore e dancei furioso ao redor do amado chalé, com meus olhos fixos no horizonte, a oeste, cuja borda a lua estava a ponto de tocar. Uma parte de sua circunferência finalmente desapareceu, e agitei minha tocha; a lua finalmente se escondeu e, com um urro, acendi a palha, a lenha e os arbustos que havia reunido. O vento soprou o fogo, e o chalé foi rapidamente envolto pelas chamas que o abraçavam e lambiam com suas línguas fragmentadas e destruidoras.

Tão logo me convenci de que nenhum socorro seria capaz de salvar qualquer parte daquela habitação, abandonei o local e procurei refúgio na mata.

E agora, com o mundo diante de mim, para onde deveria dirigir meus passos? Resolvi fugir para longe do cenário de meus infortúnios, mas, para mim, odiado e desprezado, qualquer local seria igualmente terrível. Por fim, sua imagem passou por minha mente. Descobri, com seus papéis, que você era meu pai, meu criador – e quem seria mais apto a me socorrer do que aquele que me dera a vida? Dentre as lições que Felix ensinara a Safie, incluíam-se as de geografia: com elas, aprendi a localização relativa dos diversos países da Terra. Você mencionara Genebra como o nome de sua cidade natal, e para lá resolvi prosseguir.

Mas que rumo tomar? Sabia que deveria viajar na direção sudoeste para chegar a meu destino, mas o sol era meu único guia. Não conhecia o nome das cidades pelas quais deveria passar, tampouco poderia pedir informações a um único ser humano; entretanto, não me desesperei. Só de você poderia esperar socorro, embora não sentisse nada em relação a você além de ódio. Criador insensível e sem coração! Você me dotou de percepções e paixões e, então, lançou-me no mundo como um objeto, para o desprezo e o horror da humanidade. Contudo, apenas de você eu tinha qualquer direito de reivindicar compaixão e reparação, e de você decidi buscar aquela justiça que, em vão, tentara conseguir de qualquer outro ser sob a forma humana.

Minhas viagens eram longas e os sofrimentos que suportei, intensos. Já era fim do outono quando deixei a região onde havia morado por tanto tempo. Viajava apenas à noite, com medo de me deparar com o rosto de um ser humano. A natureza se deteriorava ao meu redor, e o sol perdia calor; chuva e neve irrompiam ao meu redor; rios poderosos congelavam; a superfície da terra ficara dura, fria e nua, e eu não encontrava nenhum abrigo. Ah, terra! Quantas vezes lancei maldições sobre o responsável por minha existência! A brandura de minha natureza havia desaparecido, e tudo dentro de mim se transformara em fel e amargor. Quanto mais eu me aproximava de sua morada, mais profundamente eu sentia o espírito da vingança se acender em meu coração. A neve caía e as águas se solidificavam, mas eu não descansava. Vez ou outra, incidentes me colocavam no caminho, e passei a possuir um mapa do país, porém, frequentemente, afastava-me de meu destino. A agonia de meus sentimentos não me dava trégua – não houve nenhuma ocorrência que deixasse de alimentar minha raiva e minha miséria; contudo, uma circunstância que aconteceu quando me aproximava da fronteira com a Suíça, quando o sol já recuperara calor e a terra voltara a ficar verde, confirmou de modo especial a amargura e o horror de meus sentimentos.

Geralmente, eu descansava durante o dia e viajava apenas à noite, quando estava longe das vistas dos humanos. Certa manhã, porém, descobrindo que meu caminho atravessava um denso bosque, aventurei-me a continuar minha jornada após o nascer do sol; o dia, um dos primeiros da primavera, deixou-me animado pela simples beleza de sua claridade e ar perfumado. Senti reviverem em mim emoções de bondade e prazer, que há muito me pareciam mortas. Um tanto surpreso com a novidade dessas sensações, deixei-me levar por elas e, esquecendo minha solidão e deformidade, ousei ser feliz. Delicadas lágrimas escorreram novamente por minhas faces e cheguei a erguer meus olhos úmidos de gratidão para o abençoado sol que me ofertava tamanha alegria.

Continuei a vagar entre as trilhas da floresta, até chegar à sua fronteira, que era contornada por um rio profundo, com rápida correnteza, sobre o qual muitas árvores estendiam os galhos, então renascendo com o frescor da primavera. Ali, fiz uma pausa, sem saber exatamente que caminho seguir, ao que ouvi o som de vozes, que me levaram a me esconder à sombra de um cipreste. Mal acabara de me esconder, e uma garota veio correndo em minha direção, rindo, como se estivesse fugindo de alguém, de brincadeira. Continuava a correr ao longo da margem íngreme do rio quando, subitamente, o pé dela escorregou e ela caiu na veloz correnteza. Saí de meu esconderijo e, com extremo esforço, por causa da força do rio, salvei-a e a arrastei para a margem. Ela estava inconsciente; esforcei-me, então, por todos os meios ao meu alcance, a reanimá-la, ao que fui repentinamente interrompido pela aproximação de um camponês que, provavelmente, era a pessoa de quem ela, brincando, fugia. Ao me ver, ele avançou em minha direção e, arrancando a garota de meus braços, correu para as profundezas da floresta. Segui-os logo atrás, sem sequer saber o porquê, mas, quando o homem viu que eu me aproximava, apontou-me uma arma e atirou contra meu corpo. Caí no chão, e meu agressor, com ainda mais rapidez, desapareceu na floresta.

Fora essa a recompensa por minha bondade! Salvara um ser humano da destruição e, como prêmio, agora me contorcia terrivelmente de dor por conta de um ferimento que estilhaçara minha carne e ossos. Os sentimentos de bondade e gentileza, que eu cultivara apenas alguns momentos antes, deram lugar a uma ira infernal e ao ranger de dentes. Inflamado pela dor, jurei ódio e vingança eternos a toda a humanidade. Mas a agonia de meu ferimento me dominou: meu pulso parou e eu desmaiei.

Por algum tempo, levei uma vida miserável na floresta, tentando curar a ferida que sofrera. A bala havia atingido meu ombro, e eu não sabia se ainda permanecia ali ou se atravessara meu corpo; de qualquer forma, não tinha meios de extraí-la. Meu sofrimento também era acrescido do opressivo senso de injustiça e ingratidão que me infligia. A cada dia, aumentavam meus desejos de vingança – uma vingança profunda e mortal que, por si só, compensaria os ultrajes e angústias que eu suportara.

Depois de algumas semanas, minha ferida sarou e continuei minha jornada. Os sofrimentos que suportara não eram mais aliviados pelo brilho do sol ou pela brisa suave da primavera; toda alegria não passava de chacota, que insultava meu estado de desolação e me fazia sentir, de maneira ainda mais dolorosa, minha inadequação à fruição do prazer.

Mas, agora, meus esforços se aproximavam do fim e, em dois meses, alcancei os arredores de Genebra.

Já era noite quando cheguei, e me retirei para um esconderijo entre os campos que a circundam para refletir sobre como deveria abordá-lo. Estava afligido pelo cansaço e pela fome, e infeliz demais para apreciar a doce brisa do entardecer ou o sol se pondo atrás das estupendas montanhas do Jura.

Nesse momento, um sono leve me livrou da dor da reflexão,

porém, fui perturbado pela aproximação de uma linda criança, que veio correndo para o recanto que eu escolhera, com toda a jovialidade da infância. Subitamente, ao avistá-la, tive a ideia de que a criaturinha não teria preconceitos, tendo vivido muito pouco para se impregnar do horror à deformidade. Se, portanto, eu pudesse capturá-la e educá-la para ser minha companheira e amiga, não estaria mais tão solitário nessa terra povoada.

Encorajado por esse impulso, agarrei o menino quando ele passava e o trouxe para perto de mim. Assim que ele viu minha figura, colocou as mãos diante dos olhos e soltou um grito estridente – à força, tirei as mãos da frente do rosto dele e lhe perguntei: – O que significa isso, pequeno? Não tenho a intenção de machucá-lo, ouça-me.

Ele lutava com violência. – Solte-me – gritou – seu monstro! Feio miserável! Você quer me devorar e despedaçar. Você é um ogro. Solte-me ou contarei para meu papai.

Garoto, você nunca mais verá seu pai, deve vir comigo.

— Seu monstro horroroso! Solte-me. Meu papai é um magistrado – é o senhor Frankenstein – e ele vai castigá-lo. Não se atreva a me prender.

— Frankenstein! Então você é da família de meu inimigo – aquele contra quem jurei eterna vingança; você será minha primeira vítima.

A criança ainda lutava, proferindo-me insultos que levaram meu coração ao desespero; agarrei a garganta do menino para silenciá-lo e, em um instante, ele jazia morto aos meus pés.

Olhei para a minha vítima, e minha alma se encheu de satisfação, de um triunfo infernal; batendo palmas, exclamei: – Também eu sou capaz de criar desolação; meu inimigo é vulnerável; esta morte lhe trará angústia, e mil outras misérias o atormentarão e destruirão.

Quando fixei meus olhos na criança, vi algo brilhando em seu peito. Peguei o objeto; era o retrato de uma mulher extremamente adorável. Apesar de minha perversidade, a imagem me atraiu e acalmou. Por alguns momentos, olhei com deleite para aqueles olhos escuros, enfeitados por longos cílios, e para seus lindos lábios, mas logo minha raiva voltou: lembrei-me de que estava privado para sempre dos prazeres que belas criaturas como aquela poderiam conceder e que aquela cuja beleza eu contemplava, ao me ver, mudaria sua expressão de divina benevolência para um semblante de repulsa e medo.

Você pode imaginar o quanto esses pensamentos me enfureceram? Só me pergunto como, naquele instante, em vez de dar vazão às minhas sensações por meio de exclamações de agonia, não corri para o meio dos homens a fim de perecer tentando destruí-los.

Ainda dominado por aqueles sentimentos, saí do local onde cometera o assassinato e, à procura de um esconderijo mais isolado, entrei em um celeiro que me parecia vazio. Uma mulher dormia sobre um palheiro; era jovem; na verdade, não tão bonita quanto aquela cujo retrato eu segurava, mas tinha um aspecto agradável e se encontrava no auge da juventude, plena de beleza e saúde. Eis, pensei, um exemplar das criaturas cujos sorrisos contagiantes de alegria são concedidos a todos, menos para mim. Então, inclinei-me sobre ela e sussurrei: – Desperta, minha bela, seu amado aqui está – aquele que daria a vida para ganhar um olhar de afeto: desperta, minha amada!

A adormecida se mexeu, e um arrepio de terror percorreu meu corpo. Será que ela, de fato, estava a ponto de acordar e, ao me ver, me amaldiçoaria e denunciaria como assassino? Certamente era assim que agiria, se seus olhos escurecidos se abrissem e ela pudesse me ver. O pensamento que passou por minha mente era uma loucura e despertou o demônio em meu íntimo – não era eu quem deveria sofrer, e sim ela: deveria pagar pelo assassinato que eu cometera, já que serei para sempre impossibilitado de tudo que uma jovem assim poderia me oferecer. O crime se originava nela – que ela fosse punida! Graças às lições de Felix e às sanguinárias leis humanas, tinha aprendido a agir com astúcia. Inclinei-me sobre ela e coloquei o retrato, muito bem guardado, em uma das dobras de seu vestido. Ela se mexeu novamente e eu fugi.

Por alguns dias, vigiei o local onde essas cenas se deram; ora aflito para vê-lo, ora decidido a deixar este mundo e suas misérias para sempre. Por fim, perambulei na direção das montanhas e vaguei por seus imensos recantos, consumido por um desejo ardente que você, apenas você, pode satisfazer. Não podemos nos separar até que você se comprometa a cumprir meu pedido. Sou solitário e infeliz; nenhum homem vai querer minha companhia, entretanto, alguém tão deformado e horrível quanto eu não irá me repelir. Minha companheira deve ser da mesma espécie, com os mesmos defeitos que eu tenho. É esse ser que você deve criar.

CAPÍTULO XVII

A criatura terminou de falar e fixou o olhar em mim, na expectativa de uma resposta. Mas eu estava completamente desnorteado, perplexo, incapaz de organizar meus pensamentos o suficiente para compreender a verdadeira extensão de seu pedido. Ele prosseguiu:

— Você deve criar uma mulher para mim, com quem eu possa viver e dar e receber afeto, algo tão necessário à minha existência. Só você é capaz de fazê-lo; e exijo tal coisa como um direito que não deve se recusar a me conceder.

A última parte da história reacendeu em mim a raiva que arrefecera à medida que ele narrava sua vida tranquila em meio aos moradores do chalé e, ao ouvir essas palavras, não pude mais reprimir a raiva que queimava dentro de mim.

— Eu me recuso – respondi – e nenhuma tortura jamais me obrigará a consentir em fazê-lo. Você pode me tornar o mais miserável dos homens, mas nunca me tornará vil a meus próprios olhos. Criar outro ser como você, cuja maldade conjunta seria capaz de desolar todo o mundo? Já lhe dei minha resposta; pode me torturar, porém, nunca vou fazer o que me pede.

— Está agindo de forma incorreta – respondeu o demônio – e, em vez de ameaçá-lo, contento-me em argumentar com você. Sou perverso porque sou infeliz. Não sou rejeitado e odiado por toda a humanidade? Você, que é meu criador, seria capaz de me fazer em pedaços, triunfante; lembre-se disso e me diga por que eu deveria ter pena dos homens mais do que eles se apiedam de mim? Você não chamaria de assassinato, caso pudesse me atirar de um desses precipícios, destruindo meu corpo. Devo respeitar os homens, quando apenas me desprezam? Faça com que vivam comigo, sob uma convivência de gentilezas recíprocas e, em vez de violência, eu lhes concederia todas as benesses, chorando de gratidão por ter sido aceito. Mas isso é impossível – os sentidos humanos são barreiras intransponíveis para nossa harmonia. No entanto, não me submeterei a uma desprezível escravidão. Vou vingar as feridas que me causaram: se não posso inspirar amor, vou gerar medo, e, principalmente contra você, meu arqui-inimigo, juro um ódio inextinguível. Tome cuidado: trabalharei por sua destruição, e ela não será completa até que seu coração tenha sido devastado e que você amaldiçoe o instante em que nasceu.

Uma fúria diabólica o animava enquanto falava; o rosto dele se enrugava em contorções horrendas demais para serem vistas por olhos humanos. Mas ele logo se acalmou e prosseguiu:

— Pretendia argumentar. Essa cólera me é prejudicial, pois assim você não é capaz de refletir que a causa de meus excessos é *você mesmo*. Se qualquer ser demonstrasse emoções benevolentes para comigo, eu as retribuiria cem vezes mais; apenas por essa criatura, eu ficaria em paz com toda a humanidade! Entretanto, agora estou me entregando a sonhos de felicidade que não podem ser realizados. O que estou lhe pedindo é razoável e moderado: exijo uma criatura do sexo oposto tão horrenda quanto eu; a recompensa é pequena, mas é tudo que posso receber, e irá me contentar. É certo que seremos monstros isolados de todo o mundo, por isso, porém, seremos ainda mais apegados um ao outro. Nossa vida não será feliz, e sim inofensiva, e livre de toda a miséria que agora sinto. Ah, meu criador! Faça-me feliz – deixe-me ser grato a você por esse ato de generosidade! Deixe-me despertar a simpatia de um ser vivo, não me negue esse pedido!

Fiquei comovido. Estremeci ao pensar nas possíveis consequências de meu consentimento, mas senti que havia certa justiça nos argumentos dele. Sua história e os sentimentos que agora expressava me provaram que se tratava de uma criatura com sensibilidade aguçada; e eu, como seu criador, não tinha a obrigação de fazer o que estivesse ao meu alcance para lhe conceder sua parcela de felicidade? Ele notou minha mudança de opinião e prosseguiu:

— Se consentir, nem você nem outro ser humano voltará a nos ver: partirei para as vastas regiões selvagens da América do Sul. Meu alimento não é o mesmo dos humanos: não mato o cordeiro e o cabrito para saciar minha fome, castanhas e frutas são suficientes para minha nutrição. Minha companheira será da mesma natureza que a minha e ficará satisfeita em comer as mesmas coisas. Faremos nosso leito de folhas secas; o sol brilhará sobre nós como para os homens, e irá amadurecer nossos alimentos. A imagem que lhe apresento é pacífica e benevolente, e você só seria capaz de me recusá-la por um capricho de poder e crueldade. Por mais impiedoso que tenha sido comigo, agora vejo compaixão em seus olhos; aproveito o momento favorável para convencê-lo a me prometer o que desejo tão ardentemente.

— Você está me propondo – respondi – fugir do território habitado pela humanidade e ir morar nos confins das selvas, onde as feras serão suas únicas companheiras. Como você, que anseia tanto pelo amor e simpatia dos homens, será capaz de perseverar nesse exílio? Você retornará, mais uma vez à procura de sua bondade e, de novo, encontrará apenas repulsa; seus impulsos malignos serão renovados e, então, terá consigo uma companheira para ajudá-lo em sua missão de destruição. Isso não pode acontecer – pare de argumentar, pois não tenho como consentir.

— Como são inconstantes seus sentimentos! Há apenas um instante você demonstrava comoção por meus argumentos. Por que voltou a se mostrar insensível às minhas queixas? Juro-lhe pela terra que habito, e por você, que me criou, que, com a parceira que me conceder, abandonarei a companhia dos homens e viverei nas regiões mais selvagens, conforme for o meu destino. Meus impulsos malignos terão desaparecido, pois terei afeto! Minha vida fluirá calmamente e, em meus últimos momentos, não amaldiçoarei meu criador.

Suas palavras tiveram um estranho efeito sobre mim. Tinha compaixão por ele e, às vezes, sentia vontade de consolá-lo, mas, quando olhava para ele, quando via a massa abjeta que se movia e falava, meu coração era tomado pela repulsa e meus sentimentos se transformavam em ódio e horror. Tentei sufocar essas sensações; pensei que, se não era capaz de me apiedar dele, não tinha o direito de lhe negar o pequeno quinhão de felicidade que ainda podia lhe conceder.

— Você jura – disse eu – que se tornará inofensivo, mas já não me demonstrou certo grau de perversidade que me faz, com razão, desconfiar de suas palavras? Não poderia tudo isso ser uma encenação, com o objetivo de obter um triunfo ainda maior, ao amplificar suas possibilidades de vingança?

— Como seria assim? Não vou deixar que zombe de mim – exijo uma resposta. Se não tenho laços nem afeições, só me restam ódio e perversidade; o amor de outro alguém destruirá a causa de meus crimes, e poderei me tornar algo cuja existência todos irão ignorar. Meus vícios são fruto de uma solidão forçada que abomino; e minhas virtudes serão obrigadas a ressurgir quando eu puder viver na companhia de um semelhante. Sentirei o afeto de uma criatura sensível e me tornarei parte da cadeia de existência e eventos dos quais, hoje, estou excluído.

Detive-me por algum tempo para refletir sobre tudo que ele me relatara, e sobre os vários argumentos que empregara. Pensei na promessa de virtudes que demonstrara no início de sua existência e na subsequente destruição de todos os sentimentos bondosos, em consequência da aversão e do desprezo que seus protetores manifestaram para consigo. Seu poder e suas ameaças não foram eliminados de meus cálculos – uma criatura capaz de sobreviver nas cavernas glaciais das geleiras e se esconder de perseguidores entre cordilheiras e precipícios inacessíveis possuía habilidades contra as quais seria inútil lutar. Depois de uma longa pausa para reflexão, concluí que a justiça devida, não só a ele, como também a meus semelhantes, exigia que eu atendesse o pedido. Voltando-me para ele, portanto, disse:

— Concordo com sua exigência sob a promessa solene de você deixar a Europa para sempre, além de qualquer outro lugar próximo aos homens, tão logo eu lhe entregar em mãos uma mulher que irá acompanhá-lo em seu exílio.

— Juro – ele exclamou – pelo sol, pelo céu azul do paraíso e pelo fogo do amor que queima em meu coração que, enquanto essas coisas existirem, uma vez que você conceda meu pedido, nunca mais me verá. Vá para sua casa e comece o trabalho – observarei seu progresso com indescritível ansiedade; e não tema, assim que tudo estiver pronto, eu aparecerei.

Dizendo isso, partiu subitamente, talvez com receio de qualquer mudança em minha resolução. Vi-o descer a montanha mais fugaz do que o voo de uma águia e rapidamente desaparecer entre as ondulações daquele mar de gelo.

Sua história tomara o dia todo, e o sol já quase tocava o horizonte quando ele partiu. Sabia que deveria apressar minha descida para o vale, pois logo estaria rodeado pelas trevas, mas meu coração estava pesado e meus passos, lentos. O esforço de contornar as sinuosas trilhas das montanhas, firmando os pés à medida que avançava, deixou-me perplexo, de tão saturado que estava pelas emoções que os acontecimentos do dia haviam produzido. A noite já ia longe quando cheguei à parada de descanso na metade do caminho, e me sentei ao lado da fonte. As estrelas brilhavam intermitentes conforme eram cobertas pelas nuvens; os pinheiros escurecidos se erguiam diante de mim e, vez ou outra, um galho partido jazia no chão: era um cenário extraordinariamente solene, despertando estranhos pensamentos em meu íntimo. Chorei, angustiado, e, apertando minhas mãos, tamanha a minha aflição, exclamei: – Ó, estrelas, nuvens e ventos, vocês estão todos me ridicularizando: se realmente têm piedade de mim, acabem com minhas sensações e lembranças; permitam-me que me torne um nada; caso contrário, sumam, sumam e me deixem na escuridão.

Eram pensamentos desordenados e infelizes, mas não sou capaz de descrever como o eterno cintilar das estrelas pesava sobre mim e como ouvia cada rajada de vento como se fosse o ruído surdo e horripilante do siroco[43] a caminho da minha destruição.

Já havia amanhecido antes de minha chegada ao vilarejo de Chamonix; sequer descansei, retornando imediatamente a Genebra. Não era capaz de expressar o que sentia nem mesmo para meu próprio coração – meus sentimentos continham todo o peso de uma montanha, esmagando sob seu excesso minha angústia. Assim, voltei para casa e, ao chegar, encontrei minha família. Minha aparência abatida e selvagem despertou intenso alarde, porém, não respondi a nenhuma pergunta, pouco falei. Sentia-me repudiado – como se não tivesse o direito de requerer sua solidariedade, como se nunca mais fosse capaz de desfrutar de sua companhia. Ainda assim, continuava a amá-los com adoração e, para salvá-los, resolvi me dedicar a minha tarefa mais abominável. A perspectiva de tal ocupação fazia com que todas as outras circunstâncias da existência passassem diante de mim como em um sonho, e, para mim, apenas aquele pensamento continha a realidade da vida.

---

43 Vento quente e extremamente seco que sopra do deserto do Saara em direção ao litoral norte da África, chegando ao sul da Europa pelo Mar Mediterrâneo. (N. do T.)

CAPÍTULO XVIII

Dias após dias e semanas após semanas se passaram desde minha volta a Genebra, e eu não conseguia reunir coragem para recomeçar meu trabalho. Eu temia a vingança do demônio decepcionado, mas não conseguia superar a repugnância pela tarefa que me fora solicitada. Descobri que não poderia criar uma mulher sem, mais uma vez, dedicar vários meses a um estudo profundo e laboriosas investigações. Tinha ouvido falar de algumas descobertas feitas por um filósofo inglês, cujo conhecimento era importante para meu sucesso e, às vezes, pensava em obter o consentimento de meu pai para ir à Inglaterra com esse objetivo, porém, agarrava-me a qualquer pretexto para adiamentos, evitando dar o primeiro passo em uma empreitada cuja necessidade imediata começava a parecer menos absoluta. De fato, uma mudança ocorrera em mim: minha saúde, que até então só piorava, estava agora bastante revigorada; e meu ânimo, quando liberto da lembrança de minha infeliz promessa, melhorava proporcionalmente. Meu pai via essa mudança com prazer, e voltava os pensamentos para o melhor método de erradicar os últimos vestígios de minha melancolia cujas crises regressavam, vez ou outra, com uma escuridão devoradora, encobrindo o sol que se aproximava. Nesses momentos, eu me refugiava na mais perfeita solidão. Passava dias inteiros sozinho no lago em um pequeno barco, observando as nuvens e ouvindo o murmurar das ondulações da água, taciturno e apático. Contudo, o ar fresco e o sol luminoso raramente deixavam de restabelecer meu ânimo em alguma medida e, ao voltar para casa, recebia as saudações de meus familiares com um sorriso mais disposto e um coração mais alegre.

Foi depois do meu retorno de um desses passeios que meu pai, chamando-me de lado, assim falou:

— Fico feliz ao perceber, meu querido filho, que você retomou seus antigos prazeres e parece estar voltando a ser o que era. Ainda assim, continua infeliz e evita nossa companhia. Por algum tempo, perdi-me em reflexões acerca do porquê, mas ontem uma ideia me ocorreu e, caso tenha fundamento, peço-lhe sua confissão. Manter segredo sobre um assunto assim não seria apenas inútil, como também atrairia uma tripla infelicidade sobre todos nós.

Tremi violentamente ao ouvir essa introdução, e meu pai continuou: – Confesso, meu filho, que sempre esperei com ansiedade por seu casamento com nossa querida Elizabeth, como coroamento de nossa tranquilidade doméstica e garantia de meus anos de declínio. Vocês sempre foram muito apegados desde a mais tenra infância; estudaram juntos e pareciam, no temperamento e nos gostos, completamente apropriados um ao outro. Mas tão cega é a experiência humana que aquilo que concebi como melhores auxiliares de meu plano talvez o tenham destruído inteiramente. Talvez você a estime como irmã, sem nenhum desejo de torná-la sua esposa. Ou talvez tenha encontrado outra a quem ama e, considerando-se obrigado a honrar um compromisso com Elizabeth, essa hesitação é o que está ocasionando a dolorosa angústia que você parece sentir.

— Meu querido pai, fique tranquilo. Amo minha prima com ternura e sinceridade. Nunca conheci uma mulher que despertasse em mim, como Elizabeth, tamanha admiração e carinho. Minhas esperanças e perspectivas futuras estão inteiramente ligadas à expectativa de nossa união.

— A expressão de seus sentimentos sobre esse assunto, meu querido Victor, me dá mais prazer do que há algum tempo experimentava. Se é assim que você se sente, certamente seremos felizes, por mais que os eventos presentes possam lançar uma sombra sobre nós. Mas é essa escuridão que parece ter tomado conta de sua mente com tanta força que desejo dissipar. Diga-me, então, se você se opõe à celebração imediata do casamento. Temos sido infelizes, e os eventos recentes nos privaram da tranquilidade cotidiana adequadas à minha idade e às minhas enfermidades. Você é mais jovem, porém, não suponho que, já que também é detentor de razoável fortuna, um casamento precoce possa interferir em quaisquer planos futuros de honra e reconhecimento que você possa ter elaborado. Não imagine, no entanto, que eu queira controlar sua felicidade ou que um atraso de sua parte me causaria qualquer desconforto sério. Considere minhas palavras com franqueza e me responda, peço-lhe, com resolução e sinceridade.

Escutei meu pai em silêncio e fiquei algum tempo sem poder responder. Revolvia rapidamente em minha mente uma infinidade de pensamentos, esforçando-me para chegar a alguma conclusão. Ai de mim! A ideia de uma união imediata com minha Elizabeth me horrorizava e consternava. Estava sujeito a uma promessa solene, que ainda não cumprira nem ousava quebrar; e, caso o fizesse, que série de desgraças não se abateriam sobre mim e minha devotada família! Poderia eu participar de uma festa com esse peso mortal ainda pendendo do meu pescoço, prostrando-me até o chão? Deveria cumprir meu acordo e deixar o monstro partir com sua companheira antes de me permitir desfrutar do prazer de uma união que, presumia eu, me traria paz.

Lembrei-me também da necessidade que me impusera de viajar até a Inglaterra ou ao menos de me corresponder com os filósofos daquele país, cujos conhecimento e descobertas eram indispensáveis à minha empreitada atual. Obter as informações desejadas por carta era algo demorado e insatisfatório – além disso, eu tinha uma intransponível aversão à ideia de me ocupar de minha repugnante tarefa na casa de meu pai ao mesmo tempo que mantinha as habituais relações familiares com aqueles que amava. Tinha consciência de que mil terríveis acidentes poderiam ocorrer, e até mesmo o menor deles poderia revelar uma história que horrorizaria a todos que tivessem qualquer ligação comigo. Também sabia que, durante o processo de minha espantosa atividade, seria capaz de perder todo o controle sobre mim mesmo, além da capacidade de ocultar minhas sensações de angústia. Devia me isolar de tudo que amava durante tal encargo. Uma vez iniciado, alcançaria meu objetivo rapidamente e poderia, então, retornar à minha família em paz e feliz. Cumprida minha promessa, o monstro partiria para sempre. Ou (como projetava em minha fértil imaginação) algum acidente, nesse meio-tempo, poderia destruí-lo, pondo fim à minha escravidão definitivamente.

Esses sentimentos ditaram minha resposta a meu pai. Expressei o desejo de visitar a Inglaterra; mas, escondendo as verdadeiras razões desse pedido, ocultei minha vontade sob um disfarce que não despertasse suspeitas, envolvendo-a com uma capa de seriedade que facilmente levaria meu pai a concordar. Depois de um período tão longo sob uma melancolia dominante – que se assemelhava à loucura, por conta da intensidade e dos efeitos – ele ficou feliz em ver que eu ainda era capaz de sentir prazer com a ideia da viagem, e esperava que a mudança de cenário e variadas diversões fossem me restabelecer por completo antes de meu retorno.

Coube a mim mesmo decidir quanto à duração de minha ausência; alguns meses ou, no máximo, um ano era o período esperado. Meu pai apenas tomara uma gentil providência para me assegurar alguma companhia. Sem nada me dizer, ele, com Elizabeth, combinou que Clerval se juntaria a mim em Estrasburgo. Isso interferiria na solidão da qual eu pretendia desfrutar para a realização de minha tarefa; no entanto, no início da jornada, a presença de meu amigo não seria, de maneira nenhuma, um obstáculo, e fiquei verdadeiramente contente por ter sido poupado de inúmeras horas de solitárias e enlouquecedoras reflexões. Além do mais, Henry poderia impedir a intrusão de meu inimigo. Se eu estivesse sozinho, não seria ele capaz de me impor sua presença abominável, a fim de me lembrar de minha obrigação ou observar meu progresso?

Portanto, me dirigiria para a Inglaterra e, ao meu retorno, ficou claro que minha união com Elizabeth seria imediatamente consumada. A idade de meu pai o tornava extremamente avesso a quaisquer atrasos. De minha parte, prometi a mim mesmo uma recompensa por meus abomináveis esforços: a perspectiva do dia em que, livre de minha miserável escravidão, eu pudesse ter Elizabeth como esposa e esquecer o passado com essa união.

Agora eu fazia os preparativos para minha viagem, mas um sentimento me assombrava, enchendo-me de medo e agitação. Durante minha ausência, deixaria meus familiares desprevenidos da existência de meu inimigo e desprotegidos de seus ataques, já que talvez ele ficasse apavorado com minha partida. Mas ele prometera me seguir aonde quer que eu fosse – será que não me acompanharia à Inglaterra? Essa ideia já era terrível por si só, porém, também me reconfortava, à medida que implicava na segurança de meus familiares. Angustiava-me a possibilidade de que o inverso pudesse acontecer. Mas, como durante todo o período em que fora escravo de minha criatura me permitira ser governado pelos impulsos do momento, pressentia com bastante força que o demônio me seguiria, isentando minha família do perigo de suas tramas.

Foi no fim de setembro que, mais uma vez, deixei meu país natal. A viagem fora sugestão minha, portanto, Elizabeth concordara com ela, mas ficara bastante inquieta com a ideia de que eu pudesse voltar a ficar aflito e infeliz, uma vez longe dela. Foi sua preocupação que me providenciara a companhia de Clerval – no entanto, um homem é incapaz de enxergar milhares de minúsculas circunstâncias que chamam a atenção dedicada de uma mulher. Ela ansiava por me pedir que apressasse o retorno, entretanto, inúmeras emoções conflitantes a tornaram muda, despedindo-se em silêncio e aos prantos.

Subi na carruagem que me levaria embora sem saber direito

para onde ia e sem me importar com o que se passava ao meu redor. Lembrei-me apenas – e foi com uma angústia dolorosa que o fiz – de ordenar que meus instrumentos químicos fossem empacotados para levá-los comigo. Tomado por sombrios pensamentos, passei por variados cenários, belos e majestosos, mas meu olhar se mantinha fixo e desatento. Só conseguia pensar no porquê de minha viagem e no trabalho que me ocuparia enquanto estivesse fora.

Depois de passar alguns dias em apática ociosidade, durante os quais percorri muitos quilômetros, cheguei a Estrasburgo, onde esperei dois dias por Clerval. Ele finalmente chegou. Como era enorme o contraste entre nós! Ele se entusiasmava a cada novo cenário, alegrava-se ao ver as belezas do sol poente e, ainda mais, quando o viu renascer e dar início a um novo dia. Apontou-me as cores mutantes da paisagem e as diferentes formas no céu. – Isso, sim, é viver – exclamou ele – agora estou realmente desfrutando da existência! Mas você, meu caro Frankenstein, por que está tão desanimado e triste? – Na verdade, estava tomado por pensamentos sombrios e não vi nem o surgimento da estrela vespertina[44] nem o reflexo do sol nas águas do rio Reno. E você, meu amigo, se divertiria muito mais com os relatos de Clerval, que observava a paisagem com um olhar sensível e exultante, do que ouvindo minhas reflexões. Eu, um infeliz miserável, perseguido por uma maldição que obstruía todos os caminhos do prazer.

Havíamos concordado em descer o Reno em um barco, de Estrasburgo a Roterdã, de onde poderíamos embarcar para Londres. Durante essa viagem, passamos por muitas ilhas tomadas por salgueiros e vimos inúmeras belas cidades. Ficamos um dia em Mannheim e, no quinto dia depois de nossa partida de Estrasburgo, chegamos a Mainz. Depois dessa cidade, o curso do

44 A autora se refere ao planeta Vênus, que aparece próximo ao horizonte perto do pôr do sol. (N. do T.)

Reno se torna muito mais pitoresco. O rio desce rapidamente e serpenteia por entre colinas, não muito altas, e sim íngremes e com belas formas. Vimos muitos castelos em ruínas à beira de precipícios, cercados por florestas negras, densas e inacessíveis. Essa parte do Reno apresenta, de fato, uma paisagem particularmente diversificada. Em um ponto, vê-se as colinas escarpadas, as ruínas de castelos com vista para enormes penhascos e o rio escuro fluindo logo abaixo; subitamente, após contornar um promontório, vinhedos florescentes – com margens sinuosas e verdejantes – e cidades populosas surgem no cenário.

Viajávamos na época da colheita da uva e podíamos ouvir o canto dos trabalhadores ao deslizar rio abaixo. Até mesmo eu, mentalmente deprimido e com o espírito a todo momento agitado por sentimentos sombrios, fui tomado pelo contentamento. Deitei-me no fundo do barco e, contemplando o céu azul sem nuvens, parecia sorver uma tranquilidade que há muito tempo não me era familiar. E se essas eram minhas sensações, quem poderia descrever as de Henry? Ele se sentia como se fora transportado para uma terra de fadas e desfrutava de uma felicidade raramente experimentada pelo homem. – Já vi – disse ele – as paisagens mais bonitas de meu país; visitei os lagos de Lucerna e Uri, onde as montanhas nevadas descem quase perpendicularmente às águas, lançando-lhes sombras negras e impenetráveis, que poderiam causar uma impressão sombria e triste, não fossem as verdejantes ilhas que aliviam o olhar com sua aparência jovial; vi esses lagos agitados por tempestades quando o vento rasgava a água em redemoinhos que davam uma ideia do que devam ser as trombas d'água no imenso oceano; e as ondas arremetendo furiosas a base da montanha, onde o pároco e sua amante foram soterrados por uma avalanche e em que, ainda hoje, conta-se ser possível ouvir a voz deles quando o vento noturno para de soprar; vi as montanhas do Valais e do cantão de Vaud; mas esta terra, Victor, agrada-me mais do que todas essas maravilhas. As montanhas da Suíça são mais majestosas e estranhas, porém, há um encanto nas margens deste rio divino que jamais vira igual. Olhe aquele castelo que se projeta sobre o precipício e também aquele outro, na ilha, praticamente oculto entre as folhagens daquelas lindas árvores; e agora esse grupo de agricultores surgindo em meio aos vinhedos; e aquela aldeia escondida no recesso da montanha. Ah, certamente o espírito que habita e guarda este lugar está mais em harmonia com o homem do que aqueles que empilham as geleiras ou se retiram para os picos inacessíveis de nosso país. Clerval! Amigo querido! Mesmo agora sinto prazer em registrar suas palavras e me demorar no elogio que você tanto merece. Ele era um ser formado na "própria poesia da natureza"[45]. A criatividade selvagem e entusiástica era suavizada pela sensibilidade de seu coração. A alma transbordava de afeições ardentes e sua amizade era naturalmente zelosa e admirável, algo que os pragmáticos nos fazem crer existir apenas na imaginação. Mas nem mesmo as relações humanas eram suficientes para satisfazer sua mente voraz. O cenário natural, que outros contemplavam apenas com admiração, era-lhe objeto de adoração:

A catarata sonora
Assombrava-o como a uma paixão: a rocha alta,
A montanha e a sombria e profunda floresta,
Suas cores e formas eram para ele, então,
Um desejo; um sentimento e um amor,
Que não precisavam de encanto mais remoto,
Fruto de reflexão, ou qualquer interesse
Além do que pudesse o olho captar.[46]

45 Trecho extraído do poema "The Story of Rimini" ("A História de Rimini"), do poeta e ensaísta inglês Leigh Hunt (1784-1859), que narra a história de amor entre Francesca da Rimini e o cunhado. (N. do T.)

46 Do poema "Tintern Abbey", composto pelo autor romântico inglês William Wordsworth (1770-1850). (N. da A.)

E onde está ele agora? Será que esse ser gentil e adorável está perdido para sempre? Essa mente, tão repleta de ideias, fantástica e magnífica imaginação, capaz de criar mundos, e cuja existência dependia da vida de seu criador – será que essa mente pereceu? Nesse momento, existiria ela apenas em minha memória? Não, não pode ser; sua forma tão divinamente forjada e radiante de beleza pode ter perecido, porém, seu espírito ainda visita e consola este infeliz amigo.

Perdoe-me esse acesso de tristeza; essas palavras imprestáveis nada mais são do que um pequeno tributo ao incomparável valor de Henry, mas acalmam meu coração, que transborda de angústia por sua lembrança. Vou continuar com minha história.

Depois de Colônia, descemos para as planícies da Holanda e resolvemos postergar o restante de nossa jornada, já que havia vento contrário e a correnteza do rio era muito branda para nos impulsionar. Nesse ponto, nossa viagem perdeu o interesse decorrente das belas paisagens; em poucos dias, porém, chegamos a Roterdã, de onde seguimos por mar para a Inglaterra. Foi em uma manhã clara, nos últimos dias de dezembro, que vi pela primeira vez os penhascos brancos da Grã-Bretanha. As margens do Tâmisa apresentavam um novo cenário: eram planas, mas férteis, e quase todas as cidades eram marcadas pelo vestígio de alguma história. Avistamos o forte Tilbury e nos lembramos da Armada Espanhola; Gravesend, Woolwich e Greenwich eram todos lugares de que já ouvira falar, até mesmo em meu país.

Por fim, divisamos os inúmeros campanários londrinos, o da catedral de Saint Paul acima de todos, e a Torre de Londres, célebre na história da Inglaterra.

CAPÍTULO XIX

Londres era nosso ponto de descanso por ora; decidimos permanecer vários meses nessa maravilhosa e festejada cidade. Clerval desejava conviver com os inúmeros talentosos e geniais homens da época, mas, para mim, isso era um objetivo secundário – eu estava ocupado, principalmente, em obter as informações necessárias para cumprir minha promessa e não tardei para lançar mão das cartas de apresentação que trouxera, dirigidas aos mais ilustres filósofos naturais.

Se essa viagem tivesse acontecido durante meus felizes dias de estudo, teria me proporcionado um prazer inexprimível. Entretanto, uma aflição se abatera sobre minha existência e só visitei essas pessoas por causa das informações que elas poderiam me dar sobre o assunto que me interessava de uma maneira profunda e terrível. A presença dos outros me incomodava; sozinho, eu poderia preencher minha mente com imagens do céu e da terra; a voz de Henry me acalmava e, assim, conseguia me iludir com uma paz transitória. Mas rostos alegres e desinteressantes restabeleciam o desespero em meu coração. Eu via uma barreira intransponível entre mim e meus semelhantes; essa barreira fora selada com o sangue de William e Justine; e refletir sobre os acontecimentos ligados a esses nomes enchia minha alma de angústia.

Mas em Clerval eu via a imagem de meu antigo eu: ele era curioso e ansiava por adquirir experiência e instrução. A diferença de hábitos que ele observava era uma fonte inesgotável de conhecimento e diversão. Também perseguia um objetivo que há muito tempo tinha em vista. Seu plano era visitar a Índia, pois acreditava que, por conhecer várias línguas e pelas concepções que tinha de sua sociedade, teria os meios de contribuir grandemente para o progresso da colonização e do comércio europeus no país. Apenas na Grã-Bretanha poderia levar adiante a execução de seu plano. Estava sempre ocupado, e a única restrição para seu prazer era minha condição triste e abatida. Tentava escondê-la tanto quanto possível, para não pôr fim aos deleites espontâneos de alguém que entrava em uma nova etapa da vida, inabalável por qualquer preocupação ou lembrança dolorosa. Recusei-me a acompanhá-lo muitas vezes, alegando outro compromisso, para que pudesse ficar sozinho. Também começara a coletar os materiais necessários para minha nova criação, e isso era para mim tortura semelhante a pingos d'água caindo continuamente sobre minha cabeça. Cada pensamento dedicado a essa tarefa me causava uma angústia extrema, e cada palavra proferida que lhe aludisse fazia meus lábios tremerem e meu coração palpitar.

Depois de passar alguns meses em Londres, recebemos uma carta da Escócia, de um cavalheiro que nos visitara em Genebra. Ele mencionava as belezas de seu país natal e perguntava se não eram atrativos suficientes para nos levar a prolongar nossa viagem até Perth, onde morava. Clerval ficou ansioso por aceitar o convite, e eu, embora abominasse a vida social, desejava voltar a ver montanhas e riachos, e todas as maravilhosas obras com que a Natureza enfeita as moradas que escolhe. Havíamos chegado à Inglaterra no início de outubro e, agora, já estávamos em fevereiro. Por isso, decidimos começar nossa jornada em direção ao norte no fim do mês seguinte. Nessa viagem, não pretendíamos seguir a estrada até Edimburgo, e sim visitar Windsor, Oxford, Matlock e os lagos de Cumberland, excursão que seria finalizada por volta do fim de julho. Empacotei meus instrumentos químicos e os materiais que havia coletado, decidido a terminar meu trabalho em algum recanto obscuro nas terras altas do norte da Escócia.

Saímos de Londres no dia 27 de março e ficamos alguns dias em Windsor, vagando por sua bela floresta. Tratava-se de uma nova paisagem para nós, nativos das montanhas; os majestosos carvalhos, a quantidade de animais de caça e os rebanhos de majestosos cervos se apresentavam como grande novidade.

Dali seguimos para Oxford. Ao entrar na cidade, nossa mente foi tomada pela lembrança dos eventos que ocorreram ali mais de um século e meio antes. Fora ali que Carlos I reunira suas tropas. A cidade lhe continuara fiel, mesmo depois que toda a nação o abandonara para aderir ao Parlamento e à liberdade. A memória daquele infeliz rei e seus companheiros, o amável Falkland, o insolente Goring[47], a rainha e seu filho, davam um interesse particular a cada parte da cidade onde, supõe-se, tenham vivido. O espírito dos tempos antigos encontrara sua morada ali, e tivemos o prazer de seguir seus passos. Ainda que não tivéssemos encontrado uma gratificação imaginária por tais sentimentos, a aparência da cidade era bela o suficiente para conquistar nossa admiração. As faculdades eram antigas e pitorescas; as ruas, quase magníficas; e o adorável rio Ísis, fluindo por prados de um verde primoroso, espalhava-se por uma tranquila extensão de águas, que refletia o majestoso conjunto de torres, pináculos e cúpulas envolto por velhas árvores.

Gostei dessa paisagem; no entanto, meu prazer era atormentado tanto pela memória do passado como pela antecipação do futuro. Fui educado para a felicidade e paz. Durante minha juventude, o descontentamento nunca se apoderou de minha mente; e, se alguma vez fosse vítima de *ennui*[48], a visão da beleza

47 O visconde de Falkland (Lucius Cary, c.1610-1643) foi um apoiador do rei Carlos I, enquanto lorde George Goring (1608-1657) alternou seu apoio entre o rei e o Parlamento, acabando por se decidir pelo último. Com o advento do Parlamento inglês, o rei foi destituído de seus plenos poderes e executado, dando início à monarquia constitucional na Inglaterra. (N. do T.)

48 Tédio, em francês. (N. do T.)

da natureza ou o estudo do que é primoroso e sublime nos feitos do homem sempre era capaz de interessar meu coração e expandir meu espírito. Mas sou uma árvore destruída; o raio penetrou minha alma; e foi então que senti que deveria sobreviver para exibir o que, em breve, deixaria de ser – um miserável espetáculo de humanidade arruinada, lamentável para os outros e intolerável para mim mesmo.

Passamos um tempo considerável em Oxford, perambulando pelos entornos e nos esforçando em identificar todos os pontos que pudessem ter relação com a época mais animadora da história inglesa. Nossas pequenas excursões exploratórias eram frequentemente prolongadas pelos sucessivos pontos de interesse que nos eram apresentados. Visitamos o túmulo do ilustre Hampden[49] e o campo onde esse patriota caíra. Por um instante, minha alma se elevou de seus medos degradantes e miseráveis para contemplar os divinos ideais de liberdade e martírio pessoal que tinham ali seus monumentos e tributos. Ousei, por um momento, livrar-me das correntes e olhar ao meu redor com o espírito livre e altivo; mas o ferro marcara minha carne, e afundei uma vez mais em minha miserável existência, trêmulo e sem esperanças.

Deixamos Oxford com pesar e seguimos para Matlock, que seria nossa próxima parada. Os campos ao redor desse vilarejo se assemelhavam bastante às paisagens da Suíça, mas tudo em uma escala menor; e às colinas verdes faltava o adorno dos Alpes nevados, que escoltavam eternamente as montanhas de pinheiros de minha terra natal. Visitamos a magnífica caverna e os minúsculos museus de história natural, onde as curiosidades estavam dispostas como nas coleções de Servox e Chamonix. Este último nome, quando pronunciado por Henry, fez-me estremecer, e

49 John Hampden (1594-1643), membro do Parlamento inglês que se opunha ao rei Carlos I. (N. do T.)

apressei-me em partir de Matlock por causa da associação com aquele terrível cenário.

De Derby, ainda viajando rumo ao norte, passamos dois meses em Cumberland e Westmorland. Agora, praticamente podia me imaginar em meio às montanhas suíças. As pequenas manchas de neve que ainda persistiam nas encostas setentrionais das montanhas, os lagos e a rápida correnteza dos regatos rochosos eram, para mim, uma visão familiar e querida. Ali também fizemos algumas amizades, que quase conseguiram me ludibriar, fazendo-me crer que era feliz. O deleite de Clerval era proporcionalmente maior do que o meu; sua mente se expandia na presença de homens de talento, pois ele descobria, na própria natureza, mais capacidades e recursos do que imaginaria possuir caso se relacionasse somente com seus inferiores. – Poderia passar minha vida aqui – disse ele para mim – e, entre essas montanhas, dificilmente sentiria falta da Suíça e do Reno.

Mas descobriu que a vida de um viajante também incluía muita dor em meio aos prazeres. Seus sentimentos estavam sempre no limite; e, quando começava a se acostumar ao repouso, via-se obrigado a abandonar aquilo que lhe dava prazer por algo novo, que mais uma vez lhe chamava a atenção e que, da mesma forma, ele abandonaria por outras novidades.

Mal havíamos visitado os vários lagos de Cumberland e Westmorland e nos afeiçoado a alguns de seus habitantes, tivemos que deixá-los e partir, pois se aproximava o prazo para o encontro com nosso amigo escocês. De minha parte, não lamentei. Já negligenciara minha promessa por algum tempo e temia as consequências da insatisfação do demônio. Ele poderia ter ficado na Suíça e se vingado de meus familiares. Essa ideia me perseguia e atormentava a cada momento em que, de outra forma, eu poderia ter desfrutado de paz e sossego. Esperava minhas cartas com uma impaciência febril: se estavam atrasadas, sentia-me amargurado e oprimido por mil temores; e, quando finalmente chegavam e via o nome de Elizabeth ou de meu pai, raramente me atrevia a lê-las para averiguar meu destino. Por vezes, pensava que o demônio me seguia e talvez quisesse punir minha negligência matando meu companheiro. Quando esses pensamentos me dominavam, não abandonava Henry nem por um momento, mas o seguia como sua própria sombra, a fim de protegê-lo da fúria imaginária de seu destruidor. Sentia-me como se tivesse cometido um grande delito, cuja consciência me assombrava. Não era culpado, mas, na verdade, lançara sobre minha cabeça uma horrível maldição, tão mortal quanto a de um crime.

Visitei Edimburgo com olhos e mente debilitados, no entanto, essa cidade poderia ter despertado o interesse do mais infeliz dos seres. Clerval não gostou tanto dela como de Oxford, pois a antiguidade desta última lhe agradava mais. Mas a beleza e a organização da parte nova da cidade[50], seu romântico castelo e os arredores de Arthur's Seat, Saint Bernard's Well e Pentland Hills, os mais encantadores do mundo, compensaram a mudança e o encheram de alegria e admiração. Entretanto, eu estava impaciente para chegar ao fim de minha jornada.

Saímos de Edimburgo depois de uma semana, passando por Coupar e Saint Andrews, ao longo das margens do rio Tay, rumo a Perth, onde nosso amigo nos esperava. Mas eu não estava com humor para rir e falar com estranhos, nem fazer parte de suas sensações e planos com a disposição que se espera de um convidado; por isso, disse a Clerval que desejava viajar pela Escócia sozinho. – Vá se divertir – disse-lhe eu – e que aqui seja nosso ponto de encontro. Talvez eu fique um mês ou dois ausente, mas imploro que não tente me perturbar em meus propósitos – deixe-me em paz e solidão por um breve período; quando eu voltar,

50 Em 1766, a cidade de Edimburgo passou por um processo de expansão junto ao lago setentrional, projetado pelo arquiteto James Craig (1739-1795). Essa região passou a ser conhecida como "New Town" ("cidade nova"). (N. do T.)

espero que esteja com o coração mais leve, mais adequado ao seu próprio temperamento.

Henry queria me convencer do contrário, mas, vendo-me firme em meu plano, parou de insistir. Pediu-me que lhe escrevesse com frequência. – Preferiria estar com você – disse – em suas andanças solitárias, do que com esses escoceses, que não conheço; então, não demore a regressar, meu caro amigo, para que eu possa mais uma vez me sentir ligeiramente em casa, algo que não consigo fazer sem sua presença.

Depois de me separar de meu amigo, decidi partir para algum lugar remoto da Escócia e terminar meu trabalho na solidão. Não tinha dúvidas de que o monstro me seguia e de que se revelaria a mim quando eu tivesse terminado, a fim de receber sua companheira. Com essa resolução em mente, atravessei as terras altas do norte do país e estabeleci uma das ilhas mais remotas das Órcades[51] como cenário de minhas atividades. Parecia o lugar adequado para esse tipo de trabalho, já que a ilha era pouco mais do que uma rocha, com encostas laterais continuamente golpeadas pelas ondas. O solo era estéril, mal servindo de pasto para umas poucas e lamentáveis vacas, e fornecia alguma aveia para a população local, que consistia em cinco pessoas, cujos membros magros e esqueléticos davam sinais da miserável alimentação. Pão e vegetais – quando se podia gastar com esses luxos – e até mesmo água doce, tinham que ser comprados no continente, que ficava a cerca de oito quilômetros de distância.

Em toda a ilha havia apenas três casebres miseráveis, e um deles estava vazio quando cheguei. Foi o que aluguei. Continha somente dois cômodos, que exibiam toda a imundície da mais desoladora penúria. O teto de palha havia caído, as paredes não eram rebocadas e a porta saíra das dobradiças. Mandei que fizessem alguns reparos, comprei alguns móveis e me instalei; um

51 Arquipélago ao norte da Escócia. (N. do T.)

incidente que, sem dúvida nenhuma, causaria certa surpresa se os sentidos dos habitantes locais não estivessem entorpecidos pelas misérias de sua desafortunada situação. Por isso, vivia incógnito e sem ser molestado, mal recebendo um obrigado pela quantia irrisória de comida e roupas que doava – como o sofrimento é capaz de embotar até mesmo as sensações mais elementares dos homens.

Nesse refúgio, dedicava as manhãs ao trabalho; à noite, porém, quando o tempo permitia, eu caminhava pela praia rochosa, para ouvir as ondas que rugiam e se precipitavam aos meus pés. Era uma paisagem monótona, mas em constante mudança. Pensei na Suíça, tão diferente daquele cenário desolado e apavorante. As colinas são cobertas por trepadeiras e os chalés se amontoam densamente nas planícies. Os belos lagos refletem um céu azul e suave e, quando agitados pelos ventos, a oscilação se parece com uma brincadeira de criança quando comparada aos estrondos do gigante oceano.

Foi assim que organizei meus afazeres quando cheguei. Contudo, à medida que prosseguia com meu trabalho, minhas tarefas se tornavam, a cada dia, mais horríveis e enfadonhas para mim. Às vezes, não era capaz de me convencer a entrar no laboratório por dias a fio; em outras ocasiões, trabalhava dia e noite para finalizar minha obra. Na verdade, estava envolvido em um processo torpe. Durante meu primeiro experimento, uma espécie de frenesi me cegara para o horror de meu ofício; minha mente estava concentrada na conclusão do projeto e meus olhos se fecharam para a repugnância de meus procedimentos. Mas agora eu trabalhava a sangue frio, e meu coração frequentemente se enojava do que minhas mãos executavam.

Dessa forma, dedicado à mais detestável das ocupações, imerso em uma solidão onde nada poderia, nem por um instante, tirar minha atenção da realidade da situação em que estava envolvido, meu espírito se tornou instável, fiquei inquieto e nervoso. A cada instante, eu temia encontrar meu perseguidor. Às vezes, ficava sentado com os olhos fixos no chão, com medo de erguê-los e encontrar o objeto que tanto temia ver. Receava me afastar da vista de meus semelhantes, pois, uma vez sozinho, ele poderia vir reivindicar sua companheira.

Nesse meio-tempo, continuei trabalhando e minha obra já estava consideravelmente avançada. Contemplava sua conclusão com uma expectativa incerta e ansiosa, algo que não ousava questionar, embora associada a presságios malignos e obscuros, que faziam o coração estremecer em meu peito.

CAPÍTULO XX

Sentara-me, certa noite, em meu laboratório; o sol já tinha se posto e a lua se erguia no mar; não havia luz suficiente para continuar, por isso, ocioso, fiz uma pausa para considerar se pararia o trabalho até o dia seguinte ou se apressava sua conclusão, dedicando-lhe minha atenção integral. Ali sentado, uma série de pensamentos me ocorreu, levando-me a considerar as consequências do que estava fazendo ali. Três anos antes, estava comprometido da mesma maneira e criara um demônio cuja barbárie incomparável desolara meu coração, oprimindo-o para sempre com o mais doloroso remorso. Estava prestes a conceber outra criatura, cujas inclinações, como anteriormente, eu ignorava – ela poderia se tornar dez mil vezes mais perversa do que o companheiro e vir a cometer assassinatos e desgraças por puro deleite. Ele prometera deixar a convivência dos humanos e se ocultar na vastidão, mas ela, não, e tinha toda a probabilidade de se tornar um animal capaz de pensar e raciocinar, podendo se recusar a cumprir um pacto feito antes de sua criação. Eles poderiam até mesmo se odiar; se a criatura que já vivia detestava a própria deformidade, não seria capaz de execrá-la ainda mais quando tivesse diante dos olhos sua versão feminina? Talvez também ela, minha nova criação, tomada pelo asco, poderia se virar para a beleza superior do homem; seria capaz de rejeitá-lo e ele acabaria mais uma vez sozinho, exasperado pela humilhação de ser abandonado por alguém da própria espécie. Mesmo que eles abandonassem a Europa e habitassem os extremos do novo mundo, uma das primeiras consequências da relação pela qual o demônio ansiava seria ter filhos, e uma raça de demônios seria propagada sobre a terra, o que poderia tornar a própria existência do homem precária e cheia de terror. Tinha eu o direito de, para meu próprio benefício, infligir essa maldição às gerações vindouras? Havia sido instigado pelos argumentos do ser que criara; fora ludibriado por suas ameaças diabólicas; mas agora, pela primeira vez, sentia a perversidade de minha promessa em meu íntimo; estremeci ao pensar que as eras futuras poderiam me amaldiçoar como seu algoz, cujo egoísmo não hesitara em comprar a própria paz ao preço, talvez, da sobrevivência de toda a raça humana.

Estremeci, e meu coração vacilou dentro do peito quando, ao olhar à minha frente, vi, à luz da lua, o demônio na janela. Um terrível sorriso enrugava seus lábios enquanto ele olhava para mim, que ali estava cumprindo a tarefa que me confiara. Sim, ele me seguira em minhas viagens, vagara por florestas e se escondera em cavernas ou se refugiara em vastas charnecas desertas; e, agora, vinha conferir meu progresso e reivindicar o cumprimento de minha promessa.

Ao olhar para ele, seu semblante se enchia de maldade e perfídia. Com uma sensação de loucura, pensei em minha promessa de criar outro ser como ele e, tremendo enfurecido, fiz em pedaços a coisa em que estava trabalhando. O miserável me viu destruir a criatura de cuja existência dependia para ser feliz e, com um uivo de desespero diabólico, bradando por vingança, retirou-se.

Saí da sala e, trancando a porta, fiz uma promessa solene em meu coração de jamais retomar meus trabalhos; então, com passos instáveis, fui até meu próprio aposento. Estava só – ninguém estava ao meu lado para dissipar a escuridão e me livrar daquela doentia opressão, causada por meus mais terríveis devaneios.

Várias horas se passaram e permaneci à janela olhando o mar;

ele estava praticamente imóvel, pois os ventos haviam se acalmado e toda a natureza repousava sob o olhar da lua tranquila. Uns poucos barcos de pesca se espalhavam pela água e, vez ou outra, uma brisa suave trazia o som de vozes, quando os pescadores chamavam uns aos outros. Eu sentia o silêncio, embora mal tivesse consciência de sua extrema profundidade, até que meu ouvido foi subitamente desperto por remos batendo perto da praia, e uma pessoa desembarcou perto de minha casa.

Poucos minutos depois, ouvi o ranger de minha porta, como se alguém tentasse abri-la suavemente. Eu tremia da cabeça aos pés; tive um pressentimento de quem era e quis acordar um dos camponeses que vivia em um chalé não muito distante do meu, mas fui dominado pela sensação de impotência – tantas vezes sentida em sonhos assustadores, quando nos esforçamos em vão para fugir de um perigo iminente – e permaneci imóvel no lugar. Logo depois, ouvi o som de passos ao longo do corredor; a porta se abriu, e a criatura que eu temia apareceu.

Fechando a porta, ele se aproximou de mim e disse, com uma voz abafada: – Você destruiu a obra que havia começado. O que pretende? Ousa quebrar sua promessa? Enfrentei dificuldades e misérias: seguindo-o, deixei a Suíça; rastejei ao longo das margens do Reno, em meio às suas ilhas de salgueiros e sobre os picos de suas colinas. Morei por muitos meses nas charnecas da Inglaterra e nos confins da Escócia. Tenho suportado uma fadiga incalculável, frio e fome – e você ousa destruir minhas esperanças?

— Vá embora! Sim, quebro minha promessa: nunca vou criar outro ser como você, semelhante em deformidade e vilania.

— Escravo, tentei argumentar consigo, mas você se mostrou indigno de minha condescendência. Lembre-se de que sou poderoso; considera-se infeliz, mas posso torná-lo tão miserável que odiará a luz do dia. Você é meu criador, porém, eu sou seu mestre... Obedeça-me!

— A hora da minha indecisão se foi, e a época de seu poder

chegou ao fim. Suas ameaças não podem me levar a cometer um ato de perversidade, apenas confirmam minha determinação de não lhe criar uma companheira de vícios. Deveria eu, a sangue frio, lançar sobre a terra um demônio cujo prazer reside em espalhar morte e miséria? Suma daqui! Estou decidido, e suas palavras só vão exasperar minha raiva.

O monstro notou a determinação em meu rosto e, impotente, rangeu os dentes de raiva. – Então cada homem – gritou ele – poderá encontrar uma esposa para si, e cada animal terá sua companheira, enquanto eu permaneço sozinho? Tive sentimentos de afeto e foram retribuídos com ódio e desprezo. Homem! Você pode odiar, mas tome cuidado! Suas horas serão de terror e miséria, e logo cairá o raio que lhe arrebatará a felicidade para sempre. Deveria você ser feliz, enquanto eu rastejo na intensidade de minha miséria? Você pode destruir minhas outras emoções, mas a vingança permanecerá – vingança que, daqui em diante, me será mais cara do que a luz ou a comida! Posso morrer, mas você, meu tirano e algoz, amaldiçoará o sol que contempla sua desgraça. Cuidado, pois não tenho medo, por isso, sou poderoso. Vigiarei com a astúcia de uma cobra, prestes a dar o bote. Homem, você se arrependerá dos sofrimentos que infligiu.

— Chega, demônio, e pare de envenenar o ar com essas palavras perversas. Já lhe comuniquei minha decisão e não sou um covarde que se curva diante de palavras. Vá embora, estou irredutível.

— Está bem. Vou embora, mas lembre-se de que estarei com você em sua noite de núpcias.

Comecei a avançar na direção dele e exclamei: – Ser maligno! Antes de assinar minha sentença de morte, certifique-se de estar seguro.

Eu o teria agarrado, mas ele me escapou e saiu rapidamente da casa. Em poucos instantes, vi-o em seu barco, que disparou sobre as águas com a rapidez de uma flecha, logo se perdendo em meio às ondas.

Tudo ficou novamente em silêncio, mas as palavras dele soavam em meus ouvidos. Ardia de raiva a ponto de querer sair atrás do assassino da minha paz e atirá-lo no oceano. Andava de um lado para o outro de meu quarto, impaciente e perturbado, enquanto minha imaginação evocava mil imagens para me atormentar e ferir. Por que não o seguira e avançara sobre ele em um combate mortal? Mas fiz com que partisse, e ele tomara o rumo do continente. Estremeci ao pensar quem poderia ser a próxima vítima de sua insaciável vingança. Então, suas palavras voltaram mais uma vez à minha mente: *"Estarei com você em sua noite de núpcias"*. Esse então era o prazo fixado para o cumprimento de meu destino. Naquele momento, deveria morrer para satisfazer, de uma vez por todas, a perversidade do monstro. Essa perspectiva não me punha medo; no entanto, quando pensei em minha amada Elizabeth – em seu pranto e tristeza sem fim, quando teria seu amado tão barbaramente arrancado de si – eu mesmo derramei as primeiras lágrimas em muitos meses, e decidi não cair diante de meu inimigo sem antes um violento combate.

A noite se foi e o sol nasceu no oceano; meus sentimentos se acalmaram, se é que poderia chamar meu estado de calma, com a violência da raiva submersa nas profundezas do desespero. Deixei a casa, o terrível cenário da contenda da noite anterior, e caminhei pela praia, que eu praticamente considerava uma insuperável barreira entre meus semelhantes e eu; de fato, fui tomado pelo desejo de que aquilo fosse realmente verdade.

Desejava poder passar minha vida naquela rocha estéril, uma vida entediante, é verdade, porém, sem ser interrompida por qualquer choque repentino da infelicidade. Se voltasse, seria para ser sacrificado ou ver aqueles que eu mais amava morrerem sob as garras de um demônio que eu mesmo criara.

Vaguei pela ilha como um espectro inquieto, separado de

tudo aquilo que amava e infeliz por tal separação. Quando deu meio-dia e o sol ia alto, deitei-me na relva e fui dominado por um sono profundo. Estivera acordado desde a noite anterior, meus nervos estavam agitados e meus olhos, inchados pela vigília e pelo tormento. O sono em que agora mergulhava me revigorou e, quando acordei, senti-me novamente como parte de uma raça de seres humanos como eu, e comecei a refletir sobre o que acontecera com mais compostura; ainda assim, as palavras do demônio ressoavam em meus ouvidos como uma sentença de morte, tal qual um sonho, embora opressiva e distintamente reais.

O sol já baixara bastante e eu continuava sentado na praia – saciando meu apetite, que se tornara feroz, com um biscoito de aveia – quando vi um barco de pesca atracar perto de mim e um dos homens vir me trazer um pacote; continha cartas de Genebra e de Clerval, pedindo-me que fosse encontrá-lo. Dizia que gastava o tempo inutilmente onde estava, que as cartas dos amigos que fizera em Londres desejavam seu regresso, para concluírem as negociações sobre sua empreitada na Índia. Ele não podia mais adiar a partida, mas, como sua viagem para Londres seria seguida – ainda mais cedo do que ele imaginara – por outra mais longa, implorava-me que lhe concedesse o máximo de tempo em sua companhia que pudesse dispensar. Pedia, portanto, que eu deixasse minha ilha solitária e o encontrasse em Perth, para que pudéssemos prosseguir juntos rumo ao sul. De certa forma, essa carta me trouxe de volta à vida, e decidi deixar minha ilha ao fim de dois dias. No entanto, antes de partir, havia uma tarefa a cumprir que me fazia estremecer sempre que pensava nela: tinha de empacotar meus instrumentos químicos; para isso, devia entrar no cômodo que fora palco de meu odioso trabalho e manusear aqueles utensílios, cuja visão me enojava. Na manhã seguinte, ao raiar do dia, reuni coragem suficiente e destranquei a porta de meu laboratório. Os restos da criatura por acabar, que eu destruíra, estavam espalhados pelo chão, e quase me senti como se tivesse mutilado a carne viva de um ser humano. Fiz uma pausa para me recompor e, em seguida, entrei. Com as mãos trêmulas, tirei os instrumentos da sala, e cheguei à conclusão de que não deveria deixar ali os resquícios de meu trabalho, para não estimular o horror e a suspeita dos camponeses; por isso, coloquei-os em um cesto, com uma grande quantidade de pedras e, ao empilhá-los a um canto, decidi jogá-los no mar naquela mesma noite; nesse meio-tempo, sentei-me na praia e comecei a limpeza e arrumação de meu aparato químico.

Nenhuma mudança poderia ser mais completa do que aquela que ocorrera em meus sentimentos desde a noite em que o demônio aparecera. Antes, eu considerara minha promessa com sombrio desespero, como algo que deveria ser cumprido, não importando as consequências; mas agora sentia como se um véu tivesse sido retirado de meus olhos e, pela primeira vez, eu pudesse enxergar com clareza. A ideia de retomar meus trabalhos não me ocorria nem por um instante; a ameaça que ouvira pesava em meus pensamentos, entretanto, não achava que um ato voluntário de minha parte pudesse evitá-la. Eu tomara a resolução de que criar outro ser como o demônio que gerara seria um ato do mais vil e atroz egoísmo, e bani de minha mente qualquer pensamento que pudesse levar a uma conclusão contrária.

Entre duas e três da manhã, a lua surgiu no céu; então, colocando meu cesto a bordo de um pequeno barco, naveguei até cerca de seis quilômetros da costa. O local era perfeitamente ermo: alguns barcos voltavam para a terra, mas me distanciei deles. Sentia como se estivesse prestes a cometer um crime terrível e evitava, tremendo de ansiedade, qualquer encontro com meus semelhantes. Em certo ponto, a lua – que até então reluzia – foi subitamente encoberta por uma espessa nuvem, e aproveitei o momento de escuridão para lançar o cesto no mar – ouvi o borbulhar da água enquanto ele afundava e, depois, naveguei para longe dali. O céu ficou nublado, mas o ar estava puro, apesar de resfriado por uma brisa vindo do nordeste, que começava a se intensificar. Senti-me fortalecido e tomado por sensações tão agradáveis que decidi prolongar minha permanência sobre a água; e, fixando o leme a prumo, deitei-me no fundo do barco. As nuvens escondiam a lua, tudo estava obscurecido e apenas ouvia o barulho da quilha do barco cortando as ondas; esse murmúrio me embalou e, em pouco tempo, dormia profundamente. Não sei por quanto tempo fiquei ali, porém, quando acordei, descobri que o sol já ia bastante alto no céu. O vento estava forte e as ondas ameaçavam continuamente a segurança de meu pequeno barco. Percebi que se tratava do vento nordeste e que ele me afastara do ponto na costa onde havia embarcado. Esforcei-me para mudar meu curso, mas rapidamente notei que, se continuasse a tentar, o barco se encheria de água em um instante. Diante dessa situação, a única saída era me colocar na direção do vento. Confesso que fiquei, de certa forma, aterrorizado. Eu não carregava uma bússola e conhecia tão pouco a geografia daquela região do mundo que o sol não me teria grande serventia. Poderia ser conduzido para o vasto Atlântico e sentiria todas as torturas da fome ou seria engolido pelas descomunais águas que rugiam e se sacudiam ao meu redor. Já estava naquela situação há muitas horas e sentia o tormento de uma sede intensa, prelúdio de muitos outros sofrimentos. Olhei para o céu, coberto por nuvens impelidas pelo vento, substituídas por outras quase que instantaneamente: contemplei o mar, ali seria minha sepultura. – Demônio – exclamei – sua tarefa já está cumprida! – Pensei em Elizabeth, em meu pai e em Clerval – tudo ficara para trás, à mercê das paixões sanguinárias e impiedosas do monstro. Essa ideia me lançou em um devaneio tão desesperador e pavoroso que, ainda agora, quando estou prestes a sair de cena para sempre, estremeço ao me lembrar dele.

Algumas horas se passaram dessa forma, mas, aos poucos, à medida que o sol baixava no horizonte, o vento se transformava em uma brisa suave e as ondas do mar se acalmavam. A rebentação, no entanto, deu lugar a uma forte ondulação: senti-me enjoado e mal conseguia segurar o leme quando, de repente, vi uma linha de terra se elevando ao sul.

Como estava quase exaurido pelo cansaço e terrível suspense que suportara por várias horas, essa súbita certeza de vida fluiu como uma torrente de fervorosa alegria em meu coração, e as lágrimas brotaram em meus olhos.

Como nossos sentimentos são instáveis, e quão estranho é esse amor que temos pela vida, mesmo nos extremos da miséria! Criei outra vela com parte de minha roupa e, ansioso, desviei meu curso em direção à terra. Parecia um trecho selvagem e rochoso, porém, à medida que me aproximava, notava sem dificuldade vestígios de plantações. Vi barcos perto da costa e, de repente, senti-me transportado de volta aos arredores da civilização humana. Contornei com cuidado os meandros do litoral e avistei um campanário que, por fim, surgia detrás de um pequeno morro. Como me encontrava em um estado de extrema debilidade, resolvi navegar direto para a cidade, onde poderia encontrar comida com mais facilidade. Felizmente, tinha dinheiro comigo.

Ao contornar o morro, vi-me diante de uma vila pequena e organizada, com um belo porto, no qual entrei com o coração saltitando de alegria por minha inesperada salvação.

Enquanto me ocupava consertando o barco e ajeitando as velas, várias pessoas se dirigiram para onde estava. Pareciam muito surpresos com minha aparição, mas, em vez de me oferecer qualquer ajuda, sussurravam entre si e gesticulavam de tal forma que, em outra ocasião, eu teria ficado levemente alarmado. De fato, apenas reparei que falavam inglês, portanto, falei-lhes nessa língua: – Meus bons amigos – disse – poderiam fazer o favor de me dizer o nome desta cidade e me informar onde estou?

— Saberá disso em breve – respondeu um homem com voz rouca. – Pode ser que tenha chegado a um lugar que não lhe agradará muito, mas não lhe consultarão sobre os aposentos onde deseja ficar, isso lhe prometo.

Fiquei extremamente surpreso ao receber uma resposta tão grosseira de um estranho, e também desconcertado ao notar os semblantes carrancudos e raivosos de seus companheiros. – Por que essa resposta tão rude? – retruquei – Certamente não é costume dos ingleses receber forasteiros de maneira tão hostil.

— Não sei – disse o homem – que costumes têm os ingleses, mas é costume dos irlandeses odiar patifes. Enquanto esse estranho diálogo continuava, percebi que a multidão aumentava com rapidez. Os rostos expressavam uma mistura de curiosidade e raiva, o que me incomodava e, até certo ponto, assustava-me.

Perguntei como chegar à hospedaria, mas ninguém me respondeu. Em seguida, ameacei avançar e um murmúrio surgiu na multidão que, acompanhando meus passos, cercou-me; então, um sujeito mal-encarado se aproximou, bateu em meu ombro e disse: – O senhor terá de vir comigo até a casa do senhor Kirwin, para ser interrogado.

— Quem é esse tal senhor Kirwin? Por que devo ser interrogado? Não é este um país livre?

— Sim, senhor, livre para pessoas honestas. O senhor Kirwin é um juiz, e o senhor deve prestar contas do assassinato do cavalheiro que foi encontrado morto na noite passada.

A resposta me assustou, mas logo me recompus. Era inocente, e isso poderia ser facilmente provado, assim, segui meu guia em silêncio e fui conduzido a uma das melhores casas da cidade. Estava prestes a desmaiar de cansaço e fome; entretanto, rodeado por uma multidão, achei sensato reunir todas as minhas forças, de modo que nenhuma debilidade física pudesse ser interpretada como apreensão ou consciência de culpa. Mal esperava, então, a calamidade que em poucos instantes me dominaria, transformando em horror e desespero todo o temor de desonra ou morte. Agora, devo fazer uma pausa; pois precisarei de toda a coragem que puder reunir para relembrar, com a adequada precisão, os terríveis eventos que estou prestes a relatar.

CAPÍTULO XXI

Logo fui levado à presença do juiz, um homem idoso e benevolente, com modos tranquilos e comedidos. Olhou para mim, no entanto, com certo grau de severidade e, então, voltando-se aos meus guias, perguntou quem apareceria como testemunha naquela ocasião.

Cerca de meia dúzia de homens se apresentou; e um deles, escolhido pelo juiz, relatou que saíra para pescar na noite anterior com o filho e o cunhado, Daniel Nugent, quando, por volta das dez horas, os três observaram uma forte ventania vindo do norte, por isso, voltaram para o porto. A noite estava bastante escura, já que a lua ainda não surgira; não ancoraram no porto, e sim, como estavam acostumados, em uma enseada a cerca de três quilômetros de distância. Ele desembarcou primeiro, carregando consigo parte do equipamento de pesca, e seus companheiros o seguiam pouco atrás.

Ao avançar pela areia, tropeçou em alguma coisa e caiu no chão. Seus companheiros o ajudaram a se levantar e, à luz do candeeiro, descobriram que ele caíra sobre o corpo de um homem, que aparentemente estava morto. Sua primeira suposição foi de que se tratava do cadáver de uma pessoa que se afogara, trazido à praia pelas ondas, mas, ao examinarem-no, notaram que as roupas não estavam molhadas e, ainda, que o corpo não estava frio. Carregaram-no imediatamente para o chalé de uma velha senhora na vizinhança e tentaram, em vão, reanimá-lo.

Parecia um belo rapaz, com cerca de 25 anos. Aparentemente, fora estrangulado, pois não havia nenhum sinal de violência, além de marcas enegrecidas de dedos no pescoço.

A primeira parte desse depoimento não me chamou a atenção em nada, porém, quando a marca de dedos foi mencionada, lembrei-me do assassinato de meu irmão e me senti extremamente agitado – meus membros começaram a tremer e uma névoa cobriu meus olhos, o que me obrigou a me apoiar em uma cadeira. O juiz me observava atentamente e, claro, teve uma impressão desfavorável ao ver meu comportamento.

O filho confirmou o relato do pai, mas quando Daniel Nugent foi chamado, jurou com convicção que, pouco antes do tombo do companheiro, vira um barco, com um único homem a bordo, perto da praia; e, pelo que pôde distinguir à luz de algumas estrelas, era o mesmo barco com o qual eu acabara de aportar.

Uma mulher que morava perto da praia testemunhou que se encontrava parada à porta de seu chalé, esperando o retorno dos pescadores – cerca de uma hora antes de saber da descoberta do cadáver – quando viu um barco, com apenas um homem, afastando-se da parte da costa onde o rapaz foi encontrado depois.

Outra mulher confirmou o relato dos pescadores, que haviam trazido o jovem para sua casa; o corpo ainda não estava frio. Colocaram-no em uma cama e o esfregaram; e Daniel foi à vila procurar um boticário, mas a vida do rapaz já se esvaíra.

Vários outros homens foram questionados a respeito do meu desembarque, e todos concordaram que, com o forte vento norte que surgira durante a noite, era muito provável que eu tivesse enfrentado o mar por muitas horas e fora obrigado a voltar praticamente ao mesmo lugar de onde partira. Além disso, observaram que eu parecia ter trazido o corpo de outro lugar e era provável ainda que, como não parecia conhecer a costa, eu teria adentrado o porto ignorando a que distância a vila de *** ficava do local onde eu deixara o cadáver.

O senhor Kirwin, ao ouvir todas essas evidências, quis que eu fosse levado à sala onde o corpo era mantido para ser sepultado, de modo a observar o efeito que a visão do cadáver teria sobre mim. Provavelmente, tivera essa ideia em virtude da extrema agitação que eu demonstrara quando foi descrito como se dera o assassinato. Fui então conduzido, pelo juiz e por várias outras pessoas, até a hospedaria. Não pude deixar de ficar impressionado com as estranhas coincidências que aconteceram durante aquela turbulenta noite, mas, sabendo que estava conversando com várias pessoas na ilha em que habitara no momento em que encontraram o corpo, mantinha-me perfeitamente tranquilo quanto às consequências do caso. Entrei na sala onde estava o cadáver e fui conduzido até o caixão. Como posso descrever minhas sensações ao vê-lo? Ainda agora sinto o horror me dominar, nem sequer sou capaz de pensar naquele momento sem estremecer de agonia. O reconhecimento, a presença do juiz e das testemunhas, tudo aquilo se assemelhou a um sonho em minha mente, ao ver a forma sem vida de Henry Clerval estendida diante de mim. Senti-me sufocado e, jogando-me sobre o corpo, exclamei: – Minhas maquinações assassinas também ceifaram sua vida, meu querido Henry? Já destruíra duas, outras vítimas aguardam seu destino, mas você, Clerval, meu amigo, meu benfeitor...

O corpo humano é incapaz de aguentar por muito tempo as agonias que ali suportei, e fui levado para fora do recinto em meio a intensas convulsões. A essa cena, seguiu-se uma febre. Fiquei dois meses à beira da morte: meus delírios, como soube mais tarde, foram terríveis; declarava-me o assassino de William, Justine e Clerval. Ora implorava a meus vigias que me auxiliassem na destruição do demônio que me atormentava, ora sentia os dedos do monstro agarrando meu pescoço e urrava, dominado por um misto de agonia e terror. Felizmente, como falava em minha língua natal, apenas o senhor Kirwin me compreendia, mas meus gestos e gritos tenebrosos eram suficientes para assustar os presentes. Por que não morri? Mais miserável do que qualquer outro homem antes de mim, por que não mergulhei no esquecimento e no sono eterno? A morte arrebata muitas crianças viçosas, expectativas únicas de seus devotos pais; quantas noivas e jovens amantes não se viram certo dia no desabrochar da saúde e esperança e, no dia seguinte, tornaram-se presas dos vermes e da decomposição da sepultura! De que material fui feito para resistir a tantos choques, que, como uma roda girando, renovavam continuamente minha tortura?

Mas eu estava condenado a viver; e, em dois meses, vi-me acordando do sonho em uma prisão, deitado em uma cama miserável, cercado por carcereiros, guardas, trancas e todo o torpe aparato de uma masmorra. Era de manhã, lembro-me bem, quando recobrei a consciência: havia esquecido dos detalhes do que acontecera e sentia apenas como se um grande infortúnio tivesse subitamente me dominado; mas, ao olhar em volta e ver as janelas com grades e a penúria do recinto em que me encontrava, tudo voltou à minha memória e gemi de aflição.

O gemido despertou uma velha que dormia em uma cadeira ao meu lado. Era uma enfermeira contratada, esposa de um dos carcereiros, e seu semblante revelava todas as características ruins que frequentemente se aplicam à sua classe profissional. Os traços do rosto eram duros e rudes, típicos das pessoas acostumadas a ver, insensíveis, o sofrimento alheio. O tom com que falou expressava toda a sua indiferença; dirigiu-se a mim em inglês, e reconheci sua voz entre as que ouvira durante meus tormentos. – Está melhor agora, senhor? – disse ela.

Respondi na mesma língua, com a voz fraca: – Acredito que sim, mas se tudo é mesmo verdade, se de fato não sonhei, lamento ainda estar vivo para sentir tanta desgraça e horror.

— Quanto a isso – respondeu a velha – se o senhor se refere ao cavalheiro que assassinou, acredito que seria melhor que estivesse morto, pois imagino que a pena lhe custará caro! No entanto, isso não é da minha conta; fui contratada para cuidar que o senhor se restabeleça; cumpro meu dever com a consciência tranquila; seria muito bom se todos fizessem o mesmo.

Desviei o rosto com asco daquela mulher que era capaz de proferir um discurso tão insensível a alguém que acabara de se livrar da morte; porém, sentia-me enfraquecido, incapaz de refletir sobre tudo o que acontecera. Todas as sequências da minha vida se pareciam com um sonho; às vezes, duvidava se, de fato, eram verdadeiras, pois em nenhum momento se apresentavam à minha mente com a força da realidade.

À medida que as imagens que pairavam diante de mim ficavam mais nítidas, voltei a ter febre; uma escuridão me envolvia: não tinha ninguém a meu lado para me tranquilizar com a suave voz do amor; nenhuma mão querida me apoiou. O médico veio e prescreveu remédios, e a velha os preparou para mim; uma completa apatia, porém, era perceptível no primeiro, e um semblante desumano marcava intensamente o rosto da segunda. Quem poderia se interessar pelo destino de um assassino, além do carrasco que ganharia sua paga ao consumá-lo?

Essas foram minhas primeiras reflexões, mas logo descobri que o senhor Kirwin demonstrara extrema bondade para comigo. Fizera com que a melhor cela da prisão fosse preparada para mim (aquela miséria era, de fato, o que havia de melhor ali); e foi ele quem providenciara um médico e uma enfermeira. Era fato que raramente vinha me ver, pois, embora desejasse ardentemente aliviar os sofrimentos de todas as criaturas humanas, não queria presenciar as agonias e delírios lamentáveis de um assassino. Portanto, aparecia vez ou outra para conferir se não estava sendo negligenciado, porém, suas visitas eram curtas e com longos intervalos entre uma e outra. Certo dia, enquanto eu aos poucos me recuperava, estava sentado em uma cadeira, com os olhos entreabertos e o rosto lívido como o de um morto. Sentia-me dominado pela tristeza e pelo sofrimento e, muitas vezes, pensei que seria melhor buscar a morte do que permanecer em um mundo repleto de desgraças. Cheguei a ponto de cogitar me declarar culpado e sofrer a punição da lei, sendo menos inocente do que um dia a pobre Justine havia sido. Esses eram meus pensamentos quando a porta de meus aposentos se abriu e o senhor Kirwin entrou. Seu semblante expressava simpatia e compaixão; ele puxou uma cadeira para perto da minha e se dirigiu a mim em francês: – Temo que este lugar seja muito ultrajante para você, posso fazer alguma coisa para deixá-lo mais confortável?

— Agradeço-lhe, mas tudo que o senhor menciona não é nada para mim: em toda a terra não há conforto que eu seja capaz de receber.

— Sei que a compaixão de um estranho pode representar pouco alívio para alguém prostrado por um infortúnio tão estranho como você. Mas espero que logo parta dessa melancólica morada, pois, sem dúvida, facilmente virão à tona as evidências que o livrarão dessa acusação.

— Essa é a menor de minhas aflições: tornei-me, por uma série de eventos estranhos, o mais miserável dos mortais. Perseguido e torturado como sou e tenho sido, seria a morte realmente um mal para mim?

— Na verdade, nada poderia ser mais desafortunado e angustiante do que os estranhos acasos ocorridos recentemente. Por algum acidente fortuito, você foi lançado nesta costa, famosa pela hospitalidade, e imediatamente preso e acusado de assassinato. A primeira imagem colocada diante de seus olhos foi o corpo de seu amigo, assassinado de maneira tão inexplicável e, por assim dizer, posto em seu caminho por algum demônio.

Assim que ouvi o senhor Kirwin dizer isso, apesar da agitação a que me sujeitara com o retrospecto de meus sofrimentos, também fiquei bastante surpreso com o conhecimento que parecia ter a meu respeito. Suponho que parte de minha surpresa ficara visível em meu semblante, já que ele se apressou em dizer: – Logo que você adoeceu, todos os papéis encontrados em seu poder foram entregues a mim e os examinei a fim de descobrir uma pista de como poderia enviar a seus familiares alguma notícia de seu infortúnio e moléstia. Encontrei várias cartas e, entre elas, uma que logo descobri ser de seu pai. Escrevi imediatamente para Genebra; quase dois meses se passaram desde o envio de minha carta... Mas você ainda continua enfermo; agora mesmo seu corpo estremece, não lhe é apropriado qualquer tipo de agitação.

— Esse suspense é mil vezes pior do que a pior das notícias; diga-me que novo cenário de morte foi armado e de quem devo agora lamentar o assassinato?

— Sua família está perfeitamente bem – disse o senhor Kirwin, com toda a gentileza – e alguém, um amigo, veio visitá-lo.

Não sei por qual sequência de pensamentos tal ideia se apresentou, mas imediatamente imaginei que o assassino viera zombar de minha desgraça e me provocar com a morte de Clerval, como um novo argumento para que eu obedecesse a seus desejos infernais. Coloquei a mão diante de meus olhos e gritei, agoniado: – Ah! Leve-o embora! Não posso vê-lo; pelo amor de Deus, não o deixe entrar!

O senhor Kirwin olhou para mim com uma expressão preocupada. Não pôde evitar de considerar meu clamor como uma admissão de culpa e disse, em um tom bastante severo:

— Imaginei, meu jovem, que a presença de seu pai seria muito bem-vinda, em vez de inspirar tamanha repugnância.

— Meu pai! – exclamei, e todos os meus músculos e minha expressão relaxaram, passando da angústia ao prazer – Meu pai está realmente aqui? Que gentileza, quanta gentileza! Mas onde ele está e por que não vem logo me ver?

Minha mudança de atitude surpreendeu e agradou o juiz; talvez ele tivesse pensado que minha reação anterior fosse um retorno momentâneo de meus delírios e, agora, ele reassumia sua postura benévola. Levantou-se, saiu da sala com minha enfermeira e, logo depois, meu pai entrou.

Nada, naquele instante, poderia ter me dado mais prazer do que a chegada de meu pai. Estendi-lhe minha mão e exclamei: – Então está a salvo! E Elizabeth? E Ernest? Meu pai me acalmou, garantindo-me que todos estavam bem, e se esforçou em insistir nesses assuntos que tanto acalentavam meu coração, para tentar elevar meu espírito desanimado; logo, porém, sentiu que uma prisão não poderia ser morada da alegria.

— Que lugar é esse em que você está vivendo, meu filho! – disse ele, observando com tristeza as janelas com grades e a aparência miserável do recinto. – Você viajou em busca da felicidade, entretanto, a fatalidade parece persegui-lo. E o pobre Clerval...

O nome do meu desafortunado amigo assassinado me trouxe uma agitação grande demais para ser suportada em minha frágil condição; derramei-me em lágrimas. – Ai de mim! Sim, meu pai – respondi – um destino dos mais horríveis paira sobre mim, e devo viver para cumpri-lo, ou certamente teria caído morto sobre o caixão de Henry.

Não nos permitiram conversar por muito tempo, pois o estado precário de minha saúde tornava necessário que se tomassem todas as precauções possíveis para garantir minha tranquilidade. O senhor Kirwin retornou e insistiu que minhas forças deveriam ser poupadas de tamanho esforço. Mas a visita de meu pai era, para mim, como a de um anjo bom e, aos poucos, recuperei minha saúde.

À medida que minha doença recuava, eu era tomado por uma melancolia sombria e taciturna, que nada era capaz de dissipar. A imagem de Clerval, lívido e assassinado, permanecia diante de mim. Mais de uma vez, a agitação em que esses pensamentos me lançavam fazia meus amigos temerem alguma recaída perigosa. Ai de mim! Por que preservavam uma vida tão miserável e odiada? Certamente queriam que eu cumprisse meu destino, agora próximo de seu desfecho. Em breve, ah!, muito em breve, a morte extinguirá essa dor latejante, livrando-me do poderoso fardo da angústia que me reduz a pó; e, ao executar a justa sentença, também eu poderei decair e repousar. A morte, então, parecia algo distante, embora eu a desejasse o tempo todo em meus pensamentos; e, muitas vezes, ficava em silêncio e imóvel por horas, ansiando por alguma poderosa revolução que enterrasse, a mim e a meu destruidor, sob suas ruínas.

O momento do julgamento se aproximava. Já estava há três meses na prisão e, embora ainda fraco e sob constante perigo de recaída, fui obrigado a viajar mais de 150 quilômetros até a sede do condado, onde o júri era realizado. O senhor Kirwin se encarregou dos preparativos relativos à organização de minha defesa e à intimação de testemunhas. Fui poupado da vergonha de aparecer em público como um criminoso, pois o caso não foi levado à corte marcial. O grande júri rejeitou o veredito, pois ficara provado que eu estava nas ilhas Órcades no momento em que o corpo de meu amigo fora encontrado e, 15 dias depois de minha transferência, fui libertado da prisão.

Meu pai ficou extasiado ao descobrir que eu estava livre dos constrangimentos de uma acusação criminal, mais uma vez apto a respirar o frescor do ar livre e retornar ao meu país natal. Não compartilhava de seus sentimentos, pois as paredes de uma masmorra ou de um palácio eram-me igualmente detestáveis. O elixir da vida estava eternamente envenenado para mim; e, mesmo com o sol brilhando sobre minha cabeça – tanto quanto sobre os bem-afortunados e alegres de coração – nada via ao meu redor além de uma escuridão densa e assustadora, impenetrável exceto para o brilho de dois olhos a me encarar. Às vezes, eram os olhos expressivos de Henry, definhando rumo à morte, as órbitas escuras quase recobertas pelas pálpebras e pelos longos cílios negros que as rodeavam; às vezes, eram os olhos úmidos e enevoados do monstro como da primeira vez que os vira, em meu quarto em Ingolstadt.

Meu pai tentava despertar sentimentos afetuosos em mim. Falava de Genebra, para onde em breve eu iria... e de Elizabeth e Ernest, porém, suas palavras apenas conseguiam arrancar de mim gemidos profundos. Às vezes, de fato, sentia certo desejo de felicidade; e pensava, com um prazer melancólico, em minha amada prima ou ansiava, com uma assoladora *maladie du pays*[52], rever o lago azul e o veloz Ródano, que eu tanto amara em minha infância; mas, de modo geral, minha única sensação era de torpor, e uma prisão era uma morada tão boa quanto a mais divina paisagem da natureza; e meu estado raramente se alterava, a não ser por ápices de angústia e desespero. Nesses momentos, muitas vezes me esforçava por dar fim àquela existência que odiava, o que exigia atenção e vigilância constantes para me impedir de cometer algum terrível ato de violência.

Ainda assim, tinha um dever a cumprir, e sua lembrança finalmente triunfou sobre meu desespero egoísta. Era preciso voltar sem demora a Genebra, a fim de zelar pela vida daqueles que eu tanto amava; e ficar à espreita do assassino, pois, se algum acaso me levasse ao local de seu esconderijo ou se ele ousasse mais uma vez surgir diante de mim, eu poderia, sem fracassar em meu objetivo, pôr fim à existência da monstruosa figura, que eu dotara de um simulacro de alma ainda mais monstruoso. Meu pai desejava continuar a atrasar nossa partida, com medo de que eu não fosse capaz de suportar o cansaço de uma viagem, uma vez que estava em frangalhos, era a sombra de um ser humano. Minhas forças se extenuaram. Não passava de um mero esqueleto, e a febre atacava meu corpo debilitado dia e noite. Mesmo assim, a inquietação e a impaciência com que eu insistia para que deixássemos a Irlanda eram tais que meu pai achou melhor ceder. Embarcamos em um navio com destino a Havre-de-Grâce[53] e navegamos sob o vento favorável que vinha da costa irlandesa. Era meia-noite. Deitei-me no convés, olhando para as estrelas e ouvindo o bater das ondas.

52 Em tradução livre do original em francês, "saudades do país". (N. do T.)

53 Atual Le Havre, cidade na costa atlântica da França. (N. do T.)

Aclamava a escuridão que ocultava a Irlanda de minha vista, e meu coração pulsava com uma alegria febril ao pensar que em breve veria Genebra. O passado surgiu diante de mim como um sonho terrível; no entanto, a embarcação em que eu estava, o vento que soprava sobre mim vindo da detestável costa irlandesa e o mar que me rodeava afirmavam vigorosamente que não fora enganado por nenhuma visão e que Clerval, meu amigo e mais querido companheiro, fora vítima não só do monstro de minha criação, como também minha. Repassei toda a minha vida na memória; minha felicidade tranquila enquanto vivia com a família em Genebra, a morte de minha mãe e a partida para Ingolstadt. Estremecendo, lembrei-me do louco entusiasmo com que, afoito, lançara-me à criação de meu hediondo inimigo, e também da noite em que ele ganhara a vida. Não pude continuar com minha sequência de pensamentos; mil sentimentos me oprimiam e, aflito, desatei a chorar. Desde que me recuperara da febre, acostumei-me a tomar, todas as noites, uma pequena quantidade de láudano[54]; apenas sob o efeito dessa droga era capaz de obter o repouso necessário à preservação da vida. Oprimido pela lembrança de meus vários infortúnios, ingeri o dobro de minha quantidade habitual e logo dormi profundamente. Mas o sono não me ofereceu uma trégua dos pensamentos e desgraças; em meus sonhos se manifestavam mil objetos para me amedrontar. Por volta do amanhecer, fui dominado por um pesadelo; senti as garras do demônio em meu pescoço e não conseguia me soltar; gemidos e berros ecoaram em meus ouvidos. Meu pai, que vigiava meu sono, ao perceber minha inquietação, acordou-me; o bater das ondas nos rodeava, o céu nublado lá no alto, o demônio não estava ali – uma sensação de segurança, de que uma trégua fora estabelecida entre o momento presente e o futuro desastroso e inevitável, trouxe-me uma espécie de sereno esquecimento, ao qual a mente humana, em virtude de sua estrutura, é particularmente suscetível.

54 Medicamento à base de ópio que possui efeito sedativo. (N. do T.)

CAPÍTULO XXII

A viagem chegou ao fim. Desembarcamos e seguimos para Paris. Logo descobri que sobrecarregara minhas forças e precisava repousar antes de continuar com a jornada. Os cuidados e atenção de meu pai eram incansáveis, mas ele desconhecia a origem de meus sofrimentos e buscava métodos equivocados para remediar meu mal incurável. Desejava que eu procurasse me distrair na companhia de outras pessoas. Eu abominava o rosto dos humanos. Ah, não, não abominava! Os homens eram meus irmãos, meus semelhantes, e me sentia atraído até pelos mais repulsivos dentre eles, como se fossem criaturas de natureza angelical e estrutura divina. Contudo, sentia que não tinha o direito de me associar a eles. Havia liberado um inimigo em seu meio, cuja alegria era lhes derramar o sangue e se deleitar com seus gemidos. Seriam capazes de me execrar e banir deste mundo se soubessem de meus atos profanos e dos crimes que tinham a mim como origem!

Por fim, meu pai cedeu à minha vontade de evitar o convívio e se esforçava, com inúmeros argumentos, em eliminar meu desespero. Às vezes, pensava que minha prostração era provocada pela desonra de ter sido obrigado a me defender de uma acusação de homicídio, e se empenhava em apontar a futilidade de meu orgulho.

— Ai de mim, meu pai! – disse-lhe eu – Como sabe pouco a meu respeito. Seria realmente degradante para os seres humanos, seus sentimentos e suas paixões, se um desgraçado como eu fosse capaz de ter orgulho. Justine, a pobre e infeliz Justine, era tão inocente quanto eu e sofreu as mesmas acusações; morreu por isso, e eu é quem sou culpado – eu a matei. William, Justine e Henry – todos morreram pelas minhas mãos.

Durante minha prisão, meu pai ouvira com frequência a mesma afirmação; quando eu me acusava assim, ele ora parecia desejar uma explicação, ora parecia considerá-la fruto de delírio, e que semelhante ideia se apresentara à minha imaginação durante a doença – e sua lembrança persistia, mesmo em meu restabelecimento.

Evitava explicações e mantinha um silêncio permanente a respeito do ser que eu criara. Tinha certeza de que seria considerado louco, o que, por si só, já teria contido minha língua para sempre. Além disso, não era capaz de revelar um segredo que encheria meu ouvinte de consternação, instaurando em seu íntimo medo e horror extraordinários. Por isso, contive minha inconformada sede de compaixão e me calei, quando daria o mundo para revelar meu segredo fatal. Ainda assim, palavras como as que reportei rebentavam incontrolavelmente. Não poderia explicá-las, mas a verdade que continham aliviava parcialmente o fardo de minha misteriosa desgraça. Naquela ocasião, meu pai, com uma expressão de absoluto espanto, disse: – Meu querido Victor, que delírio é esse? Meu caro filho, peço-lhe que nunca mais repita tal coisa.

— Não estou louco – exclamei, enérgico – o sol e os céus, que viram o que fiz, são testemunhas de que não estou mentindo. Sou o assassino daquelas vítimas inocentes, elas morreram em razão das minhas maquinações. Preferiria mil vezes ter derramado meu próprio sangue, gota por gota, para ter salvo a vida delas, mas não poderia, meu pai, não poderia, na verdade, ter sacrificado toda a raça humana.

A conclusão de minha fala convenceu meu pai de que minhas ideias estavam transtornadas e, no mesmo instante, ele mudou o assunto de nossa conversa, esforçando-se para alterar o curso de meus pensamentos. Desejava, tanto quanto possível, obliterar a memória das cenas ocorridas na Irlanda e jamais lhes fazia alusão, nem permitia que eu falasse de meus infortúnios.

Com o passar do tempo, fui me acalmando – a infelicidade habitava meu coração, mas eu já não falava da mesma maneira incoerente sobre meus próprios crimes, bastava-me ter consciência deles. Dando mostras de extrema violência contra mim mesmo, reprimia a voz imperiosa de minha desgraça que, às vezes, desejava se declarar ao mundo inteiro; e, assim, meus modos se apresentavam mais calmos e equilibrados do que nunca, desde a época de minha jornada pelo mar de gelo.

Poucos dias antes de deixar Paris a caminho da Suíça, recebi a seguinte carta de Elizabeth:

Meu querido primo,

Tive enorme prazer ao receber uma carta de meu tio, vinda de Paris; você não está mais a uma enorme distância daqui, e espero vê-lo em menos de duas semanas. Meu pobre primo, como você deve ter sofrido! Imagino que sua aparência esteja ainda mais debilitada do que quando saiu de Genebra. Esse inverno tem sido dos mais miseráveis, torturada como ando por esse suspense aflitivo; no entanto, tenho esperanças de encontrar paz em seu semblante e descobrir que seu coração não está completamente desprovido de conforto e tranquilidade.

Contudo, receio que, agora, ainda persistam os mesmos sentimentos que o deixaram tão infeliz há um ano, talvez até mesmo agravados pelo tempo. Não seria capaz de incomodá-lo nesse momento em que tantos infortúnios pesam sobre você, mas uma conversa que tive com meu tio antes de sua partida torna necessária uma explicação antes que voltemos a nos encontrar. Uma explicação? Talvez você diga: o que Elizabeth tem para me explicar? Se realmente disser isso, minhas perguntas serão respondidas, e minhas dúvidas, esclarecidas. Porém, você está longe de mim, é possível que tenha medo da referida explicação e, ainda assim, encontre alegria nela; na hipótese de ser este o caso, não me atrevo mais a adiar escrever sobre o assunto que, durante sua ausência, muitas vezes quis mencionar, sem jamais ter coragem de começar a fazê-lo.

Você bem sabe, Victor, que nossa união tem sido o plano mais desejado de seus pais desde a nossa infância. Disseram-nos isso quando éramos jovens e nos ensinaram a esperar esse evento como algo que certamente aconteceria. Quando éramos pequenos, fomos afetuosos companheiros de brincadeiras e nos tornamos, creio eu, amigos queridos e inestimáveis um para o outro à medida que envelhecíamos. Mas, assim como irmão e irmã costumam nutrir uma intensa afeição entre si, sem desejar uma união mais íntima, não será também esse o nosso caso? Diga-me, querido Victor. Responda-me, eu lhe peço, por nossa mútua felicidade, com a verdade pura e simples... Você não ama outra pessoa?

Você viajou, passou vários anos de sua vida em Ingolstadt; e confesso, meu amigo, que quando o vi no outono passado, tão infeliz, fugindo da companhia de todas as criaturas rumo à solidão, não pude evitar de supor que talvez estivesse arrependido de nossa ligação e acreditasse ser obrigado a realizar o desejo de seus pais por uma questão de honra, ainda que eles mesmos se opusessem a suas suposições. No entanto, tal raciocínio é falso. Confesso-lhe, meu primo, que o amo, e que em meus etéreos sonhos quanto ao futuro, você sempre aparece como meu amigo e companheiro. Mas é sua felicidade que eu desejo – assim como a minha – quando declaro que nosso casamento me tornaria eternamente infeliz se não fosse ditado por sua própria escolha. Mesmo agora, choro ao pensar que, abalado como está pelos mais cruéis infortúnios, você possa sufocar toda esperança de amor e felicidade capaz de restituí-lo a si mesmo em nome da *honra*. Eu, que lhe tenho um afeto tão desinteressado, poderia multiplicar seu infortúnio por dez se me colocasse como obstáculo aos seus desejos. Ah, Victor! Tenha certeza de que sua prima e companheira de brincadeiras nutre por você um amor sincero demais para não ficar infeliz com essa possibilidade. Seja feliz, meu amigo; e, ao me conceder esse único pedido, assegure-se de que nada na Terra terá o poder de interromper minha tranquilidade.

Não permita que esta carta o perturbe; não a responda amanhã, nem no dia seguinte ou mesmo antes de sua chegada se isso lhe causar qualquer sofrimento. Meu tio me enviará notícias de sua saúde e se, quando nos encontrarmos, eu vir um sorriso em seus lábios, motivado por este ou qualquer outro esforço meu, não me faltará mais nenhuma felicidade.

ELIZABETH LAVENZA
Genebra, 18 de maio de 17...

*****

Essa carta reavivou em minha memória o que já havia esquecido, a ameaça do demônio... – *Estarei com você em sua noite de núpcias!* – Esta era minha sentença e, naquela noite, o demônio empregaria todos os artifícios para me destruir e arrancar do vislumbre de felicidade que prometia ser, em parte, um consolo para meus sofrimentos. Naquela noite, ele decidira consumar seus crimes com a minha morte. Bom, que assim seja: uma luta mortal certamente ocorrerá e, se dela eu sair vitorioso, ficarei em paz, com seu poder sobre mim encerrado. Com ele vencido, eu me tornarei um homem livre. Ai de mim! Que espécie de liberdade? A mesma que desfruta o camponês ao ver sua família massacrada diante de seus olhos, seu chalé queimado, suas terras devastadas, ficando sem rumo, sem teto, sem dinheiro e só, mas livre. Tal seria minha independência, a não ser pelo fato de possuir um tesouro chamado Elizabeth. Ai de mim! Oprimido pelos horrores do remorso e da culpa, que me perseguirão até a morte.

Doce e amada Elizabeth! Li e reli sua carta, e alguns sentimentos reprimidos invadiram meu coração, ousando me sussurrar sonhos paradisíacos de amor e alegria; entretanto, a maçã já fora mordida e o braço do anjo estava disposto a me afastar de qualquer esperança. Ainda assim, seria capaz de morrer para fazê-la feliz. Se o monstro colocasse sua ameaça em prática, a morte seria inevitável; no entanto, mais uma vez, considerei se meu casamento não apressaria meu destino. De fato, minha destruição poderia chegar alguns meses antes, mas, se meu torturador suspeitasse que eu adiava a ocasião por conta de suas ameaças, certamente encontraria outros meios de vingança, talvez ainda mais terríveis.

Ele havia jurado *estar comigo em minha noite de núpcias*, mas não indicara com esse prenúncio uma trégua nesse meio-tempo; pois, como que para me mostrar que ainda não estava saciado de sangue, havia assassinado Clerval imediatamente após o anúncio de sua promessa. Resolvi, portanto, que se a união imediata com minha prima traria felicidade, tanto para ela como para meu pai, os desígnios de meu adversário contra a minha vida não deveriam adiá-la nem por um minuto.

Nesse estado de espírito, escrevi a Elizabeth. O tom de minha carta era calmo e afetuoso. "Temo, minha amada garota", disse eu, "que pouco prazer nos reste neste mundo; no entanto, todo aquele que eu possa vir a desfrutar está centrado em você. Afaste esses seus frívolos medos; é a você que eu consagro minha vida, assim como meus esforços pela felicidade. Tenho um segredo, Elizabeth, um segredo terrível; quando lhe for revelado, vai dominar seu corpo de pavor e, então, longe de se surpreender com minha miséria, você só se perguntará como sobrevivi a tudo que tenho passado. Vou lhe contar essa história de desgraças e terror no dia seguinte ao do nosso casamento, pois, minha doce prima, a confiança entre nós deve ser completa. Mas, até lá, peço-lhe que não mencione nem faça alusão a tal relato. É o que lhe imploro com toda a sinceridade, e sei que atenderá meu pedido."

Cerca de uma semana depois da chegada da carta de Elizabeth, voltamos a Genebra. A doce garota me recebeu com carinho e ternura; ainda assim, os olhos dela se encheram de lágrimas ao ver meu corpo debilitado e meu rosto febril. Também notei certa mudança nela. Estava mais magra e perdera muito da divina vivacidade que antes me encantava, mas sua delicadeza e os olhares doces e compassivos a tornavam uma companheira mais do que adequada para alguém desafortunado e infeliz como eu. A tranquilidade de que desfrutava não perdurou. A memória trazia consigo a loucura e, quando pensava no que havia acontecido, uma verdadeira insanidade se apoderava de mim – ora ficava furioso e fervilhava de raiva, ora desanimava e esmorecia. Não falava nem olhava para ninguém, apenas permanecia imóvel, perplexo com o acúmulo de tragédias que me assolava.

Apenas Elizabeth era capaz de me tirar dessa condição; sua voz gentil me acalmava quando era levado pela fúria e me impregnava de sentimentos humanos quando meu torpor se aprofundava. Ela chorava comigo e por mim. Quando voltava à razão, ela protestava e se esforçava para me infundir de resignação. Ah, resignar-se faz bem ao infeliz, mas não oferece paz ao culpado. Às vezes, as agonias do remorso envenenam o consolo que, de outro modo, pode-se encontrar na entrega ao excesso de pesar. Logo depois de minha chegada, meu pai mencionou meu casamento imediato com Elizabeth. Permaneci em silêncio.

— Então, você tem outro compromisso?

— Nenhum neste mundo. Amo Elizabeth e aguardo com alegria nossa união. Marquemos, então, a data, e nesse dia me consagrarei à felicidade de minha prima, tanto em vida como na morte.

— Meu caro Victor, não fale assim. Pesadas desgraças recaíram sobre nós; vamos nos apegar com ainda mais força ao que nos resta, e transferir nosso amor por aqueles que perdemos aos que ainda vivem. Nosso círculo será pequeno, mas atado pelos laços de afeto e infortúnio mútuo. E quando o tempo tiver amenizado seu desespero, novos e queridos objetos de afeição nascerão para substituir aqueles de quem fomos tão cruelmente privados.

Foram essas as lições de meu pai. Porém, para mim, a lembrança da ameaça voltou: nem mesmo você pode imaginar quanto – onipotente como o demônio fora até então em seus atos sanguinários – eu o considerava invencível, e, ao ouvi-lo pronunciar as palavras *"estarei com você em sua noite de núpcias"*, deveria considerar a ameaça como um destino inevitável. Mas a morte não seria tão ruim para mim quanto a perda de Elizabeth, por isso, com um semblante satisfeito, até mesmo animado, concordei com meu pai que, se minha prima consentisse, a cerimônia deveria acontecer em dez dias, e assim, como eu imaginava, selar meu destino.

Bom Deus! Se por um instante eu tivesse pensado em qual poderia ser a intenção infernal de meu diabólico adversário, preferiria ser banido eternamente de minha terra natal e vagado como um pária sem amigos pelo mundo a consentir com esse infeliz casamento. Entretanto, como se possuísse poderes mágicos, o monstro me cegara para suas verdadeiras intenções e, quando pensei que estava preparando minha própria morte, apressava o fim de uma vítima muito mais amada.

À medida que a data marcada para nosso casamento se aproximava, não sei se por covardia ou por premonição, sentia meu coração vacilar dentro de mim. Ocultei, porém, meus sentimentos sob uma máscara de contentamento, que trazia sorrisos e alegria ao semblante de meu pai, mas dificilmente enganava o olhar sempre atento e mais acurado de Elizabeth. Ela aguardava nossa união com tranquila satisfação e certo medo – motivado pelos infortúnios do passado – de que o que agora parecia felicidade certa e tangível se dissipasse em um sonho etéreo, deixando como resquício nada além de um profundo e eterno arrependimento. Foram feitos os preparativos para o evento, visitas de felicitações foram recebidas, e todos pareciam sorridentes. Ocultei em meu coração, o melhor que pude, a ansiedade que me assolava e me concentrei com manifesta seriedade nos planos de meu pai, embora talvez servissem apenas de adereço à minha tragédia. Graças aos esforços de meu pai, uma parte da herança de Elizabeth lhe foi restituída pelo governo austríaco. Uma pequena propriedade às margens do lago de Como pertencia a ela. Ficou combinado que, logo depois da cerimônia, partiríamos para a Villa Lavenza, onde passaríamos nossos primeiros dias de felicidade, nas proximidades do belo lago.

Nesse meio-tempo, tomei todas as precauções para me defender caso o demônio me atacasse abertamente. Tinha comigo, o tempo todo, pistolas e uma adaga e me mantinha sempre alerta, a fim de evitar qualquer cilada; assim, conseguia permanecer um pouco mais tranquilo. De fato, à medida que a data se aproximava, a ameaça parecia mais uma ilusão, algo que não deveria ser considerado digno de perturbar minha paz, ao passo que a felicidade que eu esperava de meu casamento adquiria um aspecto mais assertivo com a chegada da cerimônia, sobre a qual eu ouvia falar como um evento que nenhum acidente poderia evitar.

Elizabeth parecia feliz; meus modos mais tranquilos contribuíram muito para acalmar sua mente. Porém, no dia em que se cumpririam meus desejos e meu destino, ela se apresentava melancólica, e um pressentimento perverso invadiu sua mente – talvez estivesse pensando no terrível segredo que prometera revelar a ela no dia seguinte. Meu pai, no entanto, transbordava de alegria e, no alvoroço dos preparativos, interpretou a melancolia da sobrinha como nada mais do que timidez de uma noiva.

Depois da realização da cerimônia, uma grande festa aconteceu na casa de meu pai, mas ficou combinado que Elizabeth e eu começaríamos nossa viagem de barco, dormindo naquela noite em Evian e continuando viagem no dia seguinte. O dia estava bonito, o vento era favorável, e todos sorriam na hora de nosso embarque nupcial.

Foram esses os últimos momentos da minha vida em que desfrutei da sensação de felicidade. Avançávamos rapidamente; o sol estava forte, mas éramos protegidos de seus raios por uma espécie de dossel, de onde apreciávamos a beleza do cenário, ora de uma das margens do lago, de onde avistávamos o monte Salève, as agradáveis encostas de Montalègre e, ao longe, dominando toda a paisagem, o belo Mont Blanc e o agrupamento de montanhas nevadas que, em vão, esforçam-se para imitá-lo; ora costeando a margem oposta, de onde contemplávamos o poderoso Jura, cuja face negra se opunha à ambição de abandonar a terra natal, uma barreira quase intransponível ao invasor que desejasse escravizá-la.

Peguei a mão de Elizabeth: – Você está triste, meu amor. Ah! Se soubesse o que sofri – e o que talvez ainda tenha que suportar – ao menos no único dia do qual posso desfrutar, você se esforçaria para me deixar experimentar o sossego e a libertação do desespero.

— Alegre-se, meu querido Victor – respondeu Elizabeth – não há nada, espero, que o aflija; tenha a certeza de que, mesmo que uma vívida satisfação não transpareça em meu rosto, meu coração está contente. Algo me diz para não depender demais da perspectiva que se abre diante de nós, porém, mas não darei ouvidos a essa voz tão sinistra. Observe como nos movemos rapidamente e como as nuvens, que às vezes ofuscam e às vezes se elevam acima do topo do Mont Blanc, tornam esta paisagem ainda mais interessante. Olhe também para os inúmeros peixes que nadam nestas águas límpidas, onde é possível distinguir cada seixo encontrado em seu fundo. Que dia divino! Como toda a natureza parece feliz e serena!

Assim, Elizabeth se empenhava em desviar nossos pensamentos de qualquer reflexão sobre assuntos melancólicos. Mas o temperamento dela oscilava – a alegria brilhava em seus olhos por alguns instantes, porém, dava lugar continuamente a devaneios e distrações.

O sol baixava no céu; passamos pelo rio Dranse e contemplamos sua trajetória através dos abismos formados pelas montanhas mais altas e das fendas abertas pelos montes menores. Nesse ponto, os Alpes se aproximavam do lago, e nos dirigimos à arena de montanhas que forma seu limite oriental. O campanário de Evian se erguia em meio às florestas que o rodeavam e à cordilheira que o dominava.

O vento, que até então nos conduzia com espantosa rapidez, tornou-se uma leve brisa ao pôr do sol; seu sopro delicado apenas agitava a água, causando um agradável movimento nas árvores à medida que nos aproximávamos da costa, emanando o mais delicioso perfume de flores e feno. O sol mergulhou no horizonte no instante em que aportamos e, ao pisar em terra firme, senti reviver as preocupações e temores que, em breve, viriam me aprisionar e dominar para sempre.

CAPÍTULO XXIII

Eram oito horas quando aportamos; caminhamos um pouco na praia, desfrutando do pouco de luz que ainda restava e, recolhendo-nos à hospedaria, ficamos contemplando a linda paisagem de águas, florestas e montanhas, obscurecida pela escuridão, mas cujos contornos enegrecidos ainda eram visíveis.

O vento, que morrera ao sul, soprava com grande intensidade a oeste. A lua chegara ao ápice no céu e começava a descer; as nuvens passavam diante dela mais velozes do que os abutres e ofuscavam seu brilho, enquanto o lago refletia a imagem do céu agitado, ainda mais conturbado pela ondulação contínua e ascendente. Subitamente, irrompeu uma forte tempestade.

Estive calmo durante o dia, mas, assim que a noite obscureceu a forma dos objetos, mil temores surgiram em minha mente. Tornei-me ansioso e vigilante, com a mão direita agarrada a uma pistola oculta junto ao meu peito; cada som me apavorava, porém, resolvi que não entregaria minha vida facilmente nem recuaria do combate até a morte, minha ou de meu adversário. Elizabeth observou minha inquietação por algum tempo num silêncio tímido e temeroso, entretanto, havia algo em meu olhar que lhe transmitia terror e, trêmula, ela acabou me perguntando: – O que o deixa tão agitado, meu querido Victor? Do que tem medo?

– Ah! Pode ficar tranquila, meu amor – respondi. – Depois de hoje, tudo ficará em paz – mas esta noite é terrível, muito terrível.

Passei uma hora nesse estado de espírito quando, de repente, pensei no quão assustador, para minha esposa, seria o combate que eu aguardava em breve e lhe pedi, com toda a seriedade, que se recolhesse, decidido a não acompanhá-la até que tivesse algum conhecimento acerca da situação de meu inimigo.

Ela me deixou e continuei por algum tempo andando de um lado para o outro nos corredores da casa, inspecionando todos os cantos que pudessem servir de refúgio para meu adversário. Mas não descobri nenhum vestígio dele e já começava a supor que algum feliz acaso interviera para impedir a realização de suas ameaças quando, subitamente, ouvi um grito estridente e medonho. Vinha do quarto em que Elizabeth se recolhera. Ao ouvi-lo, toda a verdade invadiu minha mente, meus braços desabaram, os movimentos de cada músculo e de cada fibra ficaram paralisados; podia sentir o sangue correndo por minhas veias, formigando as extremidades de meus membros. Esse estado durou apenas um instante; o grito se repetiu e corri para o quarto. Bom Deus! Por que não morri naquele instante? Por que estou aqui para lhe relatar a destruição de minha maior esperança, da criatura mais pura desse mundo? Lá estava ela, sem vida, inanimada, com a cabeça pendente e o rosto pálido e distorcido, encoberto em parte pelos cabelos. Para onde quer que olhe, vejo a mesma imagem – os braços lívidos e o corpo desfalecido, atirado pelo assassino no féretro nupcial. Seria eu capaz de contemplar aquilo e viver? Ai de mim! A vida é obstinada e, quanto mais a odiamos, mais ela nos agarra. Por um instante apenas, perdi a consciência; caí, sem sentidos.

Quando me recuperei, vi-me cercado pelas pessoas da hospedaria; seu semblante expressava um terror ofegante, mas, para mim, o horror dos outros parecia mera chacota, uma sombra dos sentimentos que me oprimiam. Desvencilhei-me deles rumo ao quarto onde jazia o corpo de Elizabeth, meu amor, minha esposa, que vivia há tão pouco tempo, tão querida, tão valorosa. Fora removida da posição em que a vira anteriormente; agora, deitada, com a cabeça apoiada no braço e um lenço jogado sobre o rosto e o pescoço, poderia imaginar que dormia. Corri para junto dela e a abracei com ardor, porém, a letargia mortal e a frieza de seus membros indicavam que aquilo que eu agora tinha entre os braços não era mais a Elizabeth que amara e respeitara – em seu pescoço, a marca assassina das garras do demônio se revelava e, nos lábios, a respiração cessara. Enquanto ainda estava debruçado sobre ela na agonia do desespero, por acaso ergui o olhar. As janelas do quarto estavam escurecidas até então, e senti uma espécie de pânico ao ver a luz pálida e amarela da lua iluminar o recinto. As venezianas haviam sido abertas e, com uma indescritível sensação de horror, vi pela vidraça a mais abominável e horrenda das imagens. Um sorriso figurava no rosto do monstro; com seu dedo diabólico apontando para o cadáver de minha esposa, ele parecia caçoar de mim. Corri para a janela e, sacando a pistola de meu peito, disparei; entretanto, ele escapou, saltou de onde estava e, correndo com a rapidez de um relâmpago, mergulhou no lago.

O disparo da pistola atraiu uma multidão para o quarto. Apontei para o local onde o monstro desaparecera e seguimos de barco seu rastro; redes foram lançadas, mas em vão. Depois de várias horas, a maioria de meus companheiros passou a acreditar que aquilo que eu vira não passava de produto de minha imaginação. Ao desembarcar, começaram a vasculhar o campo em grupos, cada um tomando direções diferentes em meio aos bosques e vinhedos.

Tentei acompanhá-los e me afastei um pouco da casa; porém, minha cabeça rodava e meus passos eram semelhantes aos de um bêbado e, por fim, desabei em um estado de completa exaustão; uma névoa cobria meus olhos e minha pele estava ressecada pelo calor da febre. Nessa condição, fui carregado de volta e colocado em uma cama, quase sem discernir o que acontecera; meus olhos vagavam pela sala, como se estivessem à procura de algo que eu perdera.

Depois de algum tempo, levantei-me e, como que por instinto, rastejei até o quarto onde estava o corpo de minha amada. Mulheres choravam para todo lado – fiquei por ali e juntei minhas lágrimas desoladas às delas – e, em todo esse período, nenhuma ideia distinta se apresentou à minha mente; meus pensamentos vagavam por diversos assuntos, refletindo de modo confuso em meus infortúnios e sua causa. Estava perplexo, em meio a uma névoa de espanto e horror. A morte de William, a execução de Justine, o assassinato de Clerval e, por fim, o de minha esposa; mesmo naquele instante, eu não sabia se os únicos familiares que me restavam se encontravam a salvo da crueldade do demônio; enquanto isso, meu pai poderia muito bem estar se contorcendo sob suas garras, e Ernest, morto a seus pés. Essa ideia me fez estremecer e me chamou de volta à ação. Desperto, resolvi voltar a Genebra o mais rápido possível.

Não havia cavalos para alugar, e tive de retornar pelo lago, mas o vento estava desfavorável e a chuva caía, abundante. No entanto, mal tinha amanhecido, por isso, era razoável esperar que eu chegasse até a noite. Contratei alguns remadores e também assumi um dos remos, já que sempre sentira alívio de meus tormentos mentais ao fazer exercícios físicos. Mas a infelicidade descomunal que agora sentia e o excesso de agitação que suportara me tornaram incapaz de qualquer esforço. Larguei o remo e, apoiando a cabeça nas mãos, entreguei-me a todas as ideias sombrias que me ocorriam. Se olhasse para o alto, via as paisagens tão familiares dos instantes em que estivera mais feliz e que contemplara, ainda na véspera, em companhia daquela que agora era apenas uma sombra, uma lembrança. Lágrimas rolaram de meus olhos. A chuva cessou por um momento, e vi os peixes brincando nas águas, como haviam feito poucas horas antes; eles haviam, então, sido observados por Elizabeth. Nada é tão doloroso para a mente humana quanto uma mudança grande e repentina. O sol poderia brilhar e as nuvens poderiam se dissipar, mas, para mim, nada pareceria como no dia anterior. Um demônio me arrebatara toda esperança de felicidade futura – nenhuma criatura jamais fora tão infeliz quanto eu; tratava-se de um evento assustador e único na história do homem. Entretanto, por que deveria insistir nos incidentes que se seguiram a este último e avassalador evento? Minha história tem sido um relato de horrores. Cheguei ao seu *ápice*, e o que contar a partir de agora lhe soará entediante. Saiba que, um por um, meus familiares foram arrancados de mim; fiquei sozinho. Minhas forças se exauriram e devo narrar, em poucas palavras, o que resta de meu horrendo conto. Cheguei a Genebra. Meu pai e Ernest ainda estavam vivos, mas o primeiro sucumbiu com as notícias que eu trazia. Ainda posso vê-lo, venerável e estupendo ancião! Seu errante olhar vazio, destituído de qualquer encanto e prazer... Sua Elizabeth, sua mais do que filha, a quem tratava com todo o carinho que um homem pode sentir, pois, no declínio da vida, restando-lhe poucos afetos, apegava-se com mais intensidade àqueles que lhe sobraram. Amaldiçoado, amaldiçoado seja o demônio que trouxe infelicidade aos seus cabelos brancos, condenando-o a expirar na adversidade! Ele não seria capaz de viver sob os horrores que se acumulavam ao seu redor; a fonte de sua vitalidade se extinguiu subitamente – ele não conseguiu mais se levantar da cama e, em poucos dias, morreu em meus braços.

O que aconteceu comigo, então? Não sei, perdi toda a percepção, e me vi oprimido por grilhões e escuridão. De fato, às vezes sonhava vagar por prados floridos e vales agradáveis com os companheiros de minha juventude, mas, ao acordar, sentia-me preso em uma masmorra. Em seguida, vinha a melancolia, porém, aos poucos, tive clara consciência de minhas misérias e de minha situação e, assim, libertei-me daquela prisão. Acabaram me chamando de louco e, durante muitos meses, pelo que entendi, uma cela solitária se tornou minha morada.

A liberdade, no entanto, seria um presente inútil para mim, não fosse o fato de que, ao despertar para a razão, também tivesse acordado para a vingança. À medida que a lembrança dos infortúnios passados me atormentava, comecei a refletir sobre sua causa

– o monstro que eu criara, o miserável demônio que eu enviara ao mundo para minha destruição. Era tomado por uma fúria enlouquecedora quando pensava nele, e orava fervorosamente, desejando tê-lo ao meu alcance para ser capaz de descarregar sobre sua maldita cabeça uma notável e descomunal vingança.

Meu ódio não se limitou por muito tempo a desejos inúteis: comecei a refletir sobre os melhores meios de agarrar a criatura e, com esse objetivo, cerca de um mês depois de minha libertação, dirigi-me a um juiz criminal da cidade e disse que tinha uma acusação a fazer: conhecia o destruidor de minha família e exigia que ele exercesse toda a sua autoridade na prisão do assassino. O magistrado me ouviu com atenção e gentileza:

— Fique tranquilo, senhor – disse ele – não pouparei nenhum sacrifício ou esforço para encontrar o patife.

— Agradeço-lhe – respondi – peço-lhe que ouça, então, o depoimento que tenho a dar. Trata-se, de fato, de relato tão estranho que temeria que não acreditasse nele, não houvesse em toda verdade algo que exija que nela acreditemos, por mais inverossímil que pareça. Tal história é coesa demais para ser confundida com um sonho, e não tenho motivos para mentir. – Minha atitude ao me dirigir a ele era surpreendente, ainda que calma; tinha estabelecido, no coração, perseguir meu algoz até a morte, e esse propósito acalmava minha agonia, reconciliando-me com a vida por algum tempo. Passei então a relatar minha história de forma breve, mas com precisão e firmeza, marcando as datas com exatidão, sem me desviar por injúrias ou exclamações.

No início, o magistrado parecia completamente incrédulo, mas, à medida que continuava, tornou-se mais atento e interessado; por vezes, via-o estremecer de horror e, em outros momentos, seu semblante transparecia intensa surpresa, sem mostras de descrença. Quando terminei meu relato, disse: – É essa a criatura que acuso, e por cuja prisão e punição lhe exorto a exercer todo o seu poder. É seu dever como magistrado, e acredito e espero que seus sentimentos como homem não se oponham à execução dessas funções nessa ocasião. Essa fala causou uma mudança considerável na fisionomia de meu interlocutor. Ele ouvira minha história com o tipo de credulidade que é dado a um conto de fantasmas ou eventos sobrenaturais, porém, quando foi convocado a agir oficialmente, seu ceticismo foi restituído com toda a força. No entanto, respondeu-me com delicadeza: – De boa vontade, daria toda assistência à sua busca, mas a criatura de quem o senhor fala parece ter poderes que desafiariam todos os meus esforços. Quem poderia perseguir um animal capaz de atravessar um mar de gelo e habitar cavernas e covis onde nenhum homem se aventuraria a entrar? Além disso, alguns meses se passaram desde que os crimes foram cometidos, e ninguém pode imaginar por que lugares ele tem andado ou em que região agora reside.

— Não tenho dúvidas de que ele ronda o local que habito; e se, de fato, refugiou-se nos Alpes, pode ser caçado como as camurças e morto como um animal. Mas já compreendi seus pensamentos: não acredita em minha narrativa e não pretende perseguir meu inimigo para puni-lo como merece. Enquanto falava, a fúria faiscava em meus olhos; o magistrado se intimidou: – O senhor está enganado – disse ele – não medirei esforços e, caso esteja a meu alcance agarrar esse monstro, o senhor pode ter certeza de que ele sofrerá punições proporcionais aos seus crimes. Entretanto, receio, pelas suas características, que o senhor mesmo me descreveu, que isso se revelará impraticável; assim, mesmo seguindo todas as medidas adequadas, o senhor deve se preparar para a decepção.

— Não sou capaz de aceitar isso, mas nada do que disser terá qualquer serventia. Minha vingança não lhe importa; no entanto, embora admita se tratar de uma obsessão, confesso ser a única emoção que me devora a alma. Minha raiva é indescritível, quando penso que o assassino que soltei na sociedade ainda vive. O senhor recusa minha justa solicitação; só me resta um recurso: dedicar-me a destruí-lo, na vida ou na morte.

Excessivamente agitado, tremia ao dizer essas palavras; havia um frenesi em minha atitude e, sem dúvida, algo do distinto furor que dizem ter possuído os mártires do passado. Mas, para um juiz de Genebra, cuja mente estava tomada por ideias bem distintas da devoção e do heroísmo, tamanho fervor se igualava à loucura. Ele se esforçou para me acalmar como uma babá com sua criança e retomou minha história, tratando-a como consequência de um delírio.

— Homem – gritei – como se mostra ignorante em sua orgulhosa sabedoria! Basta, já não sabe o que diz.

Saí do recinto com raiva, perturbado, e me recolhi para meditar sobre outro modo de ação.

CAPÍTULO XXIV

Encontrava-me em uma situação em que todo pensamento voluntário era devorado e perdido. Estava dominado pela fúria; só a vingança era capaz de me dar força e compostura; ela moldava meus sentimentos e me permitia ser calmo e calculista em uma época em que, de outra forma, meu destino teria sido apenas delírio e morte.

Minha primeira resolução foi deixar Genebra para sempre; minha pátria tão querida quando era feliz e amado, agora, na adversidade, tornara-se odiosa. Arrumei uma soma em dinheiro e algumas joias que haviam pertencido à minha mãe e parti. E então começaram minhas andanças, que apenas cessarão com minha vida. Atravessei uma vasta porção de terra e suportei todos os flagelos que os viajantes por desertos e regiões bárbaras costumam enfrentar. Mal sei como sobrevivi; muitas vezes estendi meus membros debilitados sobre as planícies arenosas e roguei pela morte. Mas a vingança me manteve vivo; não ousaria morrer e deixar meu adversário viver.

Ao deixar Genebra, minha primeira tarefa foi encontrar alguma pista que me possibilitasse rastrear os passos de meu diabólico inimigo. Entretanto, não tinha um plano definido e vaguei por muitas horas nos arredores da cidade, sem saber que caminho deveria seguir. À medida que a noite se avizinhava, vi-me à entrada do cemitério onde William, Elizabeth e meu pai repousavam. Entrei e me aproximei da lápide que indicava a sepultura deles.

O silêncio imperava, exceto pelas folhas das árvores, suavemente agitadas pelo vento; o anoitecer pairava quase absoluto; e a cena se revelava solene e comovente até mesmo para um observador desinteressado. O espírito dos que partiram parecia vagar ao redor, lançando uma sombra, invisível, mas perceptível, sobre a cabeça do enlutado.

A profunda dor que, a princípio, essa cena me provocara rapidamente deu lugar à raiva e ao desespero. Eles estavam mortos e eu vivia; também continuava vivo seu assassino e, para destruí-lo, eu deveria prolongar minha extenuada existência. Ajoelhei-me na grama, beijei a terra e, com os lábios trêmulos, exclamei: – Pela terra sagrada em que me ajoelho, pelas sombras que pairam ao meu redor, pela dor profunda e eterna que sinto, eu juro; pela Noite, e pelos espíritos que nela reinam, juro perseguir o demônio que causou tanta miséria, até que um de nós morra em combate mortal. Com esse propósito preservarei minha vida: para executar essa cara vingança, contemplarei novamente o sol e pisarei o verdor desta terra que, do contrário, baniria de meus olhos para sempre. Invoco-lhes, espíritos dos mortos, e a vocês, espectros mediadores da vingança, rogo que me ajudem e guiem em minha missão. Que o maldito monstro infernal experimente profunda agonia; que sinta o desespero que agora me atormenta. Começara minha súplica com uma solenidade e uma reverência tais que praticamente me garantiam que o espírito de meus amigos assassinados ouvia e aprovava minha convicção, mas, ao concluir, a fúria me dominava e a raiva sufocou minhas palavras.

Minha resposta foi uma sonora e diabólica risada em meio à quietude da noite. Ressoou em meus ouvidos longa e pesadamente; as montanhas ecoaram, e senti como se todo o inferno me cercasse com sua gargalhada e zombaria. Era certo que, naquele instante, possuído pela alucinação, eu teria dado fim à minha miserável existência se não tivesse jurado me destinar à vingança em voz alta. A risada se dissipou, e reconheci uma abominável voz, aparentemente colada ao meu ouvido, dirigir-se a mim em um sussurro: – Muito me alegra, criatura miserável! Você decidiu viver, e fico satisfeito.

Corri na direção de onde vinha o som, mas o demônio fugiu do meu alcance. Subitamente, o enorme disco lunar surgiu e iluminou sua figura horrenda e distorcida, enquanto ele batia em retirada com uma velocidade sobre-humana.

Persegui-o; e, por muitos meses, essa tem sido minha tarefa. Guiado por débeis indícios, segui os meandros do Ródano, mas em vão. Segui até o azul Mediterrâneo e, por uma estranha coincidência, vi certa noite o demônio embarcar e se esconder em um navio que partia para o Mar Negro. Subi na mesma embarcação, mas ele, não sei como, escapou.

Continuei a seguir seu rastro pelos confins da Tartária e da Rússia, embora ele ainda me escapasse. Em certas ocasiões, os camponeses, assustados com aquela horrenda aparição, informavam-me a direção que ele tomara; em outras, ele mesmo, temendo que eu ficasse desesperado e me matasse ao perder sua pista, deixava algum sinal para me guiar. A neve caía sobre minha cabeça e, na planície branca, eu via a marca de suas enormes pegadas. Você, que está apenas começando a viver, que desconhece o que é angústia e para quem as preocupações são algo novo, como poderia compreender o que senti, e ainda sinto? Frio, privação e cansaço eram os menores sofrimentos que estava destinado a suportar; fora amaldiçoado por um demônio e carregava comigo um inferno interminável; ainda assim, um espírito do bem seguia e guiava meus passos e, quando meus lamentos se tornavam intoleráveis, subitamente me resgatava de dificuldades aparentemente instransponíveis. Às vezes, quando minha essência, invadida pela fome, entregava-se à exaustão, via surgir uma refeição no meio do deserto, restabelecendo-me e me reanimando. Refeições rudimentares, certamente, como as que os camponeses locais comiam, mas não duvido que eram postas ali pelos espíritos cuja assistência eu invocara. Com frequência, quando tudo estava seco, o céu limpo, e eu morria de sede, uma frágil nuvem cruzava o céu e derramava umas poucas gotas que me reviviam, para depois desaparecer.

Acompanhava, sempre que possível, o curso dos rios, porém, o demônio costumava evitá-los, pois era nessas regiões que a população dos campos geralmente se concentrava. Em outros lugares, raramente se via seres humanos, e eu acabava sobrevivendo, na maior parte das vezes, dos animais selvagens que cruzavam meu caminho. Carregava dinheiro comigo e, distribuindo-o, ganhava a amizade dos camponeses; ou trazia alguma comida que tivesse caçado, oferecendo-a – depois de separar uma pequena porção – a quem me fornecesse fogo e utensílios para cozinhar.

Minha vida, passada dessa maneira, era realmente odiosa, e apenas durante o sono podia sentir alguma alegria. Ó, abençoado sono! Muitas vezes, quando mais me sentia infeliz, entregava-me ao repouso e meus sonhos me embalavam até o êxtase. Meus espíritos protetores me proporcionavam esses instantes, ou melhor, essas horas de felicidade, para que eu conservasse minhas forças, a fim de cumprir minha peregrinação. Privado dessa trégua, eu teria sucumbido às minhas dificuldades. Durante o dia, era sustentado e inspirado pela esperança da chegada da noite, pois era durante o sono que via meus familiares, minha esposa e meu amado país; via mais uma vez o semblante bondoso de meu pai, ouvia o inestimável timbre da voz de minha Elizabeth e contemplava Clerval gozando de saúde e juventude. Frequentemente, exausto por uma árdua caminhada, convencia-me de que estava sonhando até a noite chegar e, então, desfrutaria da realidade, nos braços de meus companheiros mais queridos. Que angustiante afeição eu sentia por eles! Como me apegava às suas queridas imagens que, às vezes, assombravam até minhas horas de vigília, convencendo-me de que ainda viviam! Nesses momentos, o desejo de vingança, que queimava em meu íntimo, morria em meu coração, e eu seguia no caminho pela destruição do demônio mais como uma missão ordenada pelo céu, como um impulso automático vindo de algum poder inconsciente, do que como um desejo ardente de minha alma. Quais eram os sentimentos daquele que eu perseguia, não posso saber. Às vezes, de fato, ele deixava mensagens nas cascas das árvores ou as talhava nas pedras, guiando-me e instigando minha fúria. "Meu reinado ainda não acabou" (essas palavras eram legíveis em uma dessas inscrições); "Enquanto você viver, meu poder será completo. Siga-me, vou em direção às geleiras do norte, onde você sentirá as agruras do frio congelante, que não me afeta. Perto desse lugar, se não demorar a me seguir, encontrará uma lebre morta, coma-a para se restabelecer. Vamos, meu inimigo, ainda temos que lutar por nossa vida; contudo, você ainda suportará muitas horas difíceis e infelizes até chegar esse momento."

Sarcástico demônio! Uma vez mais, juro-lhe vingança; novamente o condeno, horrendo diabo, à tortura e à morte. Nunca desistirei de minha perseguição, até que um dos dois morra, ele ou eu; e, então, com que êxtase reencontrarei Elizabeth e meus familiares que já partiram, os quais, nesse instante, preparam a recompensa de meus esforços e de minha horrível peregrinação!

Enquanto eu continuava minha viagem rumo ao norte, a neve ficou mais espessa e o frio aumentou a um nível severo demais, quase insuportável. Os camponeses se trancavam em seus casebres, e apenas alguns dos mais resistentes se aventuravam a caçar os animais que a fome expulsara de seus esconderijos à procura da presa. Os rios estavam cobertos de gelo e não se podia pescar nenhum peixe, assim, fui privado de meu principal meio de sobrevivência. O triunfo de meu inimigo aumentava à medida da dificuldade de meus esforços. Uma das inscrições que ele deixara continha as seguintes palavras: "Prepare-se! Suas provações apenas começaram; cubra-se de peles e arranje comida, pois, em breve, iniciaremos uma jornada em que seus sofrimentos saciarão meu ódio eterno".

Minha coragem e perseverança foram revigoradas com essas

palavras de deboche; resolvera não falhar em meu propósito e, apelando ao céu que me apoiasse, continuei com fervor inabalável a cruzar imensos desertos até o oceano surgir ao longe, como última fronteira do horizonte. Ah, como era diferente dos mares azuis do sul! Coberto de gelo, só era possível diferenciá-lo da terra por seu aspecto mais selvagem e acidentado. Os gregos haviam chorado de alegria ao avistar o Mediterrâneo a partir das colinas da Ásia, saudando com êxtase o desfecho de seus esforços. Não chorei; ajoelhei-me e agradeci a meu espírito-guia, de todo coração, por ter me conduzido em segurança ao lugar onde, apesar do escárnio de meu adversário, esperava encontrá-lo e com ele lutar.

Algumas semanas antes, havia adquirido um trenó e cães, assim, atravessei as neves a uma inconcebível velocidade. Não sei se o demônio possuía as mesmas vantagens, mas descobri que, se até então eu vinha perdendo terreno diariamente em sua perseguição, agora o alcançava: tanto que, ao avistar o oceano, ele estava apenas um dia de viagem à minha frente e eu esperava interceptá-lo antes que chegasse à praia. Portanto, com a coragem renovada, avancei e, dois dias depois, cheguei a um miserável casebre à beira-mar. Perguntei aos moradores sobre o demônio e obtive informações precisas. Um monstro gigante, disseram-me, chegara na noite anterior, armado com um revólver e várias pistolas e afugentando os habitantes de um chalé isolado com sua terrível aparência. Tomara seus estoques de comida para o inverno e, carregando tudo em um trenó – puxado por uma numerosa matilha de cães adestrados que ele confiscara e atrelara – partira na mesma noite, para alegria dos horrorizados aldeões, cruzando o mar em direção a terra nenhuma; todos supunham que ele seria rapidamente destruído quando o gelo se rompesse ou acabaria preso nas geleiras eternas.

Ao ouvir essa informação, tive um acesso de desespero temporário. Ele escapara de mim, e eu deveria começar uma jornada destrutiva e quase interminável através dos picos de gelo do oceano – em meio ao frio que poucos habitantes locais seriam capazes de suportar por muito tempo e ao qual eu, nativo de um clima ameno e ensolarado, não tinha esperanças de sobreviver. Ainda assim, com a possibilidade de o demônio viver e triunfar, minha raiva e minha sede de vingança voltaram e, como uma poderosa maré, encobriram todos os outros sentimentos. Depois de um breve repouso, durante o qual os espíritos dos mortos pairavam ao meu redor, instigando-me a me esforçar na vingança, preparei-me para a jornada. Troquei meu trenó por outro mais adequado ao terreno irregular das banquisas[55] e, comprando um estoque abundante de provisões, parti.

Não sei dizer quantos dias se passaram desde então, mas tenho suportado misérias que somente o infindável sentimento da justa vingança queimando em meu coração poderia ter me permitido superar. Enormes e íngremes montanhas de gelo frequentemente bloqueavam minha passagem, e muitas vezes eu ouvia o estrondo do mar sob meus pés, ameaçando me destruir. O gelo, porém, voltava a tomar conta do caminho e tornava a viagem mais segura.

Pela quantidade de provisões que eu consumira, supus que já haviam se passado três semanas de viagem; e o contínuo prolongamento da esperança que invadia meu coração com frequência arrancava dolorosas lágrimas de desânimo e tristeza de meus olhos. De fato, o desespero quase me tomou como presa, e eu não demoraria a afundar na desolação. Certa vez, depois que os pobres animais que me transportavam conseguiram, com um esforço incrível, alcançar o cume de uma íngreme montanha de gelo – onde um deles veio a morrer, vencido pela exaustão – contemplava angustiado a vastidão diante de mim e, subitamente, meu olhar captou um ponto escuro sobre a planície sombria. Forcei a vista para descobrir o que poderia ser e soltei um grito selvagem de êxtase ao distinguir um trenó e as proporções disformes de

55 Camadas de gelo flutuante que se formam nas regiões dos oceanos polares. (N. do T.)

uma figura bem conhecida sobre ele. Ah, uma onda ardente de esperança retornou ao meu coração! Lágrimas quentes encheram meus olhos e, rapidamente, enxuguei-as para que não interceptassem a visão que tinha do demônio; ainda assim, minha vista foi ofuscada pelas gotas ardentes, pois, cedendo às emoções que me oprimiam, chorei alto.

Mas não havia tempo a desperdiçar: desvencilhei os cães de seu companheiro morto, dei-lhes uma farta porção de comida e, depois de uma hora de descanso, o que era absolutamente necessário – apesar de dolorosamente desagradável para mim – pus-me a caminho. Seu trenó ainda era visível e não voltei a perdê-lo de vista, exceto nos momentos em que, por um breve período, alguma geleira o ocultava, interpondo-se com seus cristais. Na verdade, ganhava bastante terreno sobre ele; e, quando, depois de quase dois dias de viagem, avistei meu inimigo a menos de dois quilômetros de distância, meu coração deu um enorme salto dentro de mim.

Mas agora, quando parecia estar alcançando meu inimigo, de repente minhas esperanças se extinguiram, e perdi seu rastro completamente, mais do que em qualquer outra ocasião anterior. Ouvi o rumor do mar subterrâneo, o estrondo de suas águas, avançando, disparando e se avolumando abaixo de mim, tornava-se a cada instante mais sinistro e aterrador. Continuei, mas em vão. O vento aumentou, o mar rugiu e, assim como o intenso choque de um terremoto, rachou, abrindo-se com um som espantoso e opressor. Sua atividade logo foi concluída – em poucos minutos, um mar revolto se colocou entre meu inimigo e eu, e fiquei à deriva sobre uma placa de gelo partida que diminuía constantemente, e me preparei para uma morte horrível. Assim se passaram muitas horas aterradoras; vários de meus cães morreram, e eu mesmo estava prestes a perecer sob o acúmulo de infortúnios, quando avistei seu navio ancorado oferecendo uma esperança de socorro e vida. Não imaginava que navios já haviam chegado tão longe ao norte e fiquei surpreso em vê-los. Apressei-me em destruir parte de meu trenó para o transformar em remos e, assim, consegui conduzir, sob um cansaço infinito, minha jangada de gelo até sua embarcação. Havia decidido que, caso você fosse para o sul, tentaria confiar na misericórdia dos mares em vez de abandonar meu propósito. Esperava convencê-lo a ceder um bote com o qual pudesse continuar a perseguir meu inimigo, porém, seu destino era o norte. Você me trouxe a bordo quando minhas forças se exauriam, e não demoraria para que eu afundasse sob minhas inúmeras provações até uma morte que ainda temo – pois ainda tenho minha missão a cumprir.

Ah, quando meu espírito-guia me permitirá o descanso que tanto desejo, conduzindo-me até esse demônio? Será que devo morrer e ele, continuar vivo? Se isso acontecer, Walton, prometa-me que não o deixará escapar e consumará minha vingança, matando-o. Será que devo ousar lhe pedir que faça a minha peregrinação, que suporte as mesmas adversidades por que passei? Não, não sou tão egoísta. No entanto, quando eu estiver morto, se ele aparecer, se os espectros mediadores da vingança o conduzirem até você, jure que não o deixará viver – jure que ele não triunfará sobre minhas angústias acumuladas, nem sobreviverá para aumentar sua lista de crimes sombrios. Esse monstro é eloquente e persuasivo e, certa vez, suas palavras foram capazes de exercer poder até mesmo sobre meu coração, mas não confie nele. Sua alma é tão infernal quanto sua figura, repleta de hipocrisia e perversidade demoníaca. Não lhe dê ouvidos; invoque os espíritos de William, Justine, Clerval, Elizabeth, de meu pai e deste infeliz Victor e enfie sua espada no coração do monstro. Meu espírito estará por perto para conduzir sua lâmina.

*****

WALTON, continuando.
26 de agosto de 17...

Você leu essa estranha e incrível história, Margaret; não sente seu sangue congelar com o mesmo horror que ainda enregela o meu? Às vezes, tomado por uma agonia repentina, ele não conseguia continuar sua narrativa; em outras, sua voz enfraquecida, mas penetrante, pronunciava com dificuldade as palavras tão repletas de angústia. Seus belos e amáveis olhos ora brilhavam de indignação, ora sucumbiam a uma tristeza taciturna, esvaídos em uma interminável miséria. Havia instantes em que, conseguindo controlar seu semblante e o tom de sua fala, relatava os incidentes mais terríveis com uma voz tranquila, suprimindo qualquer sinal de agitação; então, como um vulcão em erupção, seu rosto mudava subitamente e adquiria uma expressão de extrema ira, e ele berrava insultos contra seu perseguidor.

Sua história é coesa e, ao ser contada, pareceu-me a mais pura verdade; no entanto, admito que as cartas de Felix e Safie que ele me mostrou e a aparição do monstro, visto de nosso navio, trouxeram-me uma maior certeza da veracidade de sua narrativa do que seu testemunho, por mais sério e coerente que tenha sido. Portanto, esse monstro realmente existe! Não posso duvidar; ainda assim, continuo hesitante diante de tanta surpresa e admiração. Às vezes, tentava obter de Frankenstein detalhes acerca da concepção de sua criatura, mas, nesse ponto, ele se mostrava impenetrável. – Você está louco, meu amigo? – disse ele. – Para onde sua insensata curiosidade o leva? Também seria capaz de criar para você e o mundo um inimigo demoníaco? Acalme-se, acalme-se! Aprenda com minhas tragédias e não procure aumentar as suas. Frankenstein descobriu que eu fizera anotações sobre sua história e pediu para vê-las; ele mesmo as corrigiu e ampliou em muitos lugares, principalmente para dar vida e personalidade às conversas que manteve com seu inimigo. – Já que você pretende preservar minha narrativa – disse-me – não gostaria que uma versão imperfeita ficasse para a posteridade.

Assim, uma semana se passou, enquanto eu ouvia a história mais estranha que qualquer mente poderia imaginar. Meus pensamentos e todos os sentimentos de minha alma foram absorvidos pelo interesse que nutria por meu hóspede, interesse despertado por seus modos nobres e gentis e sua história. Gostaria de poder tranquilizá-lo; no entanto, como posso aconselhar alguém tão infinitamente infeliz, tão destituído de qualquer esperança, a viver? Ah, não! A única alegria que ele poderá experimentar é a de restabelecer seu espírito destroçado com a paz e a morte. Ainda assim, ele desfruta de um conforto, fruto da solidão e do delírio: ele acredita que, ao sonhar, mantém conversas com seus familiares e obtém desses sonhos consolo para suas desgraças, ou estímulo para sua vingança; não pensa serem criações de sua imaginação, e sim os próprios seres, vindo visitá-lo das regiões de um mundo remoto. Essa fé traz uma solenidade tamanha a seus devaneios, que os torna quase tão imponentes e interessantes quanto a verdade.

Nossas conversas nem sempre se limitam à sua história e aos seus infortúnios. Ele demonstra um conhecimento ilimitado e uma compreensão rápida e penetrante de qualquer tópico. Sua eloquência é intensa e comovente; sou incapaz de ouvi-lo sem derramar lágrimas, seja quando relata um incidente dramático, seja quando se esforça para mobilizar sentimentos de compaixão ou amor. Que gloriosa criatura ele deve ter sido em seus dias de prosperidade se, mesmo em ruínas, mostra-se tão nobre e divino! Parece ter ciência de seu próprio valor e da grandeza de sua queda.

— Quando mais jovem – disse ele – acreditava estar destinado a algum grande feito. Meus sentimentos são intensos, mas possuía uma frieza de julgamento que me tornava apto a realizações ilustres. Ao passo que poderia ser opressiva para outras pessoas, essa consciência do valor de minha natureza me apoiava, pois considerava um crime desperdiçar com algum pesar inútil aqueles talentos que poderiam ser úteis a meus semelhantes. Ao refletir sobre o trabalho que concluíra, nada menos do que a criação de um animal sensível e racional, não poderia me considerar parte do rebanho de inventores comuns. Mas essa constatação, que me apoiara no início de minha carreira, agora serve apenas para me rebaixar ainda mais a pó. Todas as minhas especulações e esperanças não servem para nada e, como o arcanjo que aspirava à onipotência, estou condenado à eternidade no inferno. Minha imaginação era vívida, minha dedicação e meus poderes de análise, intensos; com a somatória dessas qualidades concebi a ideia e executei a criação de um homem. Ainda hoje não consigo recordar, sem me alterar, de meus devaneios enquanto a obra continuava incompleta. Tocava o céu com meus pensamentos, ora exultante com meus poderes, ora fervilhante com suas possibilidades. Desde a infância, fui imbuído de grandes esperanças e elevada ambição, mas como fracassei! Ah, meu amigo, se você tivesse me conhecido no passado, não me reconheceria nesse estado de degradação. A depressão raramente visitava meu coração; um destino nobre parecia me sustentar, até que caí, para nunca, nunca mais, levantar-me. Devo então, perder esse ser admirável? Há tanto tempo sinto falta de um amigo, alguém que me ame e com quem possa me associar. E eis que encontrei alguém assim na imensidão desses mares; receio, porém, tê-lo conhecido apenas para descobrir seu valor e perdê-lo. Gostaria de reconciliá-lo com a vida, mas ele repudia essa ideia.

— Agradeço-lhe, Walton – disse-me ele – por suas boas intenções para com uma criatura tão miserável; entretanto, quando você fala de novos laços e afetos, acha que alguém poderia substituir aqueles que se foram? Pode algum homem ser para mim o que foi Clerval? Ou qualquer outra mulher como Elizabeth? Mesmo nos casos em que a afeição não é movida fortemente por nenhuma qualidade superior, os companheiros de nossa infância sempre têm algum poder sobre nossa mente, algo que é raro de acontecer em amigos de anos posteriores. Esses amigos conhecem nossas primeiras inclinações, as quais, por mais que se alterem, nunca são completamente apagadas; e são capazes de julgar nossas ações com conclusões mais acertadas quanto à integridade de nossos motivos. Uma irmã ou um irmão nunca poderia – a menos que, de fato, tais sintomas tivessem se manifestado antes – suspeitar que o outro estivesse mentindo ou sendo falso, ao passo que entre amigos, por mais forte que seja a ligação, é possível haver incredulidade, independentemente de quem está sob suspeita. Porém, eu gostava de meus companheiros, que me eram queridos não apenas por hábito ou próxima relação, e sim pelos seus próprios méritos; e, onde quer que eu esteja, a voz suave de minha Elizabeth e as conversas de Clerval sempre virão sussurrar em meu ouvido. Eles estão mortos, e apenas um sentimento é capaz de me convencer a preservar minha vida em tamanha solidão. Se eu estivesse empenhado em alguma grande empreitada ou projeto, que fosse extremamente útil a meus semelhantes, então poderia viver para cumpri-lo. Mas esse não é meu destino; devo perseguir e destruir o ser que criei; então, minha sina neste mundo terá sido cumprida, e poderei morrer.

*****

2 de setembro

Minha amada irmã,

Escrevo-lhe cercado pelo perigo e sem saber se algum dia voltarei a ver novamente minha cara Inglaterra e os queridos amigos que nela habitam. Estou encurralado por montanhas de gelo que não me permitem escapatória, ameaçando a cada instante esmagar minha embarcação. Os bravos homens que convenci a me acompanhar se voltam a mim em busca de ajuda, mas não tenho nada para oferecer. Há algo terrivelmente apavorante em nossa situação, contudo, minha coragem e minhas esperanças não me abandonaram. No entanto, é angustiante pensar que a vida de todos esses homens está em perigo por minha causa. Se estamos perdidos, é por culpa de meus planos malucos.

E qual será o estado de sua mente, Margaret? Não dê ouvidos às notícias sobre minha destruição e aguarde ansiosamente meu retorno. Anos se passarão e o desespero muitas vezes tomará conta de você, mas, ainda assim, a esperança lhe torturará. Ah, minha querida irmã, a possibilidade do repulsivo fracasso de suas intensas expectativas é, para mim, mais terrível do que minha própria morte.

Entretanto, você tem um marido e filhos adoráveis, você pode ser feliz – que o céu a abençoe para que assim seja!

Meu infeliz hóspede me observa com a mais terna compaixão. Esforça-se para me encher de esperança e fala como se a vida fosse um bem que ele também valoriza. Lembra-me de quantas vezes os mesmos acidentes aconteceram com outros navegadores que se aventuraram por este mar e, mesmo que eu não queira, acaba por me inspirar bons presságios. Até mesmo os marinheiros sentem a força de sua eloquência: quando ele fala, deixam de lado o desespero; ele fortalece suas energias e, ao ouvir sua voz, acreditam que essas vastas montanhas de gelo são pequenas colinas que podem desaparecer diante da determinação humana. São sentimentos transitórios; cada dia de expectativas frustradas os enche de medo, e chego a recear um motim causado por esse desespero.

5 de setembro

Acaba de acontecer uma cena tão incomum e interessante que não posso deixar de registrá-la, embora seja altamente provável que estes papéis nunca cheguem às suas mãos.

Ainda estamos cercados por montanhas de gelo, sob o perigo iminente de ser esmagados por um choque entre elas. O frio é excessivo, e muitos de meus infelizes camaradas já encontraram sua sepultura em meio a este cenário de desolação. A saúde de Frankenstein piora a cada dia: uma febre ardente ainda brilha em seus olhos, mas ele está exausto e quando, subitamente, desperta em virtude de algum esforço, logo mergulha outra vez em um estado de morte aparente.

Mencionei em minha última carta os temores que nutria acerca de um motim. Esta manhã, enquanto observava o semblante abatido de meu amigo – os olhos semicerrados e os membros descaídos, sem vida – assustei-me com a chegada de meia dúzia de marinheiros, que pediam para entrar em minha cabine. Entraram, e seu líder se dirigiu a mim. Disse-me que ele e os companheiros haviam sido escolhidos pelos outros para vir em conjunto me fazer um pedido que, se quisesse ser justo, eu não poderia recusar. Estávamos presos no gelo e provavelmente não escaparíamos; mas temiam que, caso o gelo se dissipasse – o que era possível – e uma passagem fosse liberada, eu seria imprudente a ponto de querer continuar viagem e conduzi-los a novos perigos, depois de ter, talvez, obtido a sorte de superar nossa situação atual. Insistiram, portanto, que eu deveria me comprometer a lhes fazer uma promessa solene de imediatamente direcionar meu curso rumo ao sul se o navio se achasse liberado.

Esse discurso me perturbou. Não tinha me desesperado, tampouco havia considerado a ideia de retornar se fôssemos postos em liberdade. No entanto, poderia eu, por justiça, mesmo que hipoteticamente, recusar tal pedido? Hesitei antes de responder; foi quando Frankenstein, que a princípio se mantivera em silêncio e, na verdade, mal parecia ter força suficiente para se manifestar, levantou-se; seus olhos brilharam e seu rosto enrubesceu com um vigor momentâneo. Voltando-se para os homens, ele disse:
– O que querem dizer com isso? O que estão exigindo de seu capitão? Então vocês se desviam tão facilmente de seu objetivo? Não chamaram esta expedição de gloriosa? E por que gloriosa? Não porque o caminho era tranquilo e suava como um dos mares do sul, e sim porque estava cheio de perigos e terror; porque, a cada novo incidente, sua força deveria ser evocada e sua coragem, exibida; porque o perigo e a morte os cercavam, e vocês

deveriam enfrentá-los e vencer. Por isso, era gloriosa; por isso, era uma honrosa empreitada. Por sua causa, daqui por diante, vocês seriam saudados como os benfeitores de sua espécie; o nome de vocês, adorado como o dos valentes homens que abraçaram a morte em honra e graça de toda a humanidade. E agora, vejam só, diante da primeira iminência de perigo ou, se preferirem, a primeira prova poderosa e aterradora à sua coragem, vocês recuam, contentando-se em ser apresentados como homens que não tiveram força suficiente para enfrentar o frio e os perigos; e então, pobres coitados, ficaram com frio e voltaram para junto de suas lareiras aquecidas. Ora, para isso não era preciso tantos preparativos; não precisavam ter vindo até aqui e arrastado seu capitão para a vergonha da derrota, simplesmente para se mostrar um bando de covardes. Ah, sejam homens! Ou melhor, sejam mais do que homens! Fiquem firmes em seus propósitos, firmes como a rocha. Esse gelo não pode ser feito do mesmo material do coração de vocês; ele é variável e não pode detê-los, se vocês assim estipularem. Não voltem para sua família com o estigma da desgraça marcado em seu semblante. Retornem como heróis que lutaram e conquistaram, e que não sabem o que é dar as costas ao inimigo. Sua voz se modulava de tal forma aos diferentes sentimentos expressos em sua fala e seu olhar estava tão dominado por heroísmo e elevado propósito que você pode ter certeza de que aqueles homens ficaram comovidos. Eles se entreolharam e não conseguiram responder. Falei eu – disse-lhes que se retirassem e considerassem o que fora dito, não os conduziria mais para o norte se desejassem ardentemente o contrário, mas esperava que, com alguma reflexão, recobrassem a coragem. Eles saíram e eu me virei para meu amigo; ele, porém, estava mergulhado em torpor, quase destituído de vida.

Como tudo isso vai terminar, não sei, mas preferiria morrer do que voltar sob a vergonha de não ter realizado meu propósito. No entanto, temo que seja esse meu destino; os homens, sem um ideal de glória e honra a lhes apoiar, jamais poderão suportar voluntariamente as adversidades que se apresentam.

7 de setembro

A sorte está lançada; consenti em voltar se não perecermos. Assim, minhas esperanças foram destruídas pela covardia e indecisão; retorno ignorante e frustrado. Precisaria de mais filosofia do que possuo para suportar pacientemente essa injustiça.

12 de setembro

Acabou, estou voltando para a Inglaterra. Perdi minhas esperanças de benfeitoria e glória, perdi meu amigo. Mas vou me esforçar lhe para relatar as dolorosas circunstâncias do que aconteceu, minha querida irmã e, enquanto estiver navegando para a Inglaterra e para você, não vou esmorecer.

No dia 9 de setembro, o gelo começou a se mover e estrondos semelhantes a trovões foram ouvidos a distância, enquanto as ilhas se dividiam, rachando em todas as direções. O perigo nunca fora tão iminente, mas, como não podíamos fazer nada, voltei minha atenção a meu infeliz hóspede, cuja doença evoluíra a ponto de confiná-lo de vez à cama. O gelo se rompeu atrás de nós e foi empurrado com força para o norte; uma brisa soprou do oeste e, no dia 11, a passagem para o sul se encontrava completamente livre. Quando os marinheiros notaram o que acontecera, vendo que o retorno à terra natal parecia garantido, um grito de tumultuosa alegria irrompeu da boca deles, alto e prolongado. Frankenstein, que cochilava, acordou e perguntou o porquê da algazarra. – Estão gritando – disse eu – porque logo voltarão para a Inglaterra.

— Então você vai mesmo retornar?

— Infelizmente, sim; não posso resistir às suas exigências. Não posso conduzi-los ao perigo contra sua vontade, devo voltar.

— Faça isso, se quiser; eu, porém não vou. Você pode abandonar seu propósito, mas o meu foi designado pelo céu, e não me atrevo a desistir. Estou fraco, porém, certamente os espíritos que auxiliam minha vingança me concederão força suficiente. – Ao dizê-lo, esforçou-se para levantar da cama, mas como o esforço se mostrava demasiado para ele, caiu para trás e desmaiou.

Demorou bastante tempo até que ele recobrasse os sentidos e, muitas vezes, pensei que sua vida tivesse se extinguido por completo. Por fim, abriu os olhos; respirava com dificuldade e não conseguia falar. O médico lhe ministrou um sedativo e ordenou que não o perturbássemos. Nesse meio-tempo, disse-me que certamente não restavam muitas horas de vida ao meu amigo.

Sua sentença fora pronunciada; e tudo que me restava era lamentar e ser paciente. Sentei-me ao lado de sua cama e fiquei o observando; seus olhos estavam fechados, e achei que estivesse dormindo, mas logo me chamou com uma voz fraca e, pedindo que me aproximasse, disse: – Ai de mim! A força de que dispunha se foi; sinto que logo morrerei, e é provável que ele, meu inimigo e perseguidor, ainda continue vivo. Não pense, Walton, que nos últimos momentos de minha existência, ainda sinto o ódio febril e o desejo ardente de vingança que certa vez expressei; entretanto, ainda tenho razões para desejar a morte de meu adversário. Nestes últimos dias, ocupei-me em examinar minha conduta no passado; não acho que tenha feito algo censurável. Em um acesso de louca euforia, concebi uma criatura racional e era responsável por ela, para lhe assegurar, até onde estivesse a meu alcance, sua felicidade e bem-estar. Esse era meu dever, mas havia algo ainda mais importante. Minhas obrigações para com os seres de minha própria espécie mereciam mais atenção de minha parte, pois abrangiam tanto felicidade quanto miséria em maior proporção. Encorajado por esse ponto de vista, recusei-me – e fiz bem em recusar – a criar uma companheira para a primeira criatura. Ele então exibiu uma crueldade e um egoísmo inigualáveis – destruiu meus familiares, dedicou-se ao aniquilamento de seres dotados de refinadas sensações, felicidade e sabedoria; não sei onde essa sede de vingança irá terminar. Ele deve morrer para não tornar outro ser tão infeliz quanto ele. Era minha missão destruí-lo, mas fracassei. Instigado por motivações egoístas e perversas, pedi-lhe que concluísse minha tarefa inacabada; renovo agora o pedido, motivado tão somente pela razão e virtude.

— No entanto, não posso lhe pedir que renuncie ao seu país e a seus familiares para cumprir essa incumbência; e agora, que retorna à Inglaterra, você terá poucas chances de encontrar a criatura. Mas a reflexão acerca dessas questões e o discernimento equilibrado quanto ao que estima serem seus deveres, deixo para você; meu julgamento e minhas ideias já se perturbam com a aproximação da morte. Não ouso lhe pedir que faça o que acho certo, pois ainda posso estar enganado pela paixão.

— Que ele viva para ser um instrumento do mal é o que me perturba; por outro lado, esse instante, que em breve resultará em minha libertação, é o único momento de felicidade que tenho em muitos anos. Os espectros de meus amados mortos pairam sobre mim, e me apresso para seus braços. Adeus, Walton! Busque ser feliz na tranquilidade e evite a ambição, mesmo que seja apenas o aparentemente inocente reconhecimento na ciência e nas descobertas. Mas por que digo isso? Acabei destruído por tais esperanças, porém, outros podem ter sucesso.

Sua voz foi ficando mais fraca à medida que falava e, por fim, exausto pelo esforço, mergulhou no silêncio. Cerca de meia hora depois, ele tentou falar novamente, mas não conseguiu; apertou debilmente minha mão e seus olhos se fecharam para sempre enquanto um leve sorriso se desprendia de seus lábios.

Margaret, que comentário posso fazer sobre a extinção prematura de tão glorioso espírito? O que posso dizer que lhe fará entender a profundidade de minha tristeza? Tudo o que poderia expressar seria inadequado e fútil. Minhas lágrimas escorrem, minha mente está ofuscada por uma nuvem de decepção. Mas navego para a Inglaterra e aí posso encontrar consolo.

Algo me interrompe. O que esses sons anunciam? É meia-noite; a brisa sopra razoavelmente e o vigia no convés mal se move. Novamente, um som parecido com uma voz humana, mas mais grosseira, vem da cabine onde estão os restos mortais de Frankenstein. Devo lá ir para saber do que se trata. Boa noite, minha irmã.

*****

Bom Deus! Que cena acaba de acontecer! Ainda estou tonto só de lembrar. Sequer sei se terei capacidade de descrevê-la com detalhes; no entanto, a história que estou registrando ficaria incompleta sem essa impressionante e derradeira catástrofe. Entrei na cabine onde estava o corpo de meu desafortunado e admirável amigo. Sobre ele se debruçava uma figura que não consigo encontrar palavras para descrever; gigantesco em estatura e com proporções grosseiras e distorcidas. Curvado sobre o caixão, o rosto da criatura estava encoberto pelos longos cabelos desgrenhados, porém, sua enorme mão estava estendida e apresentava cor e textura parecidas com as de uma múmia. Quando ouviu que eu me aproximava, parou de proferir exclamações de tristeza e horror e saltou em direção à janela. Nunca vira algo tão horrendo quanto seu rosto, de um aspecto hediondo e repugnante. Fechei meus olhos involuntariamente e me esforcei para lembrar quais eram meus deveres para com aquele monstro. Pedi que ficasse.

Ele parou, olhando para mim com admiração e, voltando-se novamente para a forma sem vida de seu criador, pareceu se esquecer de minha presença; cada expressão e gesto seu se mostravam instigados pela mais selvagem fúria de alguma incontrolável paixão.

— Eis outra de minhas vítimas! – exclamou. – Com sua morte, meus crimes são consumados; minha miserável espécie caminha para seu fim! Ah, Frankenstein! Ser tão generoso e dedicado! De que adianta agora pedir que me perdoe? Eu, que irremediavelmente destruí tudo que você amava. Ai de mim! Ele já está frio, não pode me responder. A voz dele parecia sufocada, e meu primeiro impulso, que me impelia à obrigação de obedecer ao pedido moribundo de meu amigo, destruindo seu inimigo, era agora interrompido por um misto de curiosidade e compaixão. Aproximei-me daquele enorme ser; não ousava voltar a erguer os olhos na direção do rosto dele, pois havia algo de assustador e sobrenatural em sua feiura. Tentei lhe falar, mas as palavras morreram em meus lábios. O monstro continuava a se censurar de modo selvagem e incoerente. Por fim, durante uma pausa em suas exaltações intempestivas, reuni coragem para me dirigir a ele:

— Seu arrependimento – disse – é inútil agora. Se tivesse ouvido a voz da consciência e prestado atenção às dores do remorso, Frankenstein ainda estaria vivo.

— Está delirando? – disse o demônio. – Acha que eu era insensível à agonia e ao remorso? Ele – continuou, apontando para o cadáver – nada sofreu na consumação de meus atos – ah, minha angústia era dez mil vezes maior ao executar cada detalhe de meu plano. Um egoísmo aterrador me impelia, enquanto meu coração era envenenado pelo remorso. Você acha que os gemidos de Clerval soaram como música aos meus ouvidos? Meu coração foi feito para ser suscetível ao amor e à compaixão e, quando fui levado à perversidade e ao ódio por minha desgraça, ele não suportou a violência de tamanha transformação, sendo torturado de tal maneira que você nem pode imaginar.

— Depois do assassinato de Clerval, voltei para a Suíça, derrotado e com o coração partido. Tive pena de Frankenstein, e minha piedade se transformou em horror – eu abominava a mim mesmo. Mas quando descobri que ele, o autor ao mesmo tempo de minha existência e de meus indescritíveis tormentos, ousava ter qualquer esperança de ser feliz e que, enquanto me condenava à miséria e ao desespero, buscava usufruir dos sentimentos e paixões, prazeres aos quais eu nunca teria acesso, uma inveja impotente e uma amarga indignação me encheram de uma sede insaciável de vingança. Lembrei-me de minha ameaça e decidi que ela deveria ser cumprida. Sabia que preparava uma tortura mortal para mim mesmo, contudo, era escravo – e não senhor – de um impulso que odiava, mas ao qual não podia desobedecer. Ainda quando ela morreu! Não, não me senti infeliz naquele momento. Havia rejeitado qualquer sentimento, subjugado toda angústia, de modo a eliminar o excesso de meu desespero. Dali em diante, o mal se tornara meu bem. Impelido até aquele momento, não tinha outra escolha senão adaptar minha natureza a um elemento que eu priorizara por vontade própria. O desfecho de meu plano demoníaco se tornou uma paixão insaciável. E, agora, está tudo acabado; eis minha última vítima!

A princípio, fiquei comovido com a maneira como ele expressara sua infelicidade; no entanto, quando me lembrei do que Frankenstein dissera a respeito de sua capacidade de eloquência e persuasão e, voltando o olhar para a forma sem vida de meu amigo, a indignação reacendeu em meu íntimo. – Desgraçado! – disse. – De que adianta vir aqui lamentar a desolação que você mesmo criou? Você lança uma tocha sobre um conjunto de construções e, quando são consumidas pelo fogo, vem sentar em meio às ruínas e lamentar sua destruição. Demônio hipócrita! Se aquele por quem você chora ainda vivesse, continuaria a ser o objeto, o alvo, de sua maldita vingança. Não é compaixão o que sente, apenas lamenta porque a vítima de sua crueldade não se encontra mais sob seu poder.

— Ah, não é assim, não é assim – interrompeu-me o ser – no entanto, essa deve ser sua impressão, pelo que aparentam minhas ações. Porém, não estou em busca de solidariedade para minha desgraça. Não encontrarei nenhuma compaixão. Quando a procurei pela primeira vez, foi porque desejava compartilhar o amor da virtude e os sentimentos de felicidade e afeição que transbordavam por todo o meu ser. Mas agora, que essa virtude se tornou para mim mera sombra, e tanto a felicidade como a afeição se transformaram em odioso e amargo desespero, onde deveria buscar solidariedade? Contento-me em sofrer sozinho enquanto perdurarem meus sofrimentos – quando morrer, pouco me importa se em minha memória apenas restem aversão e desonra. Há tempos, minha imaginação era tranquilizada com sonhos de virtude, fama e prazer, e eu esperava, iludido, encontrar seres que, perdoando minha aparência, me amariam pelas excelentes qualidades que era capaz de desenvolver. Nutria elevados pensamentos de honra e devoção. Entretanto, agora, degradado pelo crime, encontro-me rebaixado ao nível do mais cruel dos animais. Não há culpa, perversidade, maldade ou miséria comparáveis à minha. Quando revejo o terrível registro de meus pecados, não posso acreditar ser a mesma criatura cujos pensamentos já foram tomados por visões sublimes e transcendentes da beleza e majestade da virtude. Mas assim é: o anjo caído se transforma em um demônio maligno. Ainda assim, até mesmo esse inimigo de Deus e dos homens tinha amigos e cúmplices em sua desolação; eu continuo sozinho.

— Você, que chama Frankenstein de seu amigo, parece conhecer seus infortúnios e meus crimes. Mas, nos detalhes que lhe relatou, ele não poderia resumir as horas e meses de sofrimento que suportei, consumindo-me em impotentes paixões. Pois, enquanto eu destruía suas esperanças, não satisfazia meus próprios desejos. Eles eram, sem cessar, ardentes e angustiantes; eu continuava a desejar amor e companheirismo, e seguia sendo rejeitado. Não era isso também uma injustiça? Deveria ser considerado o único criminoso, ao passo que toda a humanidade pecou contra mim? Por que você não odeia Felix, que me escorraçou de sua porta, desprezando-me? Por que você não condena o camponês que tentou destruir o salvador de sua filha? Não, esses são seres virtuosos e imaculados! Eu, o miserável, o abandonado, sou um aborto, pronto a ser desprezado, chutado e pisoteado. Mesmo agora meu sangue ferve com a lembrança de tanta injustiça.

— Mas é verdade que sou abominável. Matei seres adoráveis e indefesos; asfixiei inocentes enquanto dormiam e apertei até a morte a garganta de alguém que nunca fizera mal nem a mim, nem a outra coisa viva. Condenei à miséria meu criador, espécime escolhido em meio a tudo que há de mais digno de amor e admiração entre os homens; persegui-o até sua ruína irremediável. E ei-lo aqui, lívido e tomado pelo frio da morte. Você me odeia, mas seu ódio não se compara ao que sinto por mim mesmo. Olho para as mãos que executaram minha vingança; penso no coração que a imaginou e concebeu, e anseio pelo momento em que essas mãos terão o mesmo destino que meus olhos e minha imaginação não mais assombrará meus pensamentos.

— Não receie que eu venha a ser instrumento de algum mal no futuro. Minha obra está quase completa. Nem a sua morte, nem a de outro homem, é necessária para consumar a missão de minha existência, porém, a minha, sim. Não pense que demorarei para realizar esse sacrifício. Abandonarei seu navio na jangada de gelo que me trouxe até aqui e rumarei para a extremidade mais setentrional da terra; construirei a pira funerária que consumirá minha forma hedionda, para que meus restos mortais não tragam nenhuma luz a algum infeliz curioso e profano que deseje criar outro igual a mim. Devo morrer. Não sentirei mais a agonia que agora me aniquila, nem serei presa de desejos irrealizados. Aquele que me deu a vida está morto e, quando eu tampouco existir, a própria lembrança de nós dois desaparecerá rapidamente. Não verei mais o sol ou as estrelas, nem sentirei o vento soprando em minha face. Luz, sentimentos e sensações passarão e, assim, encontrarei minha felicidade. Há alguns anos, quando as imagens deste mundo se abriram para mim pela primeira vez, quando senti o calor animador do verão e ouvi o farfalhar das folhas e o gorjeio dos pássaros, e tudo isso significava tanto para mim, choraria só de pensar em morrer – agora, a morte é meu único consolo. Maculado por crimes e dilacerado pelo mais penoso remorso, onde posso encontrar repouso senão na morte?

— Adeus! Estou de partida, e você será o último da espécie humana que estes olhos verão. Adeus, Frankenstein! Se ainda estivesse vivo e ainda nutrisse um desejo de vingança contra mim, seria mais bem saciado com minha vida do que com minha destruição. Mas não foi assim – você quis minha extinção para que eu não pudesse lhe causar mais infelicidade; se, no entanto, de alguma maneira que desconheço, você já não tivesse perdido a capacidade de pensar e sentir, não poderia desejar uma vingança maior do que isso que sinto agora. Por mais arruinado que tenha ficado, minha agonia ainda foi superior à sua, pois a amarga dor do remorso não cessará de atormentar minhas feridas até que a morte as feche para sempre.

— Contudo, em breve morrerei – gritou ele, com um entusiasmo triste e solene – e o que agora sinto cessará. Em breve, essa intensa angústia será extinta. Subirei triunfante sobre minha pira funerária e exultarei na agonia torturante de suas chamas. A luz daquele fogo findará, o vento varrerá minhas cinzas para o mar. Meu espírito descansará em paz; ou, se ainda for capaz de pensar, certamente não pensará mais da mesma maneira. Adeus.

E, com essas palavras, saltou pela janela da cabine para a jangada de gelo que flutuava próximo ao navio. Em pouco tempo, foi levado pelas ondas e se perdeu na escuridão e na distância.